fly so high

AUSTRALIA LOVE
BAND 2

LILIA LAY

LILIA LAY

ROMAN

Verlag: BoD · Books on Demand GmbH,
In de Tarpen 42, 22848 Norderstedt, bod@bod.de
Druck: Libri Plureos GmbH, Friedensallee 273,
22763 Hamburg

ISBN: 978-3-7693-1469-4

1. Auflage 2025
© 2025 by Lilia Lay
https://lilialay.de
Umschlaggestaltung: © Lilia Lay / Canva
Korrektorat: Vanessa Wuzynski

For my Family

dean

1. FEBRUAR – ZERMATT, SCHWEIZ

Mein Blick wandert zum wiederholten Mal an dem langweiligen Typen vorbei, der mit seiner monotonen Stimme in Kombination mit der einschläfernden Power-Point-Präsentation einfach nur meine Zeit verschwendet.

Wieder landen meine Augen auf dem beeindruckenden Schweizer Bergpanorama, das uns durch die bodentiefen Fenster des schicken Konferenzraums zu verhöhnen scheint. Schön blöd, bei so einem Traumwetter mit irgendwelchen Anzugtypen über Investments zu diskutieren. Stattdessen könnte ich mit dem Snowboard durch den pudrigen Neuschnee pflügen, der von der strahlenden Sonne in ein goldglitzerndes Kunstwerk verwandelt wird.

Nach meiner sehnsüchtigen Betrachtung der wunderschönen Winterlandschaft schweift mein Blick

– wie die Male davor – zu dem Mädchen, das mit dem Rücken zum Fenster sitzen muss und sich von dem Ultralangweiler da vorne nur durch die Aussicht auf die weiße Betonwand ablenken könnte. Entweder diese Wand ist ihr zu wenig spektakulär, oder sie interessiert sich tatsächlich für das, was hier vor sich geht, denn ihre fokussierte Aufmerksamkeit hat sich noch kein einziges Mal von der furchtbaren Präsentation wegbewegt.

Das fasziniert mich. Sie fasziniert mich. Wahrscheinlich liegt es daran, dass wir von den acht Konferenzteilnehmern die einzigen beiden sind, die Wählscheibentelefone nur aus Erzählungen und nicht aus den eigenen Kindheitserfahrungen kennen. Während sie immer noch stur der Präsentation folgt, mustere ich sie ein weiteres Mal. Ein hoher, streng gebundener Pferdeschwanz lässt ihre glatten, blonden Haare als akkuraten Wasserfall auf ihren dunklen Blazer fallen. Auf ihrem zarten Gesicht ist keine einzige Unreinheit zu erkennen, und ihr Make-up sieht so perfekt und gleichzeitig dezent aus, wie man es vermutlich nur in stundenlanger, akribischer Kleinarbeit vor dem Badezimmerspiegel hinbekommt. Ich habe sie noch nie zuvor gesehen, was daran liegen dürfte, dass ich mich bei Events dieser Art normalerweise rarmache.

Ich werde aus meinen Überlegungen gerissen, als das Mädchen eine Augenbraue hochzieht und sich an den Ultralangweiler wendet. „Habe ich das richtig verstanden, dass Sie für diese Statistik nur die Daten aus dem letzten Geschäftsjahr verwendet haben?“

Auch ich schaue, wie der Rest der Teilnehmer, nun erwartungsvoll nach vorne. Nicht, dass mich die Antwort interessieren würde. Ich will nur wissen, wie der Typ mit dieser Unterbrechung umgeht.

„Frau Clément", beginnt er und räuspert sich hastig. „Das haben Sie richtig interpretiert. Ich fand, dass ..."

Sie unterbricht ihn. „*Ich* finde, dass diese Statistik überhaupt keinen Sinn ergibt, wenn wir keine Vergleichsdaten haben", erklärt sie mit ruhiger Stimme.

Jetzt schießt dem Langweiler die Röte ins Gesicht. Ob er sich über die Störung ärgert oder darüber, dass er sich von einer jungen Frau unterbrechen lassen muss, lässt er uns nicht erkennen. Und auch nicht, ob ihm dieser Fehler peinlich ist.

Was *mich* an dieser Konversation am meisten interessiert, ist die Tatsache, dass er sie *Frau Clément* genannt hat. Clément, wie Edgar Clément, der ein langjähriger Handelspartner meines Dads war. Soweit ich weiß, baut und verkauft seine Schweizer Firma in ganz Europa und Asien luxuriöse Designerhotels.

Ein weiteres Abchecken der alten Herren um unseren Tisch verrät mir, dass Edgar nicht hier ist und wohl seine Tochter – ich hoffe, es ist seine Tochter und nicht seine neue Frau – die geschäftlichen Interessen der Firma vertritt. Der nun hitzigen Diskussion zwischen ihr und dem Langweiler zufolge macht sie das kompetent und mit großer Leidenschaft. Und damit ist es amtlich, sie ist das genaue Gegenteil von mir.

Der einzige Programmpunkt, dem meine Leidenschaft heute gilt, und der alleinige Grund, warum ich den ewig langen Flug aus Sydney in die Schweiz auf mich genommen habe, ist die im Anschluss stattfindende Unternehmung auf der Skipiste.

Die beiden Streithähne haben ihren Konflikt mittlerweile beigelegt und wir kommen zu dem Teil, der meine Anwesenheit an diesem Tisch begründet.

Wie immer schaue ich bei der Abstimmung zu Dads ehemaligem Geschäftspartner Thomas, der seit der Firmengründung vor über 30 Jahren die Hälfte der Anteile hält. Die anderen 50 % sind vor vier Jahren, nach dem unerwarteten Tod meines Vaters, auf mich übergegangen. Mit diesen Anteilen habe ich – quasi zusätzlich – Dads früheren Assistenten Frederic vererbt bekommen, der normalerweise bei solchen Veranstaltungen für mich mit Anwesenheit glänzt. Im Gegensatz zu mir hat er nämlich Ahnung von der Materie und ich muss am Ende nur noch hier und dort einmal eine Unterschrift setzen. Ansonsten brauche ich mich nicht mit diesem Businesskram zu beschäftigen.

Heute bin ich allerdings selbst vor Ort und muss deshalb persönlich abstimmen. Thomas gibt mir mit einer Kopfbewegung zu verstehen, wie wir uns verhalten werden, und ich melde mich pflichtbewusst, als mein Einsatz verlangt wird. Keine Ahnung, mit wie vielen Millionen ich unsere Firma gerade an dem Investment beteiligt habe, aber ich bin froh, dass die Sitzung endlich ihr Ende gefunden hat.

Als Erster erhebe ich mich von dem gepolsterten Stuhl, knöpfe mir noch im Aufstehen das langärmelige Hemd auf, streife es ab und hänge es achtlos über meinen Stuhl. Dann ziehe ich mir die Hosenträger meiner Snowboardhose über die Schultern meines hautengen, schwarzen Thermo-Longsleeves, das ich vorher schon unter dem Hemd angezogen habe.

Wenn ich nicht bereits durch mangelnde Kompetenz negativ aufgefallen bin, dann mit Sicherheit durch den Mangel an angemessener Kleidung. Die anderen Herren tragen schicke Anzüge und Lederschuhe, die Clément-Tochter ein Kostümchen mit Blazer und Pumps. Thomas konnte mich gerade noch davon abhalten, meine Snowboardboots bereits zum Meeting anzuziehen.

Eigentlich hätte ich das einfach durchziehen sollen. Noch missbilligender als jetzt könnten die Blicke der Ü60-Liga sowieso nicht mehr werden. Vielleicht sind sie auch einfach neidisch darauf, dass ich mich nicht entscheiden muss, ob ich den Hosenbund lieber *über* oder *unter* dem fetten Bauch trage.

Bevor ich mir meine Snowboardjacke vom Kleiderhaken nehme und überstreife, bemerke ich den abschätzenden Blick der jungen Frau. Ja, Darling. So sieht man aus, wenn man sich den ganzen Tag mit Surfen und Skaten beschäftigt und nicht mit seinem Bürosessel verwachsen ist. Mit einem süffisanten Grinsen streife ich mir meine Beanie über die wilden, schwarzen Locken und zwinkere ihr dreist zu, bevor ich mir mein Hemd schnappe und zügig den Konferenzraum verlasse.

• • •

Ich beeile mich, durch die noblen Hotelflure zu meiner Suite zu kommen, um meine Handschuhe, die Boots und mein Brett zu holen. Verschwenderischer Luxus strahlt mir aus jedem Winkel des Hotels entgegen. Diese aufdringliche und offensichtliche Oberflächlichkeit kotzt mich heute einfach nur an.

Bis zu meinem neunzehnten Lebensjahr war dieser Lebensstil allerdings völlig normal für mich. Mein Dad war schon immer eine große Nummer in der Immobilienbranche, weshalb ich es gewohnt war, mit meiner Familie in viel zu bonzigen Häusern, vor denen viel zu teure Autos parkten, zu leben. Als sich meine Eltern trennten – damals war ich vierzehn Jahre alt –, ist meine kleine Schwester Zoe mit Mum nach South Heads gezogen. Das ist eine kleine, süße Stadt direkt am Meer, circa eine Stunde Fahrtzeit südlich von Sydney.

Dad und ich lebten weiterhin an der Gold Coast. Allerdings mieteten wir uns meistens in die Suiten der verschiedenen Hotels meines Vaters ein, anstatt ein trautes Familienheim nur für uns beide zu suchen. Das war einfach praktischer, da keiner von uns kochen konnte und natürlich niemand Bock auf Putzen oder Wäschewaschen hatte. Für diese Aufgaben hatten wir dann eben das Hotelpersonal, während wir in unseren Suiten das Junggesellenleben aufs Angenehmste genießen konnten.

Als mein Dad vor vier Jahren starb, hielt mich an der Gold Coast nichts mehr. Na ja, vielleicht mein bester Freund Ryan, der dort mit seiner Familie lebte. Trotzdem habe ich meine Sachen gepackt, in South Heads einen kleinen Bungalow gekauft, und bin dann in die Nähe meiner noch verbliebenen Familie gezogen. Zoe und Mum waren äußerst angetan darüber, dass wir uns endlich wieder häufiger sehen konnten. Die knapp 800 Kilometer, die uns seit der Scheidung getrennt hatten, waren zwar für australische Verhältnisse ein Katzensprung, aber bedeuteten trotzdem, einen ganzen Tag im Auto verbringen zu müssen, wenn wir uns sehen wollten.

Obwohl ich mit dem Tod meines Vaters auf einen Schlag so viel Geld besaß, wie kein Mensch in einem Leben jemals ausgeben konnte, lebte ich seither halbwegs bescheiden weiter. Okay, ich genieße den unglaublichen Luxus, dass ich nicht arbeiten brauche. Stattdessen verbringe ich meine Zeit auf einem Surfbrett in den Wellen oder noch lieber mit meinem Skateboard auf dem Teer. Zugegeben, wenn ich ein neues, geniales Paar Sneakers entdecke, dann kaufe ich es mir, ohne mir Gedanken über den Preis zu machen. Aber ansonsten bin ich sogar ziemlich sparsam. Dieser Kurztrip einmal um den Globus und der Aufenthalt in dem viel zu schicken Hotel lassen meine Ausgaben-Statistik allerdings in ungebührliche Höhen schießen.

Damit diese Ausgabe nicht völlig umsonst ist, streife ich mir in meiner Suite die Snowboardboots über und mache mich zügig zum angenehmen Teil dieser Reise auf.

dean

1. FEBRUAR, ABENDS – ZERMATT, SCHWEIZ

Als ich die Tür der rustikalen Skihütte aufstoße, schlägt mir die unverwechselbare Geruchsmischung aus Schweiß, Alkohol und Testosteron entgegen, die Après-Ski-Veranstaltungen für mich so abgrundtief hassenswert macht. Selbstverständlich neben der furchtbaren Musik, deren Texte ich glücklicherweise nicht verstehe. Was andere mit demselben Problem allerdings nicht davon abhält, sehr laut und wahrscheinlich sehr falsch mitzugrölen.

Unter den überwiegend männlichen Gästen kann ich die Gesichter meiner Konferenzteilnehmer von heute Morgen ausmachen. Ich bin mir sicher, dass sie die Skipiste schon vor einigen Stunden verlassen haben, denn viele scheinen einen bereits bedenklichen Alkoholpegel erreicht zu haben. Es ist merkwürdig, die ansonsten so förmlich gekleideten Herren in Skihosen und unvorteilhaft engen Thermoshirts zu sehen. Wie sie sich an den Kanten des Stehtisches festklammern, um nicht umzufallen und dann wahrscheinlich nie mehr allein aufzustehen. Rote Gesichter, nass geschwitzte Haare und Koordinationsprobleme in den zugegebenermaßen klobigen Skischuhen lassen jeglichen Respekt, den ich jemals hätte empfinden sollen, schwinden.

Ich selbst bin stocknüchtern, denn ich habe meine Zeit bis zur letzten Liftfahrt mit meinem Snowboard im Schnee verbracht. Die vorherige Abfahrt im Flutlicht auf einer Piste, die ich fast ausschließlich für mich allein hatte, war einfach ein Traum. Umso härter trifft mich nun die Erkenntnis, dass ich den Rest meines Abends mit diesem Haufen peinlicher, betrunkener und alter Männer verbringen muss.

Ich brauche erst mal einen Drink, denn das werde ich nüchtern nicht ertragen können.

Als ich mich endlich durch die wogende Menge bis zur Bar vorgekämpft habe, lässt mich die Auswahl an Getränken resigniert aufseufzen. Jägertee, Heiße Witwe oder ein Flying Hirsch sind nicht gerade meine Lieblingsdrinks, doch ich füge mich dem Après-Ski-Wahnsinn und bestelle mehr durch Gestikulieren als mit Worten das Gemisch aus Jägermeister und Energydrink. Es ist so unglaublich voll und laut in der Hütte und die wärmenden Snowboardklamotten sorgen bereits für einen schwachen Schweißfilm auf meiner Stirn.

Ich bin gerade einmal seit zwei Minuten hier und

habe jetzt schon keinen Bock mehr. Mein Rückflug geht erst morgen Mittag, doch ich kann es mir nicht verkneifen, dem Koordinator dieses Meetings eine kurze Nachricht zu tippen, ob er mir doch bitte einen früheren Rückflug nach Sydney klarmachen kann.

Nachdem ich den Text abgeschickt habe, exe ich den Flying Hirsch, bestelle einen zweiten und amüsiere mich noch ein wenig über das Gehabe meiner lieben Geschäftspartner. Keine Ahnung, warum sie sich bei solchen Gelegenheiten immer so aufführen müssen. Das Bild ist in der Regel dasselbe. Sie sind sturzbetrunken, graben viel zu junge und viel zu hübsche Frauen oder Männer an, werden anhänglich und müssen am Ende von irgendjemandem aufs Zimmer gebracht werden. Vielleicht tun sie das, weil sie sonst kein Ventil für ihre überschüssige Energie haben. Wenn ich den ganzen Tag im Bürosessel verbringen müsste, dann würde ich auch zum Freizeitalkoholiker werden.

Glücklicherweise besteht mein Tag quasi ausschließlich aus Surfen und Skateboardfahren, weshalb ich dieses Getue hier absolut nicht nötig habe.

Der nächste Drink wärmt sowohl meine Kehle als auch meinen Magen, und ich merke, wie mir der hochprozentige Drink langsam in den Kopf schießt. Seit dem Frühstück habe ich nichts mehr gegessen, denn ich wollte keine kostbare Minute auf dem Snowboard verlieren.

Allerdings bin ich absolut nicht betrunken genug, um die Absichten der älteren Dame, die sich eng an mich presst, um zur Bar zu kommen, nicht zu durchschauen. Aus ihren aufgespritzten Schlauchbootlippen, die sich viel zu nah an meinem Mund befinden, kommen Worte, die ich nicht verstehe.

„Sorry, ich spreche nur Englisch", antworte ich laut und deutlich, während ich mich so weit wie möglich von ihr zurückziehe.

Eine Hand mit pink lackierten, krallenartig geformten Fingernägeln legt sich besitzergreifend auf meinen Unterarm. Die Frau schnurrt etwas Unverständliches, woraufhin ich mich unsanft von ihr losreiße und es endlich einsehe, dass ich mich zu meinen Bekannten zurückziehen sollte.

An dem massiven runden Stehtisch angekommen, quetsche ich mich zwischen Thomas und einem sehr beleibten Donald-Trump-Double in die Gruppe.

„Dean! Schön, dass du zu uns stößt!", begrüßt mich Dads ehemaliger Partner, während er seine Pranke auf meine Schulter niederfahren lässt. Ich murmele eine höfliche Begrüßung in die Runde, als sich Thomas auch schon als David Copperfield 2.0 entpuppt. Denn er zieht - wie aus dem Nichts - das Mädchen von heute Morgen zu uns an den übervollen Tisch.

„Dean, darf ich dir vorstellen: Lucia Clément, Tochter von Edgar Clément." Mit beiden Händen an ihren Oberarmen, schiebt er sie zwischen uns beide und grinst dabei, als ob er mir gerade den Hauptpreis einer Gameshow überreichen würde.

„Dean Richardson", stelle ich mich selbst vor und schüttele ihre Hand, die sie mir pflichtbewusst entgegenstreckt. Ich sehe sofort, dass sie sich in dieser Umgebung absolut nicht wohl fühlt. Ihr Lächeln wirkt aufgesetzt und es erreicht ihre stahlgrauen Augen nicht, mit denen sie mich misstrauisch mustert. Lucias Händedruck ist fest, doch ihre kleine Hand verschwindet fast in meiner. Sie ist für eine Frau zwar nicht besonders klein, doch gegen meine knapp 1,90 Meter wirkt so ziemlich alles und jeder winzig.

„Ich habe von dir gelesen", versuche ich, die Stimmung aufzulockern. „Du hast dieses Projekt in Zürich geleitet. Klang ziemlich aufwendig und sehr spektakulär." Mit einem vorsichtigen Grinsen gebe ich ihre Hand schließlich frei. Natürlich habe ich es mir nicht nehmen lassen, nach der hübschen, jungen Frau von heute früh zu googeln. Was die Suchmaschine zu Tage förderte, machte mir allzu deutlich, wie gegensätzlich wir waren. Auf den Studienabschluss, selbstverständlich mit Auszeichnung, folgten einige prestigeträchtige Projekte in der Firma ihres Vaters, für die sie sogar verschiedene Umwelt- und Innovationspreise gewonnen hatte. Laut ihrem Lebenslauf war sie sogar einige Monate jünger als ich, was mir verdeutlichte, wie hart und intensiv sie die letzten Jahre für ihre Erfolge gearbeitet haben musste. Eigentlich eine bewundernswerte Eigenschaft, die mich aber viel zu sehr an meinen Workaholic von Vater erinnert, dem die Arbeit immer wichtiger war als seine Frau und seine Kinder. Letztendlich zeigte er sich dadurch für die Zerstörung unserer Familie verantwortlich, was ich ihm bis heute nicht verzeihen kann.

Überraschung blitzt in Lucias grauen Augen auf, bevor sie mich ebenfalls anlächelt. „Wow, ich dachte nicht, dass du dich dafür interessierst", antwortet sie erstaunt.

Ob sie damit andeuten will, dass ich mich eigentlich einen Scheiß um die Geschäfte der Firma schere, oder ob sie darüber verwundert ist, dass ich mich für ihre beruflichen Erfolge interessiere, das kann ich ihrer Aussage nicht entnehmen. Beide Möglichkeiten lassen mich in keinem besonders schmeichelhaften Licht erscheinen, weshalb ich nur kurz mit den Schultern zucke.

Eine peinliche Stille droht sich zwischen uns auszubreiten, weshalb ich schnell das Thema wechsle. „Weißt du, wo man hier seine Jacke loswerden kann?"

Praktischerweise ist die Skihütte direkt an unser Hotel angeschlossen. Doch ich weiß genau, dass ich nicht zurückkommen würde, wenn ich nun den Weg zu meiner Suite antrete, um die viel zu warme Jacke abzulegen.

Lucia lächelt zaghaft. „Na klar." Sie umfasst meinen Oberarm mit ihrer kleinen Hand und bugsiert mich vor sich durch die Menge auf eine große Holztür zu, die sich halb hinter der Bar befindet. Das Personal hält uns nicht auf, als ich die schwere Tür öffne und in einen spärlich erleuchteten Raum eintrete.

Durch die hellen Leinenvorhänge scheint das Licht der Außenbeleuchtung, die vor der Skihütte angebracht ist, zaghaft herein. Ansonsten ist es stockfinster. Ich erkenne mehrere Stühle, die umgedreht auf den Tischen vor uns stehen, und an den Wänden hängen ausgestopfte Hirschköpfe zwischen gerahmten Schwarz-Weiß-Fotos. Als ich die Tür schließe, ist die laute Partymusik glücklicherweise nur noch gedämpft zu hören, und ich atme auf.

Langsam bahne ich mir einen Weg auf die andere Seite des Raumes, wo ich an der Wand hängend mehrere Jacken und Mäntel als dunkle Schemen wahrnehme.

Nachdem ich meine Jacke aufgehängt habe, wende ich mich Lucia zu, die nun neben mir steht. Selbst in ihren Skiklamotten, einer hellen Skihose und einem dunkelgrauen, eng anliegenden Rollkragenpulli sieht sie hinreißend und natürlich viel zu perfekt aus. Gott, wie gerne würde ich hinter diese Fassade blicken und etwas finden, das sie weniger vollkommen und fehlerlos macht.

Eigentlich sollte ich sie nicht so interessant finden. Gewissermaßen sollte ich sie sogar hassen. Sie ist alles, was ich nicht bin und niemals sein möchte. So übertrieben perfekt und langweilig angepasst. Mein Vater wiederum hätte sie für diese Eigenschaften vergöttert, was Lucia in meinen Augen nur noch verabscheuungswürdiger macht.

Ja, ich bin ein Arsch, denn ich beschließe, dass ich sie einfach nur zum Spaß aus dem Konzept bringen will. Mal sehen, wie tief ihre korrekte Fassade reicht. Selbstverständlich weiß ich auch schon, wie ich das anstelle, denn es gibt - vermutlich - zumindest eine Sache, in der ich besser sein dürfte als sie.

Da sie sowieso schon sehr nah neben mir steht, ist es ein Leichtes, ihr wie beiläufig eine blonde Haarsträhne aus dem Gesicht zu streifen. Ihre Haut fühlt sich angenehm glatt und warm unter meinen Fingerkuppen an.

„Woher kanntest du diesen Raum?“, frage ich sie, während ich meine Finger langsam über ihre Schläfe, das kantige Jochbein und schließlich ihren Kiefer entlang bis in den Nacken wandern lasse.

Lucia sieht mich aus großen, geweiteten Augen an. Ich sehe, wie sie schluckt, bevor sie zu einer Antwort ansetzt. „Ich …“ Sie räuspert sich. „Ich wohne aktuell in dem Hotel. Wir …“ Sie räuspert sich schon wieder, was daran liegen könnte, dass ich mit den Fingerkuppen kleine Kreise auf ihrem Nackenwirbel male. „Wir sind oft unterwegs und deshalb …“ Sie bricht mitten im Satz ab und wirkt völlig neben der Spur. Gut so, genau das wollte ich erreichen.

„Du und dein Dad, ihr reist zusammen?“, frage ich weiter, nachdem meine Hand zurück an ihre Wange gewandert ist und ich meinen Kopf zu ihr herabgesenkt habe, so dass sich unsere Lippen fast berühren. Dabei spüre ich den Hauch ihres warmen Atems an meinem Mund, was mich unerwartet heftig erregt. Vorsicht! Ich will, dass sie die Kontrolle verliert, nicht ich.

Ihre Antwort besteht aus einem kurzen Nicken, was dazu führt, dass unsere Lippen kurz davor stehen, sich zu berühren. Das daraus resultierende Prickeln schießt mir so zielstrebig in die Leistengegend, dass ich nur mit Mühe ein Aufstöhnen verhindern kann. Fuck.

Ich sollte handeln, bevor ich mir mit dieser Aktion selbst das Leben schwer mache. Lucias Miene lässt sich schwer deuten. Doch nachdem sie sich noch nicht aus meinem lockeren Griff befreit hat, nehme ich das als Einladung.

Quälend langsam überbrücke ich die letzten Millimeter zwischen unseren Mündern und lege meine Lippen behutsam auf ihre. Sie fühlen sich weich und voll an meinen an, und ich muss mich ein weiteres Mal ermahnen, dass es hier um sie und nicht um mich geht.

Ihre Augenlider sind geschlossen, der Druck ihrer Lippen wird zielstrebiger und ich sehe, wie sie beginnt, den Kuss zu genießen. Ihre Schultern entspannen sich unter meinen Händen, die ich ihr sanft in den Nacken gelegt habe. Dann taste ich sachte mit meiner Zunge an ihrer Unterlippe entlang. Sofort öffnet sie die Lippen bereitwillig und lässt mich ein. Sie schmeckt wie ein viel zu süßes Dessert. Überaus ungesund und überaus köstlich.

Ihre Hände gleiten an meinem Bauch nach oben zu meinen Schultern, wo sie versucht, mir die Hosenträger abzustreifen. Mit so viel Eigeninitiative hatte ich ehrlicherweise nicht gerechnet, und es gefällt mir viel zu gut.

Um mich zu revanchieren, streiche ich langsam mit meinen Händen nach unten und an ihren Seiten entlang. Wie zufällig streife ich dabei mit den Fingerspitzen den Ansatz ihrer Brüste und gleite tiefer auf ihren festen Bauch.

Unsere Münder sind immer noch verbunden, als mir die Träger meiner Skihose gegen den hinteren Oberschenkel fallen. Ihr köstlicher Geschmack breitet sich in meinem Mund aus, während das elektrisierende Gefühl der puren Erregung durch meinen gesamten

Körper tobt. Ich genieße es viel zu sehr und will mehr davon. Verdammt!

Vorsichtig gleite ich mit den Händen unter ihren Pulli. Ihre Haut ist angenehm warm und weich und doch unerwartet fest. Ich spüre harte Muskeln, die darauf schließen lassen, dass sie nicht nur bei ihrer Arbeit äußerst diszipliniert ist. Im Gegensatz zu ihrer aufopfernden Hingabe für den Job, die mich eher abstößt, macht mich ihr muskulöser Körper allerdings ziemlich an. Die warnende Stimme in meinem Kopf, die mich daran erinnert, dass ich diese Frau eigentlich total dämlich finde und ich sie hiermit einfach nur aus dem Konzept bringen wollte, ist mittlerweile sehr leise.

Zaghaft drücke ich meinen Unterleib gegen ihren Körper. Ich möchte sie aus der Reserve locken, aber ich beabsichtige, nichts gegen ihren Willen zu tun, weshalb ich auf ihre Reaktion warte.

Meine Hose ist mittlerweile unangenehm eng und sie muss den harten Widerstand an ihrem Bauch überdeutlich spüren. Ein leises Keuchen entfährt ihr, bevor sie mich noch enger an sich zieht. Okay, das war deutlich. Und, oh shit, das lässt mich jegliche Zurückhaltung vergessen, denn ich will wirklich dringend mehr von dieser Frau fühlen.

Weniger vorsichtig beginne ich damit, sie nach hinten zu drängen, bis sie mit dem Hintern an einen Tisch stößt. Die Stühle darauf klappern laut, als ich sie hochhebe und auf der Tischplatte wieder absetze.

Unsere Zungen haben sich die ganze Zeit umschlungen und liebkost, doch jetzt löse ich meinen Mund von Lucias, um freie Sicht auf den Reißverschluss ihrer Hose zu haben, den ich mit einem lauten Ratschen zügig öffne. Diese engen, hochgeschnittenen Skihosen sollten verboten werden, denn ich muss mich viel zu lange damit abmühen, wenigstens die Seiten über Lucias Hüfte zu ziehen.

Meine Finger treffen im selben Moment auf die zarte Haut oberhalb ihres Slipbündchens, in dem unsere Lippen wieder zusammenfinden. Der Kuss ist gemächlich und fast schon zärtlich, und ich genieße dieses prickelnde Gefühl viel zu sehr. Ich balle meine Hand zur Faust und schiebe meinen Daumen langsam unter ihrem Höschen nach unten. Auf weiche Haut folgen raue Haare und endlich das samtige Gefühl, als ich beginne, ihre Vulvalippen zu teilen.

Ich unterbreche den Kuss, lehne mich zurück, denn ich will ihr in die Augen sehen, wenn ich ihren empfindsamsten Punkt erreiche.

Ein Blick nach unten lässt mich stutzen. Lucia Clément, Millionenerbin und korrekteste Person, die ich seit Langem getroffen habe, trägt einen neonorangenen Omaslip mit einem ebenso neongelben Pikachu darauf, der gerade Blitze über den Stoff schießt.

Ungläubig starre ich immer noch auf das grinsende Pikachu, als die Tür hinter uns mit einem lauten Krachen auffliegt. Sofort dringt die ohrenbetäubende Musik zu uns herein.

Wir zucken beide vor Schreck zusammen. Ich ziehe meine Hand blitzschnell zurück und stelle mich mit einem zügigen Schritt vor das Mädchen, um sie instinktiv vor den neugierigen Blicken des Eindringlings zu schützen.

„Mr. Richardson“, keucht der Mann erschöpft. Auf den zweiten Blick erkenne ich in ihm den Kerl, der hier alles organisiert hat. „Ich habe Sie überall gesucht. Warum gehen Sie nicht an ihr Handy?“, fährt er schnell und vorwurfsvoll fort.

Nachdem die Situation hier eindeutig ist, hoffe ich, dass er nicht wirklich eine Erklärung braucht, warum ich nicht an mein Smartphone gehe.

Er scheint tatsächlich keine Antwort zu erwarten, denn er fährt schnell fort. „Ihr Fahrer zum Flughafen steht bereit. Wenn Sie nicht in zehn Minuten hier losfahren, dann verpassen Sie Ihren Flieger! Ich konnte eine frühzeitige Abreise organisieren, aber sie müssen *jetzt* los!“

„Okay, mache ich“, rufe ich ihm überfordert entgegen. Um ehrlich zu sein, gibt es derzeit kaum etwas, das mir ungelegener kommen könnte als dieser vorzeitige Aufbruch.

Vermutlich hat der Typ sein Auto und seine Niere verkauft, um das so kurzfristig möglich zu machen, doch ehrliche Dankbarkeit kann er gerade keine von mir erwarten.

„Zehn Minuten!“, ruft er drohend, als er sich umdreht, aus der Tür verschwindet und diese mit einem lauten Knall schließt.

Kurz überschlage ich in meinen Gedanken die Optionen. Wenn ich schnell wäre, dann könnten wir die Sache hier in fünf Minuten erledigen. Dann bräuchte ich noch eine Minute zum Hochrennen in die Suite, eine zum Umziehen, eine zum Packen und dann hätte ich sogar noch zwei Minuten, um rechtzeitig nach draußen zu meinem Fahrer zu kommen.

Doch als ich mich zu Lucia umdrehe, wird mir sofort klar, dass es das für heute war. Ihre Wangen leuchten in einem beschämten Roséton und der Reißverschluss ihrer Hose ist bereits wieder geschlossen. Schade, ich hätte gerne einen weiteren Blick auf das quietschbunte Pikachu geworfen. Und darauf, was sich darunter befindet.

Die Skischuhe verursachen ein lautes Krachen, als Lucia vom Tisch springt und mit ihnen auf den harten Steinboden trifft. „Na dann, einen guten Heimflug, Dean Richardson."

Als ob sie einen Schalter umgelegt hätte, strotzt Lucia plötzlich wieder vor professioneller Distanziertheit. Ohne mich eines weiteren Blickes zu würdigen, stolziert sie mit wippendem Pferdeschwanz zur Tür. Und das wohlgemerkt in Skischuhen. Kein Mensch sollte in diesen Dingern halbwegs elegant gehen können. Sie kann es.

„Bis dann, Pikachu", rufe ich ihr in dem Versuch hinterher, die Oberhand zu behalten. Sie dreht sich nicht einmal um, und mir wird schmerzlich bewusst, dass diese Runde damit an sie geht.

Schnell reiße ich meine eben aufgehängte Jacke wieder vom Haken und renne los, damit ich meinen Heimflug wirklich nicht verpasse. Das hätte mir gerade noch gefehlt.

KAPITEL DREI

Lucia

2. FEBRUAR – ZERMATT, SCHWEIZ

Das schrille Piepsen des Weckers reißt mich aus einem tiefen und traumlosen Schlaf. Verärgert grabe ich meinen Kopf noch weiter in das weiche Kopfkissen und taste gleichzeitig mit der Hand nach meinem Handy, das ich auf dem kleinen Nachttischchen neben mir abgelegt habe. Als ich es finde, tippe ich - ohne hinzusehen - grob auf dem Display herum, bis ich endlich den Button treffe, der das ohrenbetäubende Geräusch abstellt. Zufrieden kuschele ich mich noch tiefer in das viel zu gemütliche Bett.

Leider hält dieser Zustand des vollkommenen inneren Friedens nur kurz an. Unerbittlich schiebt sich das schlechte Gewissen in den Vordergrund und durchdringt damit die wohlige Sorglosigkeit in meinem Gehirn. „Argh", stöhne ich frustriert auf und öffne blinzelnd die Augen. Die Morgensonne begrüßt mich in ihrer grell strahlenden Pracht, als ich mich schließlich auf den Rücken drehe.

Die blütenweiße Bettwäsche, die meinen Körper bedeckt, scheint unter den Sonnenstrahlen zu glühen, als diese durch die riesige Fensterfront in meine Suite leuchten. Ganz ähnlich wie der ebenso weiße Schnee, der die bergige Landschaft draußen in ein glühend-glitzerndes Paradies verwandelt. Wunderschön.

Noch schöner wäre es allerdings, wenn ich weniger gerädert wäre. Die Party gestern ging bis in die frühen Morgenstunden und obwohl ich nach dem Ereignis im Nebenraum, über das ich jetzt nicht nachdenken möchte, nur noch Antialkoholisches getrunken hatte, macht sich zumindest der Schlafmangel negativ bemerkbar.

Unmotiviert befreie ich meine Beine aus der Decke und schwinge sie aus dem Bett. Langsam tapse ich barfuß über den flauschigen, hochwertigen Teppich zur Badezimmertür. Als ich auf die gewärmten Fliesen trete und die transparente Glastür schließe, aktiviert sich der Sichtschutz der Glaswand, die den Schlaf- vom Badbereich trennt. Durch die nun milchig-trüben Wände könnte mich keine Person, die sich in meinem Zimmer aufhalten würde, bei meinem morgendlichen Toilettengang beobachten. Als ob ich jemals jemanden hierher mitnehmen würde.

Ich mag mein Zimmer hier in Zermatt, in dem ich mittlerweile seit knapp zwei Monaten lebe. Die Suite meiner Eltern, die gegenüber liegt, war in dieser Zeit allerdings nur wenige Tage belegt. Sie leben aktuell die meiste Zeit in einem unserer Hotels auf Bali, um sich um die dortigen Projekte zu kümmern. Mein Leben hier könnte einsam sein, wenn ich nicht jede freie Minute mit Arbeit füllen würde.

Am Waschbecken reinige ich sorgfältig meine Hände und beginne dann damit, mein Gesicht mit eiskaltem Wasser zu waschen. Das weckt meine Lebensgeister. Doch beim Blick in den überdimensionierten Badezimmerspiegel, der mir auf einem eingebauten Display die Außentemperatur und das Pokémon des Tages - Gengar - anzeigt, springen mir die dunklen Schatten unter meinen Augen entgegen. Vorsichtig fahre ich mit dem Zeigefinger die gräulichen Stellen nach. Dann streiche ich über die feinen Linien, die sich ganz leicht an meinem äußeren Augenbereich in die dünne Haut einzugraben beginnen.

Mum hätte mir jetzt wieder einen Vortrag über die Vorteile von Botox gehalten. Mit meinen 23 Jahren würde es schließlich unaufhaltsam beginnen, dass der Alterungsprozess seine Spuren hinterlässt. Aber Mum ist gerade nicht hier, und obwohl sie oft herrisch ist, vermisse ich sie inzwischen sehr.

Weil Dad nicht hier ist, musste ich gestern die Familieninteressen bei diesem Meeting vertreten. Und im Anschluss habe ich, wie von mir erwartet, auf der Party Präsenz gezeigt. Man muss sich mit seinen Partnern gut stellen, sagt Dad immer, und genau diesem Leitsatz bin ich gestern gefolgt.

Mit einem Partner hätte ich mich allerdings fast *zu* gut gestellt. Bei diesem Gedanken schießt mir die Röte sofort in die Wangen.

Unwirsch verdränge ich ihn und beginne damit,

mein langes, glattes Haar zu kämmen, um es im Anschluss zu einem hohen Pferdeschwanz zu binden. Noch im Bad entledige ich mich meiner Satin-Schlafshorts und dem dazu passenden Top. Beim Blick auf meine geliebte Pikachu-Unterwäsche spüre ich merklich, wie meine Wangen schon wieder rot werden. Schnell angele ich mir von dem großzügigen Handtuchtrockner eine Sportleggings und das dazu passende Top. Die vorgewärmten Klamotten schmiegen sich wohlig warm an meinen Körper, und meine Gedanken beginnen wieder in sicheren Gefilden zu kreisen.

Zurück in meinem riesigen Schlafzimmer schnappe ich mir die Sportmatte, die aufgerollt neben der Balkontür steht, und platziere sie direkt vor der Fensterfront. Dann beginne ich mit meiner morgendlichen Workout-Session.

Ungewöhnlich bald fange ich dabei zu schwitzen an. Womöglich habe ich gestern doch zu viele Shots der *Heißen Witwe* getrunken. Was ist das eigentlich für ein dämlicher Name? *Kalte Jungfrau* würde sowieso viel besser zu mir passen. Also nicht, dass ich wortwörtlich noch Jungfrau wäre. Aber meine sexuellen Erfahrungen kann ich tatsächlich an einer Hand abzählen. Im Vergleich zu anderen Menschen in meinem Alter zähle ich also als Quasi-Jungfrau.

Immerhin ist das nicht der Fall, weil ich zu wenig Verehrer haben würde. Aber in meiner Position ist es unglaublich schwierig, jemanden zu treffen, mit dem man einfach nur belanglosen Sex haben könnte. Oder jemanden für eine Beziehung zu finden, der dabei keine

Hintergedanken hätte. Davon abgesehen sorgt mein geringer Erfahrungsschatz dafür, dass selbst die kürzeste und unspektakulärste Rein-Raus-Nummer für mich *nicht* in die Kategorie *belangloser Sex* fällt.

Ich stöhne frustriert auf. Zum einen, weil mir die Sit-ups gerade ungewöhnlich schwerfallen und zum anderen, weil mich die Situation meines nicht vorhandenen Liebeslebens nervt.

Ein fieser Gedanke versucht sich wieder in den Vordergrund zu drängen. Der Gedanke an den gestrigen Abend auf diesem Tisch, mit diesem Typen. Dean Richardson. Groß, muskulös und mit einer so souveränen Leck-mich-am-Arsch-Einstellung, dass er mich völlig aus der Bahn geworfen hat.

Warum zum Teufel habe ich mich überhaupt auf ihn eingelassen? Im Grunde verkörpert er so ziemlich alles, was ich an einem Typen verabscheue. Er hat Geld, okay. Das macht es einfacher, weil ich davon ausgehen kann, dass er zumindest nicht hinter *meinem* Geld her ist. Aber keinen Cent davon hat er sich selbst erarbeitet. Er hat keine Ahnung, was in der Firma seines Dads vor sich geht, und ist trotzdem der Typ, den alle um seine Zustimmung fragen müssen. Ihm ist alles in den Schoß gefallen, was ich mir hart erkämpfen musste. Klar hat mir der Status meines Vaters bei meinem Start geholfen. Aber ich bin heute in der Position, in der ich mich befinde, weil ich hart und unerbittlich dafür gearbeitet habe.

Wenn ich eine Sache aus meiner kurzen Begegnung

mit Mr. Arschloch gelernt habe, dann, dass die Arbeit auf seiner Prioritätenliste sehr weit unten steht. Irgendwie scheint es ihm völlig egal zu sein, was andere von ihm halten. Das ist so gegensätzlich zu meinem Leben, dass allein diese Eigenschaft viel zu faszinierend auf mich wirkt.

Okay, ich muss mir eingestehen, dass ich ihn anziehend finde. Aber vielleicht könnte ich dieses unwillkommene Gefühl für mich und meine Karriere nutzen? Vielleicht würden sich durch eine Verbindung mit ihm neue berufliche Chancen eröffnen? Warum also nicht das Angenehme mit dem Nützlichen verbinden?

Eine sehr leise Stimme in meinem Hinterkopf fragt mich, ob ich mir mein Vorhaben nur schönreden will. Ich ignoriere sie gekonnt und beschließe, dass ich Dean Richardson wiedersehen muss.

Nach dieser Entscheidung fallen mir die letzten 40 Minuten meines Workouts erstaunlich leicht. Es folgt eine angenehme, heiße Dusche. Dann ziehe ich mir zur Yogapants eine frisch gebügelte weiße Bluse und einen cremefarbenen Blazer an und schminke mich sorgfältig.

Der Zimmerservice hat mir mittlerweile meinen Latte Macchiato und das bestellte Avocadobrot auf meinen kleinen Esstisch an der Fensterfront gestellt.

In einer halben Stunde starte ich in einen Tag voller Videocalls. Die Zeit bis dahin nutze ich noch, um zu frühstücken und nebenbei einige Pokémon in Pokémon Go zu fangen. Direkt vor dem Hotel befindet sich ein Pokéstop, den ich von meiner Suite aus gerade noch virtuell erreichen kann. Ich setze ihm kurzerhand ein

Lockmodul ein, um noch mehr kleine Monster fangen zu können. Beim Gedanken daran, dass ich heute auf meiner Unterwäsche ein Feuer speiendes Glumanda spazieren trage, ärgere ich mich maßlos. Warum musste es gestern unbedingt Pikachu sein? Das bekannteste und damit gleichzeitig einfallsloseste Pokémon von allen!

Das Geräusch des eingehenden Videocalls reißt mich aus meinen Überlegungen. Mit der Kaffeetasse in der Hand gehe ich die wenigen Schritte zu meinem Arbeitsplatz hinüber, wo ich mit automatisierten Handgriffen die Bildschirme einschalte, mich auf meinem Bürosessel niederlasse und mir vorsichtig das Headset aufsetze, um meine Frisur nicht zu zerstören.

KAPITEL VIER

dean

4. FEBRUAR – SOUTH HEADS, AUSTRALIEN

„Rich!" Ryans Ruf geht fast in den dumpfen Schlägen unter, mit denen er an meine Zimmertür hämmert. Laut stöhnend wälze ich mich im Bett herum.

„Alter, geh weg!", schreie ich in seine Richtung. „Ich hab Jetlag", schiebe ich nach und versuche, mich damit zu rechtfertigen.

„Haha, du warst gerade mal drei Tage weg, da bekommt man keinen Jetlag!", antwortet er genervt.

Okay, er hat recht. Ich bin einfach nur fertig von der Heimreise. Obwohl ich aus Bern einen kleinen Jet nach Dubai nehmen konnte, den ich dank Pikachu fast verpasst hätte, und dort quasi direkt in die Passagiermaschine nach Sydney gestiegen bin, war ich über 24 Stunden unterwegs. Zermatt ist einfach am Arsch der Welt.

Ja, wenn ich an die Reise in der Businessclass in dem gemütlichen Liegestuhl mit der nie endend wollenden Flut an Gin Tonic denke, dann ist mir bewusst, dass andere diese Reise unter durchaus härteren Bedingungen absolvieren müssen. Die haben jetzt aber auch keinen Kater von den inkludierten Drinks, was ich als legitime Entschuldigung nehme, um den kompletten restlichen Tag im Bett bleiben zu wollen.

„Rich! Jetzt komm schon, die Wellen sind mega!", schreit Ryan durch die Tür, während er das stoische Hämmern wieder aufnimmt.

Genervt drehe ich mich um. An Schlaf ist bei dem Geräuschpegel sowieso nicht mehr zu denken. Und wenn er mit diesem Erdbeben weitermacht, dann fallen hier demnächst die Decks meiner alten Skateboards von den Wänden, die ich rund um mein Bett aufgehängt habe. Direkt auf mich drauf, das könnte unangenehm werden.

„Carter, du nervst", schreie ich resigniert zurück. Das Hämmern hört augenblicklich auf. Er weiß, dass er gewonnen hat.

„Ich mach uns Kaffee", dringt seine Stimme viel zu fröhlich zu mir herein.

In Momenten wie diesen bereue ich es fast, dass ich Ryan in meinen Bungalow habe einziehen lassen.

Kurz nach dem Tod meines Dads wollte ich in der Nähe meiner restlichen Familie sein. Deshalb habe ich mir in South Heads diesen hübschen Bungalow gekauft. Der ist nur wenige Querstraßen von dem Haus entfernt, in das meine Mum mit Zoe nach der Trennung gezogen ist und noch heute bewohnt. Meinen besten Freund Ryan, der diesen Titel bereits seit der Pre-School innehat, habe ich in der Zeit leider nicht mehr so häufig sehen können, da er noch an der Gold Coast lebte. Als er wegen Sarah, vor über zwei Jahren, unbedingt von dort weg wollte, war es für mich also sonnenklar, dass ich ihm ein Zimmer in meinem sowieso viel zu geräumigen Bungalow anbiete.

Die Miete, die er dafür bezahlt, ist mehr symbolisch zu betrachten. Aber ganz umsonst wollte er auf keinen Fall bei mir wohnen. Er weiß natürlich, dass ich ziemlich viel Kohle habe, weshalb er bereits in Kindertagen aus meinem Nachnamen den Spitznamen *Rich* kreiert hat. Allerdings ist ihm ziemlich sicher nicht bewusst, *wie* reich ich tatsächlich bin.

Vor einem Jahr ungefähr haben wir das letzte freie Zimmer in unserem Bungalow an Ben vermietet. Wir kannten ihn schon länger vom Surfen und waren völlig entsetzt, als wir erfuhren, dass er bereits seit mehreren Monaten obdachlos war. Auch er bezahlt mir einen sehr kleinen Betrag an Miete, den ich – wie Ryans Geld – ausschließlich in unsere legendären WG-Partys investiere.

Nachdem ich mich aus dem Bett gekämpft habe, nehme ich mir eine gemütliche Jogginghose aus dem Schrank, ziehe sie über meine Boxershorts und trotte barfuß zur Tür.

Als ich den weiß gestrichenen Gang mit hellem Holzboden entlangschlurfe, steigt mir der herrliche Duft des Kaffees bereits in die Nase.

Die Tür gegenüber von meiner ist geschlossen. Ich nehme an, dass Ben noch schläft. Es ist ja auch eigentlich Schlafenszeit. Bei ihm ist Ryan nicht so hartnäckig, denn Ben geht, im Gegensatz zu mir, einer geregelten Arbeit nach. Vielleicht hatte er gestern Nachtschicht und sich deshalb seinen Schönheitsschlaf redlich verdient.

Als Nächstes komme ich an Ryans halbgeöffneter Zimmertür vorbei. Dieser Raum ist quasi das Gegenteil zu seinem Truck. Hier herrscht nämlich akribischste Ordnung. Die riesigen Bildschirme an seinem Arbeitsplatz sind dunkel, der Schreibtisch aufgeräumt und nichts liegt herum. Lediglich das zerwühlte Bett lässt darauf schließen, dass hier ein menschliches Wesen residiert.

Bevor ich in die große, offene Küche eintrete, mache ich einen Zwischenstopp in dem letzten Raum, der von diesem Gang abzweigt, und erleichtere meine drückende Blase in der Toilette.

Als ich schließlich in die Küche komme, steht Ryan hinter der marmornen Kücheninsel und löffelt, an die Theke gelehnt, etwas aus einer Müslischüssel. Er trägt bereits eine hellblaue Badeshorts und vor ihm stehen zwei dampfende Becher mit dunkelbraunem Lebenssaft. Mit seinen halblangen blonden Haaren und der gebräunten Haut könnte er in jedem Kinderlexikon neben dem Begriff *Surfer* abgebildet sein. „Morgen“, begrüßt er mich feixend.

„Morgen“, grummele ich zurück, während ich mir einen der beiden Becher nehme und mich damit zum Kühlschrank umdrehe, aus dem ich die Sojamilch hole. Nachdem ich so viel Milch in meinen Kaffee gekippt habe, dass sich die Flüssigkeit am oberen Rand bereits nach außen wölbt, trinke ich vorsichtig meinen ersten Schluck, während ich mich neben Ryan lehne.

Aus der offenen Küche wandert mein Blick durch unser Wohnzimmer zu den riesigen Fenstern, durch die die bereits aufgegangene Sonne am Himmel zu sehen ist. Die Terrasse vor den Fenstern ist mit Gartenmöbeln, Wäschespinnen voller Wetsuits und verschiedenen Rails komplett zugestellt.

„Brauchen wir einen?“, frage ich Ryan, während ich mit dem Kopf in Richtung der Neoprenanzüge deute.

„Höchstens 'nen Shorty. Sollte aber auch ohne gehen“, antwortet er kauend. Dass ich mich vorgestern noch auf der anderen Seite des Erdballs, in dickste Winterkleidung gehüllt, auf einer Skipiste befunden habe und mich jetzt - Anfang Februar - mitten im australischen Hochsommer wiederfinde, ist ein kleiner Mindfuck für mein noch nicht ganz aufgewachtes Gehirn.

„Okay. Dann nehm ich nur ein Rashie mit. Fährst du?“ Ich drehe mich zu ihm und bemerke mal wieder, wie ausgeglichen er in letzter Zeit wirkt. So völlig entspannt und in sich ruhend habe ich ihn schon ewig nicht mehr erlebt.

Er grinst. „Lina kommt auch. Du kannst bei mir

mitfahren, aber danach wollte ich eigentlich noch Zeit mit ihr verbringen. Also einen Rücktransport kann ich dir nicht anbieten.“

„Oh ne, lass mal“, schnaube ich, da bei den beiden Frischverliebten für nichts zu garantieren ist. Ryan und Lina sind seit Silvester, also seit gut einem Monat, ein Paar. Sie sind noch voll in der ersten Verliebtheitsphase und damit nicht voneinander fernzuhalten. Wenn die beiden zusammen in der WG sind, dann gibt es zwei Grundregeln, die das Überleben von Ben und mir sichern: Ohropax in der Nacht und besonders lautes Öffnen und Schließen von Haus- und Zimmertüren bei Tag, um sich bemerkbar zu machen. Die beiden sind sehr süß zusammen, aber auch total widerlich.

„Dann fahre ich selbst“, ergänze ich mit einem gespielten Augenrollen. Natürlich gönne ich ihm sein Glück, was ihm vollkommen bewusst ist. Wir wissen beide, dass er schon einiges erlebt und durchgemacht hat. Deshalb bin ich unglaublich stolz auf ihn, dass er seinen dicken Schutzpanzer endlich aufgegeben und sich auf diese Frau eingelassen hat.

„Wie wars in Europa?“, erkundigt er sich, während er seinen Kaffee in einem Zug austrinkt.

Für Australier ist die Vorstellung von verschiedensten Ländern, Sprachen und Kulturen auf einem so winzigen Raum wie dem Kontinent Europa ziemlich abstrakt, weshalb sie diese Einteilung einfach ignorieren.

„Kalt“, schnaube ich belustigt. „Aber die Skipisten waren der Wahnsinn.“

Ryan nickt. „Und die Europäerinnen?“, fragt er mit

einem schelmischen Grinsen, während er sein gebrauchtes Geschirr vorbildlich in die Spülmaschine räumt. Da er selbst seit Kurzem mit einem deutschen Mädchen liiert ist, sollte er es ja am besten wissen, weshalb ich nur wissend grinse.

„Oha. Da lief wirklich etwas", kommt es erstaunt aus seinem Mund.

„Wie lange sollen die Wellen laut deiner schlauen App noch so außergewöhnlich gut bleiben?", unterbreche ich diese unangenehme Konversation forsch.

Mein diabolischer Plan klappt wie am Schnürchen. „Shit. Lass uns fahren." Ryan stößt sich schwungvoll von der Theke ab und ist schon bei der Haustür, als ich gerade einmal mein Zimmer betrete, um Schwimmshorts und -shirt anzuziehen.

Meinen Truck habe ich nicht unweit von Ryans am großen Parkplatz beim Leuchtturm abgestellt. Der Turm steht am äußersten Ende des Kaps, das den langen Strand in zwei Abschnitte teilt. Am hinteren und kleineren Shelly Beach sind die Wellen meistens am besten, weshalb ich mir mein Surfboard von der Ladefläche meines Gefährts schnappe und mich zielstrebig auf den Weg dorthin mache.

Ein Geheimtipp war die Surf-Vorhersage für heute leider nicht, denn es tummeln sich bereits eine Vielzahl von Wellenreitern im Wasser.

Der Sand unter meinen nackten Füßen fühlt sich warm und vertraut an, als ich zügig auf die Brandungslinie zusteuere. Schnell verteile ich das Surfwax auf dem Brett, um für mehr Grip zu sorgen. Dann befestige ich die Leash am Knöchel und stürze mich sogleich in die Wellen.

Die gleichmäßigen Paddelbewegungen, mit denen ich mich vom Strand entferne, verursachen ein angenehm brennendes Ziehen in meinen Oberarmen. Nach dem vielen Herumsitzen am Vortag genieße ich diese sportliche Betätigung sehr.

Ich muss leider zugeben, dass es eine äußerst gute Idee von Ryan war, dass er mich aus dem Bett geschmissen hat. Die Wellen sind der Wahnsinn und er wusste zu gut, dass ich es genießen würde.

Geschwind bin ich so weit draußen, dass ich mich in die Linie der wartenden Surfer einreihen kann. Lina und Ryan sitzen nicht weit von mir entfernt auf ihren Brettern und ich winke ihnen grinsend zu. Ryans Freundin surft noch nicht lange, weshalb sie momentan noch ein Foamie, ein Anfängerboard, nutzt. In unserem Gartenschuppen, den Ryan komplett für sich vereinnahmt hat, shaped er ihr aktuell allerdings ein eigenes, ordentliches Surfbrett und opfert dafür jede freie Sekunde. Die beiden winken lachend zurück, wobei Ryan ihr anscheinend eine völlig übertriebene Geschichte des heutigen Morgens erzählen muss, denn Lina lacht lauthals auf und schüttelt den Kopf, während sie mich angrinst.

Gott, wie ich das Leben hier liebe. Die Menschen, das wilde Meer mit seinen kraftvollen Wellen, die allgemeine Sorglosigkeit. Und natürlich die Tatsache, dass ich hier überall barfuß, oberkörperfrei und in Badeshorts hingehen kann. *Ohne*, dass mich jemals irgendjemand schief anschauen würde. Der Kontrast zu meinen Erlebnissen der letzten Tage könnte größer nicht sein und mir wird wieder einmal viel zu bewusst, dass sich dieses andere Leben, das des *Mr. Richardsons,* einfach so absurd falsch anfühlt.

Natürlich lande ich nach diesem Gedanken bei den Erinnerungen an die Frau, die ich in diesem anderen Leben ziemlich faszinierend fand. Wie vollendet sie sich in die Schablone der perfekten Tochter, der perfekten Geschäftspartnerin, der perfekten Frau eingepasst hat. Und doch konnte ich einen kurzen Blick auf eine Frau außerhalb dieser künstlichen Form werfen. Da war sie fast schon süß. So hilflos und vor allem so unschuldig in dieser lächerlichen Pikachu-Unterwäsche.

Glücklicherweise ist es an mir, die nächste Welle zu nehmen, was meine vollständige Konzentration erfordert. Ansonsten würde sich, mit weiteren Gedanken an diese Frau und ihre Unterwäsche, mein Blut bald aus meinem Gehirn verabschieden, um es sich in tieferen Gefilden gemütlich zu machen.

Die perfekten Surfbedingungen können es allerdings nicht lange verhindern, dass ich immer wieder beginne, über Lucia Clément nachzudenken. Es sind einfach zu viele Leute unterwegs und die Wartezeit zwischen den Rides bringt abstruse Ideen in meinem Kopf zum Vorschein. Eine davon ist, dass ich *sie* vielleicht wiedersehen sollte. Aber dieser Gedanke ist so bizarr, dass ich ihn zunächst in die Warteschlange schiebe. Damit würde ich mich zu einem anderen Zeitpunkt beschäftigen. Vielleicht morgen.

Heute würde ich nur surfen, später noch in den Skatepark fahren und danach – wenn ich viel Pech hatte – noch zwei, drei E-Mails von meinem Assistenten Frederic beantworten. Der regelt meinen Kram sehr zuverlässig und immer äußerst selbstständig, aber manchmal braucht er der Form halber eben mein Einverständnis, also gebe ich es ihm. Aber darauf muss er warten, bis ich hier fertig bin.

dean

8. FEBRUAR – BALI, INDONESIEN

Mit einer schnellen Handbewegung gebe ich der adretten Flugbegleiterin zu verstehen, dass ich die nächste Runde an ausgezeichneten Köstlichkeiten aussetzen werde.

Sie dreht sich mit einem höflichen und professionellen Lächeln weg, stellt das bereits vollbepackte Tablett ab und streckt mir im nächsten Atemzug meine bestimmt fünfte eisgekühlte Dose Diet Coke entgegen. Ich bedanke mich mit einem Nicken, öffne die Dose mit einem Zischen, setze sie sofort an und trinke mit großen Schlucken.

Ich weiß gar nicht, was die Leute immer gegen das Flugzeugessen haben. In der First Class ist es auf jeden Fall mehr als genießbar. Allerdings wird es in solchen Mengen serviert, dass ich es meinem eigentlich gut trainierten Körper nicht in seiner Gänze antun möchte. Den sonst auf meinen Flügen üblichen Gin-Tonic-Marathon habe ich diesmal durch einen - vermutlich ebenso ungesunden - Dauerkonsum von zuckerfreier Cola ersetzt.

Eigentlich hatte ich nach meiner Rückkehr aus Zermatt nicht damit gerechnet, dass ich so bald einen weiteren negativen Wert zu meiner persönlichen CO_2-Bilanz hinzufügen würde. Doch hier bin ich, gerade einmal eine knappe Woche später, auf einem 6-Stunden-Flug von Sydney nach Bali. Um dem Ganzen die Krone aufzusetzen, absolviere ich diesen zudem nüchtern.

Seit ich Ryan und seiner Freundin von meiner anstehenden Reise erzählt hatte, zog mich Lina damit auf. Das *Mallorca der Australier* nannte sie Bali und fragte mich lachend, ob ich genügend Strohhalme für die Sangria-Eimer eingepackt hatte. Außerdem versuchte sie, mir seither die deutschen Wörter *Bierhimmel* und *Bratwurst* beizubringen, wobei ich erstens in meiner Aussprache total versagt hatte und zweitens dafür auf Bali - hoffentlich - keine Verwendung haben würde.

Unruhig rutsche ich auf meinem - zugegebenermaßen - ziemlich komfortablen Sitz umher. Die Tatsache, dass ich einen Anzug trage, dessen schwere dunkelblaue Leinenhose mich in eine ungewohnte Starre presst, sorgt allerdings dafür, dass ich nichts an diesem Platz für bequem befinde.

Mum wäre fast vom Glauben abgefallen, als ich gestern vor ihrer Haustür stand, um mir aus meinem dortigen Kleiderschrank Klamotten abzuholen. Bevor ich in South Heads den Bungalow gekauft hatte, nutzte ich bei meinen Besuchen dort ein eigenes Zimmer in Mums und Zoes Haus, das ich mittlerweile nur noch als Lager für Dinge missbrauche, die mir im Bungalow im Weg herumstehen. In diesem Fall natürlich herumhängen, denn meine komplette Armada an Anzügen und Hemden fristet bei Mum ein armseliges Dasein als Innenschrankdekoration.

Ich weiß immer noch nicht, wie ich den Blick meiner Mutter deuten soll, den sie aufsetzte, als ich mich gestern an meinem Schrank bedient hatte. Ängstlicher Unglauben trifft es vermutlich am ehesten. Ängstlich, da sie es hassen würde, wenn ich in die Fußstapfen meines Vaters treten und so werden würde wie er. Ungläubig, weil es einfach absolut nicht zu mir und meinem Lebensstil passt, dass ich mich plötzlich auf einen Businesstrip begebe, für den ich mich obendrein noch adäquat kleide.

Manchmal frage ich mich selbst, warum ich mir das überhaupt antue. Besonders in all den Momenten, in denen ich den Gin Tonic der netten Flugbegleiterin ausschlage. Fakt ist, dass auf Bali demnächst einige größere Wohnbauprojekte starten, an denen wir uns als Firma finanziell beteiligen könnten und damit wohl auch ein hübsches Sümmchen verdient wäre. So weit die Theorie. Faktisch geht es dabei um verschiedene

hochwertige Bungalows und damit verlassen wir
eigentlich schon den Bereich, in dem *Bunham &
Richardson* Geschäfte machen. Riesige Hotelkomplexe
sind vielmehr ihr - beziehungsweise unser - Ding und
davon ist bei dem Bali-Projekt nicht die Rede.

Entsprechend angesäuert war mein Assistent
Frederic, als ich ihm eröffnete, dass ich gerne bei dem
Meeting heute Nachmittag in Ubud dabei wäre.
Zunächst hatte er versucht, es mir mit einer Engelsgeduld auszureden. Dann spielte er mehr oder weniger
den Beleidigten und zum Schluss hat er es tatsächlich
noch mit Vorwürfen probiert. Er meinte, die Reise
würde sowieso nichts bringen und ich würde damit nur
das Geld der Firma verschleudern. Naja, damit hatte er
sogar recht. Doch am Ende war keiner seiner perfiden
Taktiken erfolgreich, denn ich wollte entgegen jeder
Vernunft in den Flieger nach Bali steigen und voilà, hier
sitze ich also.

Ryan gegenüber behauptete ich natürlich, dass ich
einfach wieder die Gelegenheit nutze, um nach einem
Businessmeeting den vergnüglicheren Dingen nachzu-
gehen. Was in der Schweiz das Snowboarden war, das
wäre auf Bali das Surfen. Denn wie ich gehört hatte,
soll es dort ganz passable Spots geben.

Ryan hat mich nach dieser Aussage einfach nur
ausgelacht und den Kopf geschüttelt. Mir fällt auf, dass
das für Ryan und Lina in letzter Zeit zu einer ungesunden Gewohnheit wird, die ich ihnen schnellstens
wieder austreiben sollte.

Ja, ich kann mir einreden, dass man auf Bali ganz gut surfen kann und ich deswegen dorthin will. Als ob ich nicht sowieso im Paradies eines jeden Surfers leben würde. Wenn ich ehrlich zu mir bin, dann erhoffe ich mir ganz andere vergnügliche Dinge, die dem Meeting folgen sollen. Natürlich im Zusammenhang mit dieser Frau. Sie fasziniert mich einfach. Sie und ihre kindische Unterwäsche, die so gar nicht zu ihrer aufgeräumten Fassade passen will.

Außerdem kann ich diese Niederlage vom letzten Mal nicht auf mir sitzen lassen. Wie sie mich in Zermatt eiskalt stehengelassen hat, das hatte fast schon etwas Brutales. Aber dieses Mal werde ich bekommen, was ich will. Dieses Mal werde ich als Sieger vom Platz gehen. Bei dem Gedanken daran kann ich mir das vorfreudige, diabolische Grinsen nicht verkneifen, was mir einen irritierten Blick der Flugbegleiterin einbringt.

Nach der Landung manövriert uns mein Fahrer erstaunlicherweise lebend durch den chaotischen Stadtverkehr Denpasars. Auf unserer Weiterfahrt nach Ubud kann ich die sich mir bietende Aussicht auf sattgrüne Vegetation und Reisterrassen sogar genießen. Unerwarteterweise freue ich mich sogar ein klein wenig auf das bevorstehende Meeting.

Die Sohlen meiner blank polierten Lederschuhe klacken ungewohnt laut, als ich nach der Ankunft die hölzerne, überdachte Terrasse des Luxusresorts betrete und mein Jackett zuknöpfe. Überraschenderweise spüre ich eine nervöse Anspannung in mir aufsteigen.

Der große, schwere Holztisch in der Mitte ist bereits mit Erfrischungsgetränken bestückt. Ich gehe zielstrebig auf die Gruppe aus Anzugträgern zu, die sich auf der Längsseite versammelt hat. Dort bietet sich mir ein atemberaubender Ausblick auf einen perfekt angelegten Garten mit Mangobäumen, bunten Blumen, einem hellblau schimmernden Pool und Steinplatten, die sich zu verschlungenen Wegen zusammensetzen.

Als ich zur Begrüßung die verschiedensten Hände schüttele, bemerke ich die kurze Verunsicherung in den Blicken. Sie können sich vermutlich nicht erklären, was ich hier überhaupt will. Noch dazu in diesem Aufzug. Natürlich sind alle viel zu höflich, um mich direkt danach zu fragen, und ich beginne mich zu entspannen. Sosehr mich die Oberflächlichkeit dieser Welt ankotzt, so sehr belustigt mich selbige mal wieder.

Der relaxte Zustand hält leider nur kurz an, denn gerade als ich mich beginne, auf den nichtssagenden Small Talk mit dem Donald-Trump-Double einzulassen, betritt Edgar Clément die Terrasse.

Scheiße. Auf die Idee, dass Lucias Vater anstelle von ihr heute hier sein würde, bin ich in meiner Besessenheit natürlich nicht gekommen. In meinem Magen breitet sich das hohle Gefühl der Enttäuschung wie ein giftiges Geschwür aus und entsprechend frostig gestaltet sich meine Begrüßung ihm gegenüber. Ich komme mir in diesem Moment so abgrundtief dämlich vor und muss an Ryans vielsagendes Lachen zurückdenken. O Mann, er hat definitiv vor mir erkannt, dass mit mir gerade etwas gehörig schiefläuft, und diese Erkenntnis sorgt für einen bitteren Ausdruck in meinem Gesicht, den ich nicht verbergen kann.

Eine Sekunde nach diesem Gedanken droht mein Kreislauf endgültig zu kollabieren, denn Lucia Clément betritt in ihrer gesamten, perfekten Komposition die Terrasse. Meine Gefühlswelt gestaltet sich heute turbulenter als eine Fahrt im Movie Coaster. Ähnlich wie bei einer Fahrt mit dieser krassen Achterbahn wird mir von dem ganzen Auf und Ab ein ganz klein wenig schlecht. Zusätzlich verzehnfacht sich die Geschwindigkeit meines Herzschlags innerhalb einer Millisekunde und bereitet mir fast schon körperliche Schmerzen. Shit. Ich atme tief ein und versuche, das einengende Gefühl der Nervosität irgendwie in den Griff zu bekommen.

Lucia sieht selbstverständlich umwerfend aus. Der helle Jumpsuit aus Leinen scheint ausschließlich für ihren perfekten Körper gemacht zu sein, ihre Haare glänzen in einem seidig-goldenen Ton und sind zu einem akkuraten Pferdeschwanz gebunden, in dem sich jedes einzelne Härchen an seinem zugewiesenen Platz befindet. Ein leichter Schimmer von Rosé ziert ihre Lippen, die sie zu einem professionellen Lächeln verzieht, als sie in ihren hohen Sandalen souverän auf unsere Gruppe zuschreitet. Der Reihe nach begrüßt sie alle Anwesenden mit Namen, Handschlag und einigen Floskeln.

Als sie mir ihre Hand reicht, ist ihr Händedruck fest, und ich bemerke erneut, wie klein und zierlich ihre Hand im Vergleich zu meiner ist. Wenn ihr die warme Berührung unserer Handflächen ebenso durch Mark und Bein geht wie mir, dann lässt sie es sich in keiner Weise anmerken.

„Dean Richardson. Freut mich", begrüßt sie mich und sieht mir dabei fest in die Augen.

„Lucia Clément. Die Freude ist meinerseits", erwidere ich und kann mir ein leichtes, spöttisches Zucken meines Mundwinkels nicht verkneifen. Damit kann ich hoffentlich verbergen, dass mir ihr Blick aus diesen faszinierenden, stahlgrauen Augen durch und durch geht.

Unbeeindruckt schreitet sie weiter zu dem Trump-Double und schenkt ihm das gleiche nichts sagende Lächeln wie mir eben. Der irrationale Stachel der Eifersucht, der sich dabei in meine Eingeweide bohrt, macht mich wütend. Wieder drängt sich Ryans Lachen in meine Gedanken. Ja, ich bin ein verdammter Idiot.

Zwei Stunden später ist meine aufgeregte Nervosität einer unterschwelligen Aggression gewichen. Ich wünschte, Edgar wäre hiergeblieben und hätte nicht seiner Tochter die Vertretung der Firma überlassen. Denn ich hatte mich auf dieses Meeting vorbereitet, hatte recherchiert, hatte mir Argumente und Begründungen überlegt und das alles selbstbewusst in die Diskussionen eingebracht. Damit erreichte ich ungläubige und manchmal auch anerkennende Blicke der anwesenden Herren. Allerdings nicht von Ms. Clément. Mit einer beschämenden Leichtigkeit widerlegte sie meine Argumente, brachte mich mit ihren konkreten Nachfragen – die ich natürlich nicht beantworten konnte – ins Schwitzen und bewies vor versammelter Mannschaft, dass ich absolut keine Ahnung von irgendetwas hatte.

Offensichtlich ist es nicht ausreichend, wenn man sich drei Stunden seines Lebens mit einem Thema beschäftigt, um es mit Leuten aufzunehmen, die das schon seit Jahren tun. Das hätte ich mir zwar vorher denken können, aber an Selbstbewusstsein und der damit einhergehenden Arroganz hatte es mir eben noch nie gefehlt.

Obwohl ich genau weiß, dass ich gewissermaßen verloren habe, dass Frederic recht hatte und dass wir bei diesem Projekt auf Bali nicht mitmischen werden, lasse ich mir meine verheerende Niederlage nicht anmerken und gebe mich relaxed.

Trotzdem atme ich innerlich auf, als Donald endlich das Ende des Meetings verkündet und dieser Spießrutenlauf ein Ende hat. Mittlerweile weiß ich, dass er zwar wie Trump aussieht, aber Jonathan Finkelstein heißt und mit seiner Firma vor allem in Osteuropa tätig ist. Eine weitere Sache, die ich heute gelernt habe.

Jacketts werden aufgeknöpft und über die Stuhllehnen gehängt, Hemdsärmel nach oben gerollt und eine kleine indonesische Dame serviert uns Luwak Kaffee, eine balinesische Spezialität. Als ich meine Tasse, die den teuersten Kaffee der Welt beinhaltet, bis oben hin mit Sojamilch auffülle, hebt Lucia am anderen Ende des Tisches eine geschwungene Augenbraue und schenkt mir damit ihre erste direkte Reaktion auf meine Person. Als ich sie daraufhin fragend anblicke, antwortet dieses Miststück nur mit einem siegesgewissen Lächeln.

Der Gedanke daran, dass ich ihr am Ende dieses Tages das triumphierende Grinsen ausgetrieben haben und stattdessen ihren weichen, stöhnenden Mund kosten würde, lässt mich als Antwort einen Mundwinkel wissend nach oben ziehen.

Später am Abend kommt die Einsicht, dass ich meine Vorstellung minimal der Realität anpassen muss. Ich stehe direkt neben dem hellblau glitzernden, sphärisch beleuchteten Pool im Garten. Dort ist nämlich eine kleine Bar aufgebaut worden, die mit bunten Blüten und grünen Bananenblättern dekoriert wurde. Das ist mir allerdings ziemlich egal, solange das, was über den Tresen wandert, direkt in meinen Blutkreislauf kickt.

Mit einem lauten Knall stelle ich die nächste leere Flasche Bintang auf dem dunklen Holz ab. Langsam reicht es mir wirklich. Ich habe mir ernsthaft Mühe gegeben. Ich bin frisch geduscht, habe sogar Parfüm aufgelegt und trage zu meiner schwarzen Stoffhose sogar ein schwarzes Hemd. Ein Hemd! Freiwillig!

Und jetzt erzählt mir Edgar Clément, dass seine Tochter sofort nach dem Ende des Meetings abgereist ist. Wohl ein Notfall irgendwo in Europa, zu dem er wegen des Projekts hier nicht persönlich reisen konnte. Seit Stunden ist sie schon weg, ohne ein Wort zu sagen oder sich zu verabschieden. Und ich kleiner Vollidiot stehe hier und warte auf sie, während sie sich bereits im Flieger die Gin Tonics reinzieht und über mich lacht.

Okay, vermutlich eher Gurkenwasser oder so etwas in der Art, aber es geht ums Prinzip.

Lucia Clément macht mich fertig. Das war doch bestimmt Absicht, um mich ein zweites Mal eiskalt abzuservieren.

Zwei zu null für dich, Lucia. Diese erneute Niederlage muss ich leider widerstandslos anerkennen. Langsam dämmert mir, dass ich mir diese Frau vielleicht besser aus dem Kopf schlagen sollte, wenn ich in diesem Leben jemals wieder froh werden möchte.

dean

11. FEBRUAR – SOUTH HEADS, AUSTRALIEN

Vermutlich wirft mir mein Fahrer gerade einen missmutigen Blick zu, weshalb ich ihn vorsichtshalber gar nicht erst anschaue, während ich den Knopf für den elektrischen Fensterheber betätige und damit meine getönte Scheibe nach unten fahren lasse. Die Klimaanlage wird mit dem bisschen Fahrtwind schon zurechtkommen, rechtfertige ich mich. Augenblicklich fährt mir ebendieser in meine Haare und ich spüre die kitzelnden Strähnen und warme, salzige Morgenluft auf meiner Haut.

Der eigentliche Grund für meine Aktion ist allerdings nicht die gute Luft, sondern ein anderes Naturphänomen, von dem ich niemals genug bekommen werde und wegen dem ich jedem Menschen, der das

nicht nachvollziehen kann, augenblicklich die Freundschaft kündigen würde.

Als wir an der Küstenstraße von South Heads zu
meinem Bungalow fahren, steigt die Sonne gerade wie
eine Göttin als grellgelb glühende Kugel aus dem
dunkelorange leuchtenden Meer auf. Ein faszinierender
Anblick, der mich jedes Mal wieder in seinen Bann
zieht und der hinter getönten Scheiben nur halb so
beeindruckend wirkt. Ich genieße das wunderschöne
Schauspiel, bis es das letzte Stückchen Sonne an das
Firmament geschafft hat. Anschließend lehne ich mich
entspannt in den Ledersitz zurück und schließe das
Fenster, denn in wenigen Minuten sollten wir zu Hause
ankommen.

Leider hat dieser perfekte Sonnenaufgang meine Laune
nur kurzzeitig gehoben. Deshalb beschließe ich in dem
Moment, in dem ich mein tristes Zimmer betrete, dass
ich sofort wieder nach draußen abhauen muss, um
meine innere Gereiztheit loszuwerden.

Schon als ich das erste Mal Schwung hole und mein
Skateboard das vertraute, klackernde Schleifen der
Rollen auf dem Asphalt von sich gibt, merke ich, wie ich
mich innerlich entspanne.

Am Skatepark angekommen, habe ich ihn zu dieser
unchristlichen Tageszeit komplett für mich allein.
Gemächlich lege ich meinen Rucksack ab und hole die
dicken Knieschoner und den Helm inklusive meiner

Beanie daraus hervor. Routiniert ziehe ich die Schoner über meine nackten Unterschenkel bis zu den Knien nach oben und fixiere sie gewissenhaft. Das Skaten ohne Knieschoner habe ich schon vor Jahren als ziemlich cool, aber zeitgleich als äußerst schmerzhaft erfahren, weshalb ich es mittlerweile sein lasse.

Bevor ich den Helm aufsetze, stülpe ich mir die dünne Mütze über die Haare. Ich mag das drückende Gefühl des Helms nicht, wenn er direkt auf meinem Kopf aufliegt, und die enge Beanie hält meine, mal wieder, viel zu langen Haare davon ab, mir ständig in die Augen zu fallen.

Behutsam wärme ich mich zunächst mit einigen einfachen Tricks an den Rails auf. Als ich zur Quarter Pipe mit der Bowl wechsle, kommen zwei weitere Frühaufsteher durch das Tor herein. Wir begrüßen uns kurz, wonach ich mich aber wieder voll auf meinen Ride konzentriere. Bis zur nächsten großen Skate-Competition dauert es zwar noch einen guten Monat, doch ich feile bereits jetzt an meinen Tricks, die ich unbedingt einbauen will. Nach einer kurzen Pause, in der ich die zwei mitgebrachten Dosen Diet Coke aus meinem Rucksack exe, wende ich mich der Halfpipe zu, um mich mit meinem aktuellen Endgegner zu beschäftigen. Der trägt den schönen Namen *720* und ich stehe ihn mittlerweile bei ungefähr fünf von hundert Versuchen. Die restliche Zeit rutschen ich und mein Board in den ungünstigsten und schmerzhaftesten Positionen über die Transition der Pipe. In diesen Momenten würde ich mühelos jeden Wettbewerb, bei dem der Hauptgewinn an denjenigen mit den lautesten und derbsten Flüchen geht, gewinnen. Allerdings keine Skate-Competition, weshalb ich immer wieder aufstehe, aufs Brett springe und so lange übe, bis mein kompletter Körper ein einziger schmerzender Berg krampfender Muskeln ist.

Am frühen Nachmittag muss ich einsehen, dass es keinen Sinn mehr macht, es weiterhin zu versuchen. Mein Körper gehorcht mir nur noch bedingt, der Skatepark ist mittlerweile brechend voll und ich befürchte, dass ich schon wieder ein neues Griptape für mein Deck brauche. Zumindest schiebe ich die Misserfolge der letzten Stunde auf den abgewetzten Zustand des jetzigen Tapes.

Erschöpft setze ich mich auf eine Bank, die im Schatten eines riesigen Baumes, etwas abseits der Rampen, steht. Einige Jungs und Mädels, mit denen ich regelmäßig skate, haben sich dort bereits versammelt.

„Hey, Dean, schon lange nicht mehr gesehen!", begrüßt mich Henry. Henry ist mindestens fünfzehn Jahre älter als ich und man sieht ihm an, dass er viel Zeit an der frischen Luft verbringt. Seine stark gebräunte Haut ist ledrig, die grünstichigen Tattoos auf seinen Armen teilweise nur noch schwer zu erkennen. Die Haare trägt er als hüftlange, dunkelblonde Dreads, die er immer mit einem dicken, bunten Haargummi im Nacken zusammenbindet.

„Henry, das waren drei Tage", antworte ich lachend, während ich mir den Helm und die Mütze vom Kopf streife und mit der Hand durch meine verschwitzten und plattgedrückten Haare fahre.

„Das ist für dich ja eine halbe Ewigkeit“, meint er daraufhin und zuckt kurz mit den Schultern.

Ich könnte jetzt erwähnen, dass ich die letzten drei Tage auf Bali war. Aber vor den Leuten aus der Skate-crew würde ich mir wie ein versnobter Angeber vorkommen, wenn ich das jetzt raushauen würde.

„War surfen“, kommt deshalb meine knappe Antwort. Das ist nicht einmal gelogen.

Nach Lucias Abfuhr wollte ich meinen ursprünglich als Alibi gedachten Plan tatsächlich in die Tat umsetzen.

Dadurch konnte ich mir selbst einreden, dass dieser Rückschlag überhaupt kein Problem wäre, denn schließlich war ich zum Surfen nach Bali gekommen und das hatte ich letzten Endes auch getan. Vor allem mein angeknackstes Ego war mit dieser Version der Dinge äußerst zufrieden.

In meinem Gepäck hatten sich zwei Surfbretter befunden. Mein eigenes und ein weiteres, das Ryan über sein Social-Media-Profil an einen verrückten Typen aus Uluwatu auf Bali verkauft hatte. Eigentlich war geplant, das Board per Luftfracht zum Empfänger zu schicken. Aber da ich sowieso auf die Insel flog, nahm ich es kurzerhand einfach mit. Mein Fahrer hätte das Brett dann zu seinem neuen Besitzer bringen sollen. Aber da ich komischerweise keinen Bock mehr darauf hatte, in diesem Resort in Ubud abzuhängen, habe ich mich, ohne zu zögern, zu dem Fahrer und dem Board ins Auto gesetzt und an den Beach fahren lassen. Ich übergab das Board, wir tranken gemeinsam ein gekühltes Bierchen, eines kam zum anderen, und letztendlich hatte ich die dortige Surfcrew erst einige Stunden vor meinem Abflug heute Nacht verlassen.

Beim Surfen ist es einfach immer besser, wenn man mit jemandem draußen ist, der den Spot bereits kennt und weiß, wo die geeignetsten Wellen sind. Die Crew aus Uluwatu war mir von Anfang an sympathisch. Die Leute waren witzig, aufgeschlossen und auf dem Brett richtig, richtig gut. Obendrein hatten sie kein Problem damit, mich für zwei Tage quasi bei sich aufzunehmen. In der kleinen Strandhütte hatte ich schnell eine bunt gestreifte Hängematte als mein provisorisches Nachtlager auserkoren, die sich als unerwartet gemütlich entpuppte.

Ich genoss diese beiden Tage so sehr. Diese herrliche Mischung aus viel Bintang, viel Meer, viel Surfen, kein Mr. Richardson und fast kein verschwendeter Gedanke an Lucia Clément.

Wobei ich sagen muss, dass mein bisheriger Tag – wenn man von den Misserfolgen beim Skaten absieht – denen auf Bali in Nichts nachsteht.

Henry nickt verstehend und erhebt sich ächzend aus dem Schneidersitz. Dann schlendert er einige Meter zu den Stufen der Tribüne hinüber, wobei sich der leichte Wind in seinem langen, hellgrünen Gewand fängt und es unförmig aufbauscht. Unter den Jungs und Mädchen, zwischen denen er sich niederlässt, erkenne ich Linas Kumpel David. Als sich unsere Blicke treffen, grüßen wir uns mit je einem knappen Kopfnicken. Obwohl wir seit Jahren in den gleichen Skatepark gehen, sind wir nie Freunde geworden.

Als ich nach South Heads kam, habe ich mich ziemlich zügig einer Gruppe Skater anschließen können, mit denen ich mich auch heute noch zum Fahren und manchmal außerhalb des Parks treffe.

David war schon immer mit den Leuten unterwegs, die ganz gern mal eine Tüte durchgezogen oder anderes Zeug eingeworfen haben. Das war nicht meine Welt, weshalb ich mit dieser Clique nie warm geworden bin. Mein Dad hat immer gedroht, dass er mich enterben wird, wenn ich mich auf Drogen einlasse. Bei der beträchtlichen Summe, die ich als Erbe in Aussicht hatte, war das eine sehr ernstzunehmende Drohung, die mich zuverlässig von allen Substanzen ferngehalten hat. Selbst jetzt, wo ich keine väterlichen Konsequenzen zu befürchten habe und mich finanziell ohne Weiteres an den Koks-Eskapaden von Mr. Finkelstein beteiligen könnte, lasse ich die Finger von dem Zeug.

Henry und David sehen diesen Punkt eher entspannt. Ich bin mir ziemlich sicher, dass es sich um keine handelsübliche Zigarette handelt, die sich Henry gerade angesteckt hat und nun an David weitergibt. Wie bei den koksenden Typen aus meinem Arbeitsumfeld sorgt das dafür, dass ich die beiden einfach nicht ernst nehmen kann. Über dieses verantwortungslose Verhalten schüttele ich verständnislos den Kopf. Es sind schließlich auch Familien und Kinder anwesend.

David ist sowieso bei mir untendurch, da er mal scharf auf Lina war. Er könnte der netteste Kerl der Welt sein. Aber ein Typ, der auf das Mädchen meines besten Kumpels stand, wird für immer ein rotes Tuch für mich bleiben.

Ein anhaltendes Vibrieren, das aus meinem Rucksack zu kommen scheint, unterbricht meine Gedanken. Als ich das Handy endlich unter meiner verschwitzten Beanie gefunden und nach draußen befördert habe, wird mir Ryans Anruf bereits als *verpasst* angezeigt. Dafür ploppt fast im selben Moment eine Nachricht von ihm auf.

Ryan 2:17 pm: Party am Leuchtturm heute Abend. Es gibt was zu feiern! Lina hat den Studienplatz in Sydney!!!!!

Unwillkürlich muss ich grinsen. Ryans Euphorie, die selbst in dem kurzen Text nicht zu übersehen ist, springt mir förmlich entgegen und steckt mich an. Außerdem freue ich mich unglaublich für die beiden. Das Bangen und Hoffen der letzten Wochen, in denen sie nicht wussten, wie ihre Beziehung weiterbestehen kann, hat zunächst ein Ende.

Auch wenn ich persönlich absolut keinen Bock auf eine weitere Party habe, werde ich natürlich mit den beiden auf diese fantastische Entwicklung anstoßen und auf der Feier aufkreuzen. Nachdem mein Körper heute für sportliche Aktivitäten wie Surfen oder Skaten schon zu erschöpft ist, kommt mir jegliche Ablenkung in alternativer Form gerade recht. Ich muss dringend verhindern, dass mir freie Zeit bleibt, in der ich über Lucia nachdenken kann. Denn auch heute werde ich keinen einzigen Gedanken an diese Frau zulassen!

Ryan hat natürlich alles im Griff und bereits riesige Mengen an Bier und Cola in eisgekühlten Dosen besorgt, die sich nun in unserem heimischen Kühlschrank bis unter die Decke stapeln. Zielstrebig ziehe ich mir eine Bierdose aus dem obersten Fach und lasse den Kühlschrank gleich geöffnet, damit sich die beiden Mädchen hinter mir ebenfalls bedienen können.

„Hey, Sue, schön dich mal wieder zu sehen!", begrüße ich die Kleinere der beiden, deren blonde Lockenmähne ihr halbes Gesicht verdeckt. Normalerweise treffe ich Sue entweder im *Valley of Beans*, wo sie die Gäste mit Koffein und Kohlenhydraten versorgt, oder im Skatepark, wo sie mit Davids Skatetruppe abhängt.

Etwas unbeholfen begrüßt sie mich mit einer kurzen Umarmung und wird leicht rot. „Hey, Dean!"

Ich befürchte, dass Sue früher mal auf mich stand. Damals, als ich für sie noch der geheimnisvolle, unbekannte Skateprofi des örtlichen Skateparks war. Nachdem sie sich mit Lina angefreundet hat und seit

Neuestem bei uns zu Hause abhängt, hoffe ich, dass diese Faszination mittlerweile nachgelassen hat.

Aus den Boxen im Wohnzimmer dröhnt laute Partymusik, zu der manche der Gäste bereits rhythmisch wippen. Ungefähr zehn Leute stehen auf unserer Terrasse oder in der Küche herum und stoßen mit Bier und Cola an. In ungefähr einer Stunde werden wir zum Strand beim Leuchtturm aufbrechen. Die Picknickdecken und die Snacks, die wir dorthin mitnehmen werden, liegen bereits neben dem Sofa gestapelt bereit. Da der Strand, wie die meisten öffentlichen Plätze in Australien, als alkoholfreie Zone gilt, muss das Bier allerdings zuhause bleiben. Beziehungsweise geben wir uns Mühe, dass wir es bis dahin bereits in unseren Blutkreisläufen verteilt haben.

Die Freundin von Sue umarmt mich ebenfalls kurz und mustert mich unverhohlen. Sie ist hübsch. Mit ihren rabenschwarzen, langen Haaren und je einem Piercing an der Augenbraue und in der Nase, sieht sie allerdings alles andere als harmlos aus. Als sie mir ihren Namen verrät, blitzt es zwischen ihren Zähnen silbern auf. Miriam scheint zusätzlich ein Zungenpiercing zu tragen, was ich ziemlich heiß finde. Kurz drängt sich mir der Gedanke auf, dass ich mit diesem Mädchen bestimmt eine Menge Spaß haben könnte.

Dann entdecke ich Lina, die in die Küche geschlendert kommt, während sie wild gestikulierend mit Ben redet, der neben ihr läuft. Schon im Weitergehen entschuldige ich mich bei Sue und Miriam für meinen Abgang und bin im nächsten Moment bei Lina angekommen.

„Glückwunsch zum Studienplatz!", rufe ich laut, während ich sie stürmisch hochhebe und mich mit ihr einmal um die eigene Achse drehe.

„Dean!", gellt ihr entsetzter Schrei viel zu nah an meinem Ohr. Mit beiden Händen schlägt Lina auf meine Schulter ein, woraufhin ich sie lachend auf dem Boden absetze.

„O Mann, jetzt bin ich für immer taub", beschwere ich mich gespielt dramatisch und presse den Handballen auf meine rechte Ohrmuschel.

„Selbst schuld", kommentiert Ryan trocken, der plötzlich hinter mir steht. Sein Tonfall klingt witzig und gelassen, doch sein Gesichtsausdruck verrät mir, dass er meine Aktion alles andere als lustig fand. Okay, hinsichtlich Linas Vorgeschichte ist so ein Überfall wohl wirklich unangebracht.

„Sorry", wende ich mich zerknirscht an Lina, die allerdings schon wieder lacht. „Ich hab mich einfach so krass für euch gefreut!", will ich mich verteidigen.

„Frag uns mal", feixt Lina und grinst mit Ryan um die Wette, als sie sich aus glänzenden Augen verliebte Blicke zuwerfen. Gott, sie sind einfach unerträglich.

Mit einem hilflosen Augenrollen schaue ich zu Ben, der nur mit den Achseln zuckt und mir seinen resignierten *Da-kann-man-nichts-machen-Blick* zuwirft.

Als der Kühlschrank beträchtlich leerer geworden ist und die ersten beginnen, ihre Sachen zu packen, kommt Miriam zielstrebig auf mich zu. Sie setzt sich neben mich aufs Sofa, wobei ihr Oberschenkel direkt an meinem anliegt. Und das, obwohl neben ihr bestimmt noch Platz für zwei weitere Personen wäre. Ihre Absicht hat sie somit mehr als deutlich gemacht.

Unwillkürlich muss ich an meine beiden letzten Nächte auf Bali in dieser Hängematte denken. Auch dort gab es ein Mädchen, das nur zu bereitwillig in mein Nachtlager geschlichen kam. Dieses offensichtliche Angebot schmeichelt mir heute und tat es auch die letzten beiden Tage, doch irgendetwas hält mich jedes Mal davon ab, mich endgültig darauf einzulassen.

„Kommst du noch mit zum Leuchtturm?", fragt mich Miriam, während sie die Kugel ihres Zungenpiercings über die Unterlippe rollt. Wenn mich nicht alles täuscht, dann wäre es ihr lieber, wenn wir beide dieses Sofa heute nicht mehr verlassen würden. Und zugegeben, diese Aussicht macht mich ein klein wenig an.

„Ich denke, ich habe genug Party für heute", antworte ich. Bevor sich Miriam falsche Hoffnungen macht, erhebe ich mich schwerfällig und beende damit die Berührung unserer Beine. „Ich geh ins Bett", verkünde ich laut. „Allein", ergänze ich in entschuldigendem Ton so leise, dass nur Miriam es hört.

Wenig später haben sich die letzten Gäste lautstark verabschiedet und sind auf dem Weg zum Leuchtturm. Ich beginne gemächlich, das Chaos in der Küche zu beseitigen, indem ich leere Dosen einsammle und Schüsseln in die Spülmaschine räume. Obwohl mehrmals die Woche eine Haushälterin kommt, die putzt und sich um die Wäsche kümmert, versuche ich zumindest ein wenig Eigenverantwortung zu zeigen.

Gerade als ich damit fertig bin, gibt mein Handy ein schrilles Piepen von sich. Das kann nur Frederic sein. Nachdem seine Arbeitszeiten keinem geregelten Achtstundentag folgen, habe ich meinen E-Mail-Posteingang mit einem nervtötenden Alarmton versehen. Frederic und ich hatten schon viel zu viele Diskussionen darüber, dass ich ihn bei seiner Arbeit aufhalte, wenn ich ihm diese oder jene Zustimmung nicht zügig zukommen lasse. Also versuche ich nun, seine Nachrichten möglichst umgehend zu beantworten.

Was er um diese Zeit wohl von mir will? Vielleicht nur schadenfreudig auf meinem Bali-Misserfolg herumreiten. Damit hätte ich nicht einmal ein Problem, wie mir gerade bewusst wird.

Wenn ich so darüber nachdenke, dann gibt es nur eine logische Konsequenz aus den Erlebnissen der letzten Wochen. Ich sollte mich aus dem *Mr.-Richardson-Leben* wieder zurückziehen. Es war eine blöde Idee, als ich beschloss, mich in der Firma mehr einzubringen. Vor allem, da ich es aus den offensichtlich falschen Gründen getan habe.

Gleichgültig ziehe ich mein Smartphone aus der Hosentasche und erstarre in der Bewegung, als ich im Sperrbildschirm den Namen der Absenderin erkenne. Lucia Clément.

Schwerfällig lasse ich mich gegen den Kühlschrank fallen und öffne die Nachricht mit einer routinierten Daumenbewegung. Es ist nur eine E-Mail, aber mein Herzschlag galoppiert in meiner Brust, als ob ich einen

100-m-Sprint gegen Usain Bolt gelaufen wäre. Meine Beine scheinen das ähnlich zu sehen und verhalten sich plötzlich wie Wackelpudding.

Genervt von mir selbst stöhne ich auf und bin der kalten Edelstahlwand in meinem Rücken gleichzeitig unglaublich dankbar, dass sie mir ein wenig Halt gibt.

Nachdem ich tief eingeatmet habe, beginne ich, die Nachricht mit schnell pochendem Herzen zu lesen.

Sehr geehrter Mr. Richardson,

um mir ein umfassendes Bild bezüglich möglicher künftiger Kooperationen zwischen unseren Firmen zu verschaffen, möchte ich Sie um eine Führung durch einige Ihrer repräsentativen Bauten an der Ostküste Australiens bitten.

Wenden Sie sich für die Terminkoordination gerne persönlich an mich.

Mit freundlichen Grüßen
Lucia Clément
Chief Operating Officer
Clément Buildings

Ungläubig lese ich die Nachricht ein zweites und ein drittes Mal. Mr. Richardson. Ich fasse es nicht! Als ob wir vor gut einer Woche nicht noch wild miteinander geknutscht hätten. Ist das nun der endgültige Moment, in dem wir alles vergessen, was jemals zwischen uns vorgefallen ist? Sind wir jetzt nur noch Geschäftspartner? Dann wären wir keine besonders guten, denn ich würde meinem gerade gefassten Vorsatz treu bleiben und nicht noch tiefer in die Geschäftswelt meiner Firma eintauchen. Trotzdem sagt mir eine fiese Stimme in meinem Kopf, dass ich mir diese Gelegenheit nicht entgehen lassen darf. Ich könnte Lucia einige Tage nur für mich haben. Wegen der nahenden Skate-Competition in Sydney sollte der Termin jedoch möglichst bald stattfinden. Wie ferngesteuert tippe ich auf meinem Smartphone eine schnelle Antwort.

Sehr geehrte Ms. Clément,
sehr gerne gewähre ich Ihnen einen tieferen Einblick in die Tätigkeitsfelder von Bunham & Richardson.
Wenn es Ihnen innerhalb der nächsten beiden Wochen möglich wäre, dann würde ich Sie in diesem Zeitraum herzlich an der Gold Coast willkommen heißen.
Mit freundlichen Grüßen
Dean Richardson

Kurz ärgere ich mich, dass ich keinen prestigeträchtigen Titel trage, den ich unter meinem Namen platzieren könnte. Doch die unverhohlene Freude über dieses unerwartete, zukünftige Treffen ist so gewaltig, dass die Unzufriedenheit äußerst kurz anhält.

lucia

17. FEBRUAR – GOLD COAST, AUSTRALIEN

Mit der linken Hand schirme ich meine Augen vor der Sonne ab, als ich aus der Glastür des Flughafens von Brisbane trete. Das laute Klackern meines Rollkoffers versichert mir, dass dieser Moment gerade wirklich passiert und nicht nur ein Traum ist. Denn eigentlich fühlt es sich total surreal an.

Ich bin immer noch erstaunt über mich selbst, dass ich das Vorhaben durchgezogen und tatsächlich den Flieger nach Australien bestiegen habe.

Zugegebenermaßen dachte ich nach den Ereignissen in Ubud nicht, dass mich Dean Richardson sofort nach meiner Anfrage zu sich einladen würde. Eventuell haben ihn meine Bemerkungen doch nicht so hart getroffen, wie ich beabsichtigt hatte.

Dass ich den Abend nicht im Resort verbringen

würde, war hingegen nicht geplant gewesen. Als die E-Mail, die die überstürzte Abreise ausgelöst hatte, in meinem Postfach eintrudelte, war ich allerdings ziemlich froh. Denn das bedeutete, dass ich mir keine Gedanken um den weiteren Verlauf des Abends machen musste. Dass nicht die Konferenz der Hauptgrund für Deans Anwesenheit war, war mir von Anfang an klar und ich hatte keine Ahnung, wie ich mich ihm gegenüber hätte verhalten sollen. Umso bedenklicher ist die Tatsache, dass ich mich heute freiwillig in die Höhle des Löwen begebe und bezüglich meiner Pläne immer noch genauso ahnungslos bin wie damals.

Als ich an den Parkbuchten für die Abholung ankomme, stelle ich meinen Koffer ab und krame zuerst das Smartphone aus meiner riesigen Laptoptasche. Nachdem ich den Flugmodus beendet habe, wählt es sich zügig in das Mobilfunknetz ein und ich tippe eine schnelle Nachricht an meinen besten Freund Maxime, der gerade irgendwo in den USA unterwegs ist.

> Lucia 04:07 pm: Hey, ich bin gerade in Brisbane gelandet. Wo treibst du dich rum? :* Lu

Erschrocken reiße ich den Kopf nach oben, als ein lautes Quietschen ertönt und direkt neben mir ein Auto abrupt zum Stehen kommt. Durch die getönten Scheiben des dunkelblauen Trucks kann ich absolut nichts erkennen, doch im nächsten Moment springt bereits ein junger Kerl heraus.

Erst auf den zweiten Blick erkenne ich Dean Richardson. Er trägt schwarze, löchrige Jeans, blütenweiße Sneakers und dazu ein Shirt, das früher vermutlich einmal schwarz gewesen sein mochte und jetzt einen verschlissenen Grauton aufweist. Ein wenig bin ich enttäuscht, dass er keinen Anzug trägt. Viel zu gut erinnere ich mich an das dunkelblaue Jackett, das an den Schultern ein wenig spannte und in dem er so unglaublich sexy aussah, dass ich meine Gesichtsmuskeln nur schwer unter Kontrolle halten konnte. Außerdem fühle ich mich in meiner Leinenhose, der leichten Bluse und den Sandaletten etwas overdressed. Trotzdem muss ich mir eingestehen, dass er selbst in diesen legeren Straßenklamotten ziemlich nett anzusehen ist.

„Hey! Sorry für die Verspätung!", entschuldigt er sich atemlos und kommt zügig auf mich zu.

Ich habe keine Ahnung, wie ich ihn begrüßen soll. Ein förmliches Händeschütteln, wie bei unserer letzten Begegnung, kommt mir in diesem Kontext überaus albern vor.

„Hey! Kein Problem. Ich bin eben erst durch die Tür gekommen", antworte ich unbeholfen und lächle unsicher.

Als er direkt vor mir steht, habe ich für einen kurzen Moment den Eindruck, dass er mich umarmen möchte. Dann scheint er sich eines Besseren zu besinnen und legt kurz seine Hand auf meinen Unterarm. Die Wärme seiner Berührung verschwindet viel zu schnell wieder, als er nach dem Griff meines Koffers greift und ihn zügig auf die Rückbank seines Autos verfrachtet.

„Dann erst mal herzlich willkommen in Australien!", wendet er sich wieder mir zu. „Es ist dein erster Besuch hier, oder?", fragt er und es klingt ernsthaft interessiert. Er hat mich geduzt. Zugegebenermaßen hätte ich es merkwürdig gefunden, wenn er mich in Abwesenheit jeglicher Zuhörer *Ms. Clément* genannt hätte. Ich beschließe, dass die Verwendung des Vornamens und des *Dus* eine angemessene Art und Weise miteinander zu sprechen darstellt, wenn man vor Kurzem wild geknutscht hat.

Seine Stimme hört sich ganz anders an als bei dem Geschäftstreffen auf Bali. So warm und gleichzeitig etwas rau. Sie erinnert mich an unseren Moment in Zermatt und ich muss mich kurz räuspern, um die Erinnerungen und Gefühle dazu aus meinen Gedanken zu verbannen.

„Ja, leider. Wobei ich sagen muss, dass ich mich auf die Spinnen und Schlangen nicht besonders gefreut habe." Keine Ahnung, warum ich diesen Spruch gerade gebracht habe. Noch klischeehafter geht es vermutlich nicht. Ich lächle entschuldigend.

„Denen werden wir wahrscheinlich gar nicht begegnen. Dieses Vorurteil ist maßlos übertrieben." Dean lacht breit und deutet dann auf meine Laptoptasche. „Möchtest du die Tasche mit nach vorne nehmen oder auch auf der Rückbank verstauen?"

Ich werfe einen Blick in das sehr geräumige Fahrzeug und antworte ihm, während ich auf den Beifahrersitz steige. Tatsächlich muss ich klettern, da der Truck einen extrem hohen Einstieg hat.

Als ich anschließend auf meinem Sitz sitze und die Tasche neben mir unterbringe, hat Dean bereits seinen Platz hinter dem Lenkrad eingenommen.

„Du fährst selbst?", rutscht es mir eine Spur zu überrascht heraus.

Dean schmunzelt. „Meistens. Ich habe zu Hause so gut wie nie einen Fahrer." Dass ich gar nicht selbst fahren könnte, weil ich keinen Führerschein besitze, das erwähne ich besser nicht.

Lässig parkt er aus der Lücke aus und fädelt sich in den fließenden Verkehr ein. Währenddessen beobachte ich ihn unauffällig von der Seite. Seine dunklen Haare fallen ihm bis in die schokoladenfarbigen Augen, die nackten Arme sind gebräunt und trotz des weiten Shirts kann ich die Muskeln darunter erahnen.

„Wie war dein Flug?", unterbricht er meine Musterung und betrachtet mich nun ebenso eingehend von oben bis unten. Mein Make-up habe ich nach der Landung noch aufgefrischt, die Haare sind glatt gebürstet, die Zähne frisch geputzt und ich bin mir sicher, dass ich keinen einzigen Fleck auf meinen hellen Klamotten habe. Trotzdem macht mich sein Blick nervös.

„Lang", antworte ich lachend. „Ich verstehe, warum du nicht oft nach Europa kommst", ergänze ich, während ich unsicher den Sitz meines Haargummis kontrolliere.

Langsam ärgere ich mich über mich selbst. Warum wirkt Dean total entspannt und relaxed? Und warum zum Teufel bin ich im Gegensatz zu ihm so nervös? Mein Herz klopft aktuell heftiger als bei der Projekt-Präsentation, die ich letzte Woche vor über 500 Zuhörern gehalten habe. Und da hätte definitiv mehr schiefgehen können als nun bei dieser harmlosen Autofahrt mit Dean Richardson.

„Ich versuche, die langen Flüge tatsächlich zu unterlassen. Generell will ich das meiste, das mit Arbeit zu tun hat, vermeiden." Er lacht trocken auf und seine Mundwinkel verziehen sich zu diesem spöttischen Lächeln, bei dem mir augenblicklich heiß wird.

„Dafür hast du ja Frederic", ergänze ich wenig geistreich. Bei den Terminen, an denen ich in den letzten Jahren teilgenommen hatte, waren Thomas Bunham und Frederic Quinn die Vertreter von *Bunham & Richardson* gewesen. Deshalb bin ich mit diesen beiden mittlerweile um einiges besser bekannt als mit dem Typen, der aktuell neben mir sitzt.

Die daraufhin eintretende Stille ist nicht unangenehm und ich verbringe einige Minuten damit, die Umgebung zu betrachten, um mich davon abzuhalten, Dean weiter anzustarren. Solange jeder von uns auf seinem Sitz zu bleiben hat, kann nichts Unvorhergesehenes passieren, weshalb ich beginne, mich ein wenig zu entspannen.

„Noch circa 20 Minuten, dann sollten wir da sein", lässt er mich irgendwann wissen.

„Wo fahren wir genau hin?", frage ich interessiert nach.

„Gold Coast", antwortet er mir, als ob damit alles gesagt wäre.

Ich nicke nur und versuche, nicht auf seine gebräunten Hände zu schauen, die er lässig auf dem Lenkrad abgelegt hat. Die Hände, die vor über zwei Wochen noch über meinen Körper gewandert sind. Den wohligen Schauer, der mir bei dieser Erinnerung über den Rücken läuft, bemerkt Dean hoffentlich nicht.

Nach wenigen Minuten erspähe ich in der Ferne zum ersten Mal einen Streifen Küste, auf den wir nun zuhalten. Die einstöckigen Bungalows sind mittlerweile höheren Bauten gewichen, und als wir fast am Wasser angekommen sind, biegt Dean auf die Esplanade ab. Aus meinem Fenster habe ich einen super Blick auf den ockerfarbenen Strand, das hellblaue Meer und die grellgelb und signalrot leuchtenden Rettungsschwimmerhäuschen. So ungefähr hatte ich mir tatsächlich einen australischen Strand vorgestellt.

Die andere Seite der Straße wird allerdings von riesigen Hotelkomplexen dominiert. Irgendwie dachte ich bei dem Namen *Gold Coast* an kleine, goldige Hüttchen, vor denen die Badehosen auf provisorischen Wäscheleinen in der Sonne trocknen. Stattdessen erinnert mich dieser Ort mit seinen Wolkenkratzern eher an Miami Beach. Dort habe ich letztes Jahr mit Maxime zwei Wochen Urlaub verbracht und ehrlicherweise fand ich den vorherrschenden Fokus auf Alkohol und Sonnenbrand mittelmäßig spaßig.

Nach kurzer Zeit halten wir in der Auffahrt eines der vielen grauen Hochhäuser. Kaum hat Dean den Truck verlassen, kommen bereits einige Mitarbeiter auf uns zu.

Er begrüßt alle drei mit Vornamen und Handschlag, bevor er dem ersten seinen Autoschlüssel aus dem Handgelenk zuwirft. Ein anderer hat bereits meinen Koffer und Deans Sporttasche auf den Gepäckwagen geladen. Die beiden kleinen Gepäckstücke sehen auf dem großen Koffertrolley etwas verloren aus, als sich der Mann damit in Bewegung setzt. Wir folgen ihm, während der dritte Mitarbeiter neben uns herläuft und Dean eine Karte in die Hand drückt.

Das Hotel sieht nobel aus, keine Frage. Boden und Wände sind aus weißem Marmor, goldene Details zieren die Theke der Rezeption und die makellosen Aufzugtüren glänzen mit dem pompösen Kronleuchter in der Mitte der Eingangshalle um die Wette. Trotzdem erkenne ich auf einen Blick, dass wir uns hier in keinem der exklusiven Gebäude für die oberen Zehntausend befinden.

Dean betrachtet mich von der Seite, als wir vor den Aufzugtüren zum Stehen kommen. „Nicht so edel wie in Zermatt, oder?"

Dass er diesen Ort so ungeniert anspricht, treibt mir sofort die Röte ins Gesicht. „Hm, ja", stammle ich unsicher.

Die sich öffnenden Türen erlösen mich aus dieser unangenehmen Situation und ich steige schnell ein. Im Aufzug bin ich peinlich genau darauf bedacht, ihn weder direkt noch indirekt über den Spiegel anzusehen. Stattdessen beobachte ich, wie er die Karte von vorhin an das Lesegerät hält und anschließend auf die 36 drückt.

Laut der Anzeige hat dieses Gebäude 38 Stockwerke, wobei das höchste mit dem Zusatz *Rooftopbar* beschriftet ist.

Wie immer bei einer rasanten Aufzugfahrt sackt mir beim Anfahren der Magen gefühlt bis in die Knie und ich verspüre einen kurzen Schwindel. Als sich die Aufzugtüren öffnen, gehe ich deswegen etwas vorsichtiger als normal nach draußen.

Wir betreten einen Bereich, der wohl die Garderobe zu sein scheint, denn Dean streift sich quasi im Gehen die Sneakers von den Füßen und kickt sie nachlässig zur Seite. Erst als ich unsere beiden Gepäckstücke im Eingangsbereich erspähe, dämmert mir, dass wir wohl zusammen in dieser Suite untergebracht sein werden.

Okay, ich sollte dringend klarstellen, dass ich nicht *deswegen* hierhergekommen bin. Da Dean bereits in den nächsten Teil der Suite gegangen ist, bücke ich mich schnell, um die Riemchen meiner Schuhe zu öffnen und sie neben seinen Sneakers abzustellen.

Barfuß betrete ich den hellen Raum, in dem ich Dean am riesigen Kühlschrank stehen sehe. Die Tür ist weit geöffnet und er trinkt gierig aus einer roten Coladose.

„Möchtest du auch eine?", fragt er atemlos, nachdem er die komplette Dose auf Ex geleert hat.

„Ja, gerne." Mein Mund fühlt sich staubtrocken an. Dean greift in den Kühlschrank und reicht mir ein Getränk. Die Außenwände der Dose sind von feinen Kondenswassertropfen überzogen und allein bei dem Anblick fühle ich mich bereits erfrischt. Während ich den Verschluss mit einem lauten Zischen öffne, inspiziert Dean den Inhalt des Kühlschranks mit kritischem Blick.

„Wir werden nicht verhungern", kommt er am Ende zu einem Urteil und schließt die Tür geräuschvoll.

„Das ist erfreulich", antworte ich und schaue mich in der Suite um, während ich genüsslich an meiner Cola nippe.

Eine komplette Längsseite der Suite ist verglast und selbst von der anderen Seite des riesigen Raumes, wo wir uns gerade befinden, kann ich das hellblaue Meer weit unter uns erkennen. Direkt vor den Fenstern stehen zwei helle, gemütlich aussehende Sofas und ein schlichter, aber edler Couchtisch. An der Wand hängt der obligatorische, überdimensionierte Fernseher. Auf unserer Seite des Raumes befindet sich die ebenfalls helle Küche mit einer riesigen, schicken Kücheninsel in der Mitte. Dort stehen zwei schwarze Barhocker. Da ich bei meinem kurzen Rundumblick weder Tisch noch Stühle entdecken kann, werden wir wohl auf den Hockern an der Kücheninsel essen. Insgesamt wirkt die Suite elegant, aber auch sehr unpersönlich. Es gibt keine Bilder, private Gegenstände oder Dekorationen.

„Wohnst du normalerweise nicht hier?", frage ich deshalb nach und stelle die leere Dose auf der Insel ab. Irgendwie bin ich davon ausgegangen, dass Dean wie ich in Hotelzimmern lebt, die sich quer über den Globus verteilen.

„Nein", antwortet er schlicht, während er sich mit dem Rücken an den Kühlschrank lehnt. Nach einigen Sekunden der Stille scheint sich Dean dann doch zu einer ausführlichen Antwort herabzulassen.

Er seufzt. „Früher habe ich hier ab und zu mit meinem Dad gewohnt. Mittlerweile war ich seit über einem Jahr nicht mehr hier." Etwas verlegen zieht er die Mundwinkel nach oben. Mir ist nicht entgangen, dass seine Stimme leiser geworden ist und einen bedauernden Unterton angenommen hat. „Die Angestellten haben den Kühlschrank für uns befüllt. Gott sei Dank. Ich bin direkt von zu Hause zum Flughafen gefahren, das hätte ich nicht mehr geschafft." Jetzt scheint er sich wieder auf sicherem Terrain zu bewegen. Seine Stimme klingt fest und ein wenig spöttisch, so wie ich es gewohnt bin. Dass er das Wort *zu Hause* verwendet hat, versetzt mir einen kleinen Stich. Er hat anscheinend einen Ort, an dem er sich so wohl fühlt, dass er immer wieder dorthin zurückkehrt. Wie gerne hätte ich diese Basis auch für mich in meinem Leben.

„Wo bist du zu Hause?", frage ich nach und mir entgeht nicht, dass meine Stimme leicht belegt klingt. Wenn ich mir vorstelle, dass mein Vater nicht mehr leben und ich an einen Ort zurückkehren würde, an dem wir viel Zeit miteinander verbracht haben, dann schnürt sich mir allein bei dem Gedanken die Kehle zu.

„Aktuell wohne ich in South Heads. Eine kleine Stadt südlich von Sydney. Die ist ungefähr 800 Kilometer von hier entfernt. Ich hatte also eine kurze Nacht und eine lange Fahrt." Er lacht auf.

Erstaunt ziehe ich die Augenbrauen nach oben.

„Die Hotels meines Dads sind nun mal hier. Und die wolltest du sehen, also ..." Er lässt den Satz unfertig und deutet mit der Hand unbestimmt in den Raum.

„Ziemlich viel Aufwand dafür, dass ich nur drei

Nächte hierbleiben kann", folgere ich. „Also, danke!", schiebe ich nach. Ich werde ein bisschen rot, als ich mir vorstelle, was in *nur* drei Nächten so alles passieren kann.

Dean lächelt und deutet auf die mittlere der drei Türen, die sich auf der nicht verglasten Längsseite befinden. „Da ist das Badezimmer. Ich würde nach der langen Fahrt kurz duschen. Fühl dich gerne wie daheim." Er stößt sich vom Kühlschrank ab und deutet dann auf die linke der beiden Türen. „Meins." Anschließend zeigt er auf die rechte Tür. „Deins."

„Okay, bis gleich", antworte ich etwas überrumpelt, während er schon halb durch die Badezimmertür verschwunden ist.

Ich hatte mir diese Tage im Vorhinein ganz anders vorgestellt. Aber dass wir uns nun sogar ein Badezimmer teilen würden, *das* ist bisher der Gipfel der unerwarteten Wendungen.

Als ich das leise Geräusch von rauschendem Wasser hinter der mittleren Tür vernehme, hole ich meinen Koffer aus der Garderobe und stoße anschließend *meine* Zimmertür auf.

Auch dieses Zimmer wirkt steril und unpersönlich. Dominiert wird es von einem hellen Kleiderschrank, der nahezu die gesamte linke Hälfte des Raumes einnimmt. Auf der anderen Seite befindet sich ein großes Bett mit hellen Laken, auf dem sich bequem aussehende Kissen stapeln. Zwischen den beige- und cremefarbenen Stoffen blitzt mir etwas Grellgelbes entgegen, was ich sogleich genauer in Augenschein nehme.

Hitze steigt mir in die Wangen, als ich das quietsch-gelbe Etwas erkenne. Mitten in meinem Bett liegt ein kleines Pikachu-Kuscheltier. „Dieser Arsch", kommentiere ich laut und lasse das Pokémon damit sofort wissen, was ich von Deans Aktion halte. Als mir die schmachvolle Erkenntnis kommt, dass das Tier ebenfalls von Deans Mitarbeitern besorgt und deponiert worden sein muss, vergaloppiert sich mein Herz für einige Schläge.

Zügig will ich diesen Raum wieder verlassen, ziehe den Laptop aus meiner Aktentasche, lasse Pikachu unangetastet zurück und gehe zurück ins Wohnzimmer. In Ermangelung eines Tisches muss ich wohl mit dem Sofa Vorlieb nehmen, das - wie ich nun feststellen darf - nicht nur bequem aussieht. Von diesem Platz aus kann ich sogar am Strand die Wellen beobachten, die schäumend an den hellgelben Strand spülen, und erkenne weiter draußen einige Surfer als stecknadelgroße schwarze Pünktchen.

Gerade als ich meinen Laptop aufgeklappt habe und mein Passwort eintippe, öffnet sich die Badezimmertür geräuschvoll und ich blicke unwillkürlich auf. Hätte ich das besser mal nicht getan. Denn in diesem Moment tritt Dean durch die Tür, in nichts weiter als einer grauen Jogginghose, die unverschämt tief auf seinen Hüften sitzt. Bei diesem Anblick versteife ich mich sofort. Allerdings kann ich auch nicht verhindern, dass meine Augen jedes Detail seines Körpers gierig in sich aufnehmen. Langsam wandert mein Blick über die harten Muskelstränge, die wie der Ansatz eines Vs aus dem Bund seiner Hose hervortreten. Mein Mund wird augenblicklich trocken und ich schlucke hart. Vielleicht sollte ich mir eine weitere Cola holen. Als ich den dunklen Härchen nach oben folge und bei seinen definierten Bauchmuskeln angelangt bin, halte ich dieses Vorhaben für völlig untertrieben. So wie mein Körper innerlich sabbert, würde ich die Ladung eines kompletten Cola-Weihnachtstrucks benötigen. Gerade bin ich mit der eingehenden Musterung von Deans harter Brustmuskulatur beschäftigt, als mich grauer Stoff dabei unterbricht. Dean, der auf dem Weg in die Küche war, hat sich ein T-Shirt übergezogen und fährt sich mit den Fingern durch seine Haare. Die hängen ihm trotz seiner Bändigungsversuche weiterhin nass und verstrubbelt in die Augen. Einige Wassertropfen hinterlassen dunkle Flecken auf dem Shirt, die ich fasziniert betrachte. Um mich aus diesem bizarren, fast hypnotischen Zustand zu reißen, klappe ich meinen Laptop geräuschvoll zu. Der laute Knall lässt Dean auf mich aufmerksam werden.

„Oh. Ich dachte, du inspizierst noch dein Zimmer", reagiert er überrascht. Kaum hat er das Zimmer erwähnt, schleicht sich das altbekannte, spöttische Grinsen in seine Mundwinkel.

„Ja, ich habe das Pokémon gefunden. Du bist der lustigste Mensch der Welt", gebe ich trocken zurück. Das laute Lachen, das plötzlich aus ihm herausbricht, klingt ehrlich und belustigt.

„Na, dann hat sich der Aufwand ja gelohnt." Er grinst spitzbübisch. Barfuß schlendert er in Richtung Kühlschrank. „Der lustigste Mensch der Welt würde uns beiden nun etwas zum Abendessen zubereiten, denn er ist nicht nur unermesslich witzig …“, er macht eine kleine Kunstpause, „…, sondern auch ein überaus talentierter Koch.“ Ohne eine Antwort abzuwarten, öffnet er wieder den Kühlschrank. „Bist du Vegetarierin?“, fragt er unvermittelt.

„Flexitarierin trifft es am besten“, informiere ich ihn, während ich mich vom Sofa erhebe und auf ihn zugehe.

„Wir haben so Fake-Hähnchenschnitzel oder echtes. Welches ist dir lieber?“ Die Augenbrauen fragend nach oben gezogen, schaut er um die Kühlschranktür zu mir herüber.

„Dann nehme ich das unechte bitte.“ Etwas unbeholfen stehe ich vor der Küche herum. Da ich keine Ahnung vom Kochen habe und ich Dean diesen Umstand lieber nicht unter die Nase reiben will, beschließe ich mich der Situation erst mal zu entziehen. „Ich werde dann auch mal duschen gehen, okay?“

Einen wackeligen Turm an allerlei Essbarem balancierend, schlägt Dean die Kühlschranktür mit seinem Ellbogen zu. „Klar.“ Er grinst. „Handtücher sind in dem Schrank neben der Dusche.“

Als ich die Badezimmertür hinter mir geschlossen habe, atme ich einmal tief durch. Heilige Mutter Gottes, auf was habe ich mich nur eingelassen? Wie ein Mantra bete ich mir meinen ursprünglichen Plan laut vor. „Nach Australien fliegen, Insider-Wissen ergattern und danach gewinnbringend nutzen.“ Damit ich nicht auf dumme Gedanken komme, ergänze ich meinen ursprünglichen Plan. „Auf gar keinen Fall mit Dean Richardson in die Kiste springen. Egal, wie charmant er ist und egal, wie heiß er aussieht." Ich atme entschlossen ein. „Auf gar keinen Fall!", ermahne ich mich noch mal.

Gerade als ich mir meine Klamotten vom Leib gestreift habe und in die prasselnde Regendusche steigen will, klopft es an der Tür.

„Lucia?", ruft Dean.

Ich habe die Tür abgesperrt, trotzdem nehme ich mir ein flauschiges Handtuch aus dem Schrank und halte es mir vor den nackten Körper.

„Ja?", rufe ich unsicher zurück.

„Frederic ist am Telefon. Er fragt, ob wir uns nachher noch auf einen Drink mit ihm treffen würden. Wäre das okay für dich?"

Erleichtert atme ich aus. Keine Ahnung warum, aber irgendwie dachte ich, dass er mich fragen würde, ob er mit mir zusammen duschen kann. Das Schlimme ist, dass ich ihm sehr wahrscheinlich und ohne zu zögern die Tür aufgesperrt hätte. So viel zu meinen Vorsätzen. Auf gar keinen Fall, na klar.

„Ja, können wir gerne machen", gebe ich in erzwungen neutralem Ton zurück.

Nur mit einem geknoteten Handtuch bekleidet, haste ich wenig später vom Bad in mein Zimmer, wo ich meinen Kofferinhalt ratlos betrachte. Die einzigen legeren Klamotten darin sind meine Sportsachen. Ich will mich unbedingt an Deans lockeres Auftreten anpassen, weshalb ich mich für eine Leggings und eines meiner Sportshirts entscheide.

Als ich damit in der Küche auftauche, betrachtet mich Dean deutlich länger als nötig, bevor er sich wieder dem Herd zuwendet. „Kann ich dir helfen?", frage ich verunsichert, als ich mich neben ihn stelle. In einer Pfanne brutzeln bereits zwei Schnitzel vor sich hin, während er auf einem hölzernen Brett Tomaten in feine Scheibchen schneidet.

„Du kannst mal eben in den Backofen schauen und überprüfen, ob die Chips schon zu dunkel sind", weist er mich an.

„Wie dunkel sollen sie sein?", erkundige ich mich etwas unbeholfen, als ich durch das Backofenfenster blicke und feststelle, dass es sich bei den Chips um Pommes handelt.

Er grinst. „So dunkel, wie du sie gerne isst."

„Dann brauchen sie noch ein wenig", folgere ich und richte mich wieder auf. „Was wird das eigentlich?", frage ich und klaue mir ganz mutig eine Tomatenscheibe von dem Holzbrett.

„Schnitty nennen wir das." Jetzt lacht er laut. Vermutlich wegen meines verwirrten Gesichtsausdrucks. „Das ist Hähnchenschnitzel mit Salat und Chips. Ein Gericht, dass es bei uns in vielen Pubs gibt. Ich dachte, ich mache etwas Klassisches." Ich meine nun doch so etwas wie Verunsicherung in seiner Stimme zu hören.

„Klingt super. Ich bin gespannt!" Interessiert

schaue ich Dean zu, wie er Blätter von einem Salatkopf reißt und diese wäscht. „Kochst du häufiger?", frage ich ihn.

Bevor er sich wieder auf seinen Salat konzentriert, schenkt er mir einen viel zu intensiven Blick aus seinen schokoladenbraunen Augen. Die Härchen auf meinen Unterarmen stellen sich unwillkürlich auf.

„Seit ich nach South Heads gezogen bin, ja. Davor haben mein Dad und ich uns vom Zimmerservice versorgen lassen." Glücklicherweise muss er für das Zerkleinern der Paprika ein Messer zur Hand nehmen und den Blick von mir abwenden.

Dafür habe ich nun die Gelegenheit, das Spiel seiner Muskeln zu betrachten, als er das Gemüse gekonnt entkernt und in Scheiben schneidet.

Nach dem Essen, das mir erwartungsgemäß sehr gut geschmeckt hat, stehen wir wieder in der Küche und Dean füllt das Spülbecken mit Wasser. Er drückt mir wie selbstverständlich ein Geschirrtuch in die Hand und beginnt damit, die Teller mit einem gelben Schwamm zu reinigen. Dass ich noch nie in meinem Leben Teller gespült oder abgetrocknet habe, das verschweige ich besser. Verstohlen passe ich auf, dass ich meine sorgfältig manikürten Fingernägel nicht zerstöre, während wir bei unserer Küchenarbeit über verschiedene Lieblingsgerichte plaudern. Deans Leben scheint komplett anders zu sein, als ich es mir vorgestellt hatte.

· · ·

Für das Treffen mit Frederic wechsele ich ein weiteres Mal meine Kleidung und entscheide mich für ein hochgeschlossenes, aber enges Cocktailkleid in schwarz. Der Tag fühlt sich bereits ewig lang an, als wir mit dem Aufzug die beiden Stockwerke zur Rooftopbar nach oben fahren. Meine dunklen Augenringe habe ich ein weiteres Mal sorgfältig überschminkt, sodass ich trotz der bleiernen Müdigkeit in meinen Knochen frisch und erholt aussehe.

Dean hat seine Jogginghose immerhin gegen eine Jeans getauscht, das ausgewaschene Shirt jedoch anbehalten. „Ist doch nur Frederic", meint er mit einem Achselzucken, als er den Kontrast zwischen meinem schicken Outfit und seinen abgetragenen Klamotten im Spiegel des Aufzugs wahrnimmt.

Frederic habe ich in den letzten Monaten sowohl persönlich als auch in verschiedensten Videocalls relativ häufig getroffen. Er ist mir nicht unsympathisch, aber erscheint mir insgesamt etwas farblos. Ich verspüre keine Aufregung wegen unseres spontanen Meetings heute. Aber ich bin ziemlich neugierig, warum er sich überhaupt mit uns beiden treffen will.

Als wir aus dem Aufzug auf die Dachterrasse treten, ist diese bereits in den stimmungsvollen Schein der pastellfarbenen Lichterketten getaucht. Die letzten Sonnenstrahlen werden von den Hochhäusern um uns herum zuverlässig abgeblockt, so dass die hohen Tische und die Bar nur spärlich ausgeleuchtet sind.

Frederic hat uns bereits erwartet und kommt mit

ausgestrecktem Arm auf uns zu. Ich weiß, dass er Mitte Fünfzig sein muss. Dem entspricht auch die Farbe seines leicht ergrauten Haares, das ihm in einer voluminösen Frisur auf dem Kopf thront. Er ist gründlich rasiert und trägt einen dunkelgrauen - vermutlich maßgeschneiderten - Anzug. Er scheint dem Meeting auf jeden Fall eine größere Bedeutung beizumessen, als es Dean tut.

„Ms. Clément, sehr erfreut." Er schüttelt mir die Hand und haucht mir anschließend einen Luftkuss auf den Handrücken, während ich ihn mit der gleichen Floskel begrüße.

„Dean."

„Frederic."

Die Männer schütteln sich ebenfalls kräftig die Hände, wobei sie beide keine Miene verziehen. Wenn ich mich nicht täusche, dann herrscht eine leicht angespannte Stimmung zwischen den beiden.

Wenig später sitzen wir auf Barhockern an einem der hohen Tische. Wir genießen einen fantastischen Ausblick auf den nun leeren Strand und die bunt leuchtende Esplanade unter uns. Vor mir steht ein unangetasteter alkoholfreier Cocktail, während Dean seinen Gin Tonic schon zur Hälfte geleert hat. Zu seiner Verteidigung hat er gerade nichts anderes zu tun als zu trinken. Frederic verwickelt mich in Diskussionen und fachsimpelt mit mir über Dinge, von denen Dean vermutlich noch nie etwas gehört hat. Die steile Falte, die sich bereits seit einigen Minuten zwischen seine

Augenbrauen gräbt, verrät mir deutlich, was er von der ganzen Situation hält.

„Welche Pläne haben Sie hier in Australien?“, fragt mich Frederic schließlich und mustert mich aus zusammengekniffenen Augen. Er achtet auf jede meiner Regungen und kurz frage ich mich, ob er ahnen könnte, dass ich nicht aus purer Nächstenliebe hier bin.

„Reine Recherche“, lächle ich ihn beruhigend an. „Es wäre schön, wenn wir ein weiteres Projekt finden könnten, an dem wir zusammenarbeiten. Australien ist für uns bisher nicht relevant gewesen. Die Kosten zu hoch, die Logistik nicht etabliert. Aber mit einem Partner vor Ort könnten wir das vermutlich ändern.“ Mein gewinnendes Lächeln wird breiter. Dass ich nicht auf der Suche nach einem Partner, sondern nach einem Einstiegspunkt für unsere Firma bin, das erwähne ich selbstverständlich nicht.

„Gerne bin ich Ihnen bei dieser Aufgabe behilflich“, kommt es fast schon unterwürfig von Frederic. „Mit Vergnügen führe ich Sie herum oder zeige Ihnen einige aktuelle Projekte.“

Bevor ich darauf reagieren kann, meldet sich Dean zu Wort. „Danke Frederic, das ist sehr reizend von dir.“ Seine Stimme klingt allerdings, als ob er Frederic gleich über die Umzäunung der Dachterrasse werfen könnte. „Ich kann mir nicht vorstellen, dass das Herumführen von Ms. Clément in deinen straffen Zeitplan passen würde“, fährt er schneidend fort. „Deshalb würde ich mich lieber persönlich darum kümmern, dass Ms. Clément alles bekommt, was sie braucht.“ Sein Lächeln ist sowohl diabolisch als auch selbstgefällig und mir schießt bei seinen Worten die Röte in die Wangen. Glücklicherweise sitze ich, denn meine wackeligen Beine hätten mich vermutlich im Stich gelassen.

„Selbstverständlich." Um Frederics Mund bildet sich ein bitterer Zug, den er mit einem großen Schluck aus seinem Whiskey-Tumbler wegzuspülen versucht. Mit einem unerwartet lauten Knall befördert er das nun leere Glas zurück auf den Tisch und steht auf.

„Ms. Clément." Ich komme gar nicht dazu, mich zu erheben, so schnell ergreift Frederic meine Hand und verabschiedet sich mit einem weiteren Luftkuss.

Nach einem kurzen, aber aggressiv aussehenden Händedruck mit Dean, verlässt Frederic schnellen Schrittes das Rooftop.

„Okay", kommentiere ich seinen abrupten Abgang halb verwundert und halb belustigt. Dean schnaubt nur kurz.

Endlich komme ich dazu, an meinem Cocktail zu nippen. Er schmeckt herrlich süß und fruchtig. Trotzdem kann ich ihn nicht wirklich genießen. Mein Tag war bisher extrem lang. Der ewige Flug nach Australien, die Autofahrt, das Abendessen in der Suite und nun noch das Treffen mit Frederic. Ich will eigentlich nur noch schlafen.

„Gehen wir?", fragt Dean leise. Er scheint meine Gedanken gelesen zu haben. Oder das Make-up, das meine Augenringe verbergen soll, hat seinen Dienst quittiert.

Langsam nicke ich und gleite von dem hohen Hocker. Dean reicht mir die Hand und ich ergreife sie. Eigentlich dachte ich, dass er mich loslässt, sobald ich mit meinen hochhackigen Schuhen sicher auf dem Boden stehe. Doch wie selbstverständlich führt er mich an meiner Hand in Richtung des Aufzugs. Ein Kribbeln strahlt durch meinen ganzen Körper, während sein Daumen hauchzart über meinen Handrücken streicht.

Im Aufzug betrachte ich uns beide im Spiegel, wie wir nebeneinander stehen. Zwischen uns ist ein Sicherheitsabstand, der nur durch unsere verschränkten Finger überbrückt wird. Dean ist so viel größer als ich. Obwohl ich High Heels trage, überragt er mich um mindestens zehn Zentimeter. Auf seiner Seite ist alles dunkel. Seine Kleidung, seine Haare, seine gebräunte Haut, seine fast schwarz glänzenden Augen und sein Gesichtsausdruck, mit dem er mich mustert. Ich hingegen leuchte hell. Meine blonden Haare wirken in dem Aufzuglicht fast weiß, meine grauen Augen stechen intensiv hervor. Mein Gesichtsausdruck ist irgendwie verschreckt und schnell bemühe ich mich um eine neutrale Miene. Wir müssen nur zwei Stockwerke überwinden, trotzdem kommt mir die Fahrt ewig lange vor. Vermutlich, weil ich keine Ahnung habe, was gleich passieren wird.

Als sich die Türen öffnen, treten wir fast gleichzeitig über die Schwelle des Aufzugs. Meine Schulter stößt gegen Deans harte Brust, während wir uns nebeneinander durch die Türöffnung zwängen. Das unsichtbare Knistern, das sich augenblicklich zwischen uns ausbreitet, ist fast greifbar.

Irrationale Panik keimt in mir auf. Wenn er jetzt etwas versuchen würde, dann würde ich mich ohne jeglichen Widerstand darauf einlassen. Niemals könnte ich mich gegen seine Anziehungskraft wehren und ich würde es auch gar nicht wollen. Ich würde wie Wachs in seiner Hand dahinschmelzen. Es würde wie in Zermatt werden und wenn uns diesmal niemand unterbricht, dann wären ich und meine eigentliche Mission völlig verloren.

Entschlossen reiße ich meine Hand aus Deans. Mit einem freundlichen und distanzierten Gute-Nacht-Gruß verabschiede ich mich von ihm. Es kostet mich all meine Willenskraft, nicht in mein Zimmer zu rennen, sondern betont lässig dorthin zu schlendern. Wenn er wüsste, an welch seidenem Faden meine Selbstbeherrschung aktuell hängt. Wie kurz davor ich bin, etwas extrem Dummes zu tun.

dean

18. FEBRUAR – GOLD COAST, AUSTRALIEN

Mit einem gekonnten Kippen meines Handgelenks lade ich das fertig gebratene Spiegelei auf das Avocadobrot, als ich aus den Augenwinkeln wahrnehme, wie sich Lucias Zimmertür öffnet. Perfektes Timing!

„Guten Morgen", begrüße ich sie gut gelaunt und drehe mich zu ihr um.

„Guten Morgen", schmunzelt sie, als sie mich mit meinem zum Gruß erhobenen Pfannenwender sieht und sich lässig auf einem der beiden Barhocker hinter dem Tresen niederlässt.

Schade, ich hätte sie in diesem Sportoutfit gerne noch länger betrachtet. Dafür studiere ich nun eingehend ihr Gesicht, das ich zum ersten Mal nur dezent geschminkt sehe. Vermutlich habe ich ihr gestern, nach dem langen Flug, etwas zu viel Action zugemutet. Zumindest ihre durchscheinenden Augenringe sprechen für diese Theorie. Dass ihre Haut aktuell nicht so aussieht, als ob sie einen dauerhaften Instagram-Filter aufgelegt hätte, macht sie meines Erachtens nur noch hübscher. Wahrscheinlich habe ich sie schon viel zu lange angestarrt, als ich mich endlich abwende, den Herd ausschalte und mich der Kaffeemaschine zuwende.

„Kaffee?", frage ich über die Schulter und bemerke, dass sie mich ebenfalls eingehend mustert.

„Gerne. Heute brauche ich einen schwarzen, glaube ich", antwortet sie mir und gähnt hinter vorgehaltener Hand.

Kurz darauf stelle ich zwei gefüllte Kaffeetassen, Milch und die beiden Brote mit Avocado und Spiegelei vor uns auf die Theke. Als ich das Besteck aus der Schublade nehme, nimmt Lucia die Sojamilch und gießt sie auf meinen Kaffee.

„So voll wie möglich, oder?", fragt sie grinsend.

„Schuldig!", gebe ich zurück. Als ich mich neben sie auf dem zweiten Barhocker niederlasse, verschwindet Lucia nach wenigen Sekunden in ihr Zimmer, um sich eine Sweatjacke zu holen. Gott sei Dank! Dieses Sportoutfit offenbarte mir für diese Tageszeit viel zu viel nackte, zarte Haut.

Innerlich beglückwünsche ich mein Vergangenheits-Ich, das uns eine gemeinsame Suite organisiert hat. War das unverschämt von mir? Vermutlich. Hat es sich gelohnt? Aber so was von.

Lucia kommt zurück, nimmt ihren Platz neben mir ein und beginnt zu essen. „Schmeckt super", attestiert sie mir, nachdem sie hinuntergeschluckt hat. „Ich würde nach dem Frühstück gerne ins Gym. Und könnte ich den Vormittag über hier oben arbeiten? Es sind einige Mails reingekommen, die ich bearbeiten sollte. Und dann könnten wir am Nachmittag eventuell die Hotels hier in der Nähe anschauen?"

Offensichtlich hat Ms. Clément den Ablauf des heutigen Tages bereits detailliert durchgeplant. Ich bin ein wenig überrumpelt, passe mich der neuen Situation aber schnell an.

„Klar. Dann gehe ich erst einmal surfen, und wir treffen uns mittags wieder hier." Auch wenn sie es zu verbergen versucht, sehe ich den Unglauben in Lucias Augen. Dass tatsächlich keine Pflichten auf mich warten, denen ich nachkommen muss, irritiert sie sichtlich.

Am frühen Nachmittag kehre ich in die Suite zurück. Die Surfbedingungen waren okay und ich konnte mich einer Gruppe von Urlaubern aus den USA anschließen. Natürlich sind meine Gedanken während des Wellenreitens wieder zu Lucia gewandert. Zu ihrem plötzlichen Abgang gestern Abend und zur Frage, was ich denn falsch gemacht hatte. Heute Morgen hatte sie sich völlig normal verhalten, was mich nur noch mehr verwirrt hat. Gott, diese Frau irritiert mich mehr, als gut für mich ist.

Als ich die Garderobe unseres Zimmers durchquert

habe, entdecke ich Lucia auf dem Sofa. Sie balanciert den Laptop auf den Knien ihrer angewinkelten Beine, kaut auf ihrem Daumennagel und starrt konzentriert auf den Bildschirm. Sie trägt wieder die legere Sweatjacke und ihre Haare sind zu einem zerzausten Dutt verknotet. Noch nie hat sie auf mich so jung, so verletzlich und gleichzeitig so unglaublich anziehend gewirkt wie in diesem Augenblick.

„Hey", begrüße ich sie leise.

Sie hebt den Kopf und schlägt im selben Moment ihren Laptop schwungvoll zu. „Hey! Endlich bist du da! Keine Sekunde länger hätte ich mich mit diesem Mist beschäftigen wollen!" Lucia schiebt energisch ihr Notebook zur Seite, springt vom Sofa auf und streckt sich genüsslich, was mich an eine verspielte Katze erinnert.

Eine halbe Stunde später spazieren wir auf dem schmalen Weg zwischen Strand und Esplanade entlang. Lucia hat darauf bestanden, vorher noch etwas *Ordentliches* – ihre Worte – anzuziehen. Sie hat ihre Haare zum perfekt frisierten, strengen Zopf gebändigt und trägt neben dem makellosen Make-up eine übergroße Sonnenbrille.

In dem Moment, in dem sie ihre stahlgrauen Augen hinter den verspiegelten Gläsern verbarg, hat sie sich augenscheinlich nicht nur eine Sonnenbrille aufgesetzt, sondern eine komplett neue Persönlichkeit übergestreift.

In einem geschäftsmäßigen, aalglatten Tonfall stellt sie mir Fragen zu den unterschiedlichen Hotels, an denen wir vorbeigehen. Die meisten davon gehören tatsächlich *Bunham & Richardson*, auch wenn sie die unterschiedlichsten Namen und Brandings tragen. In einigen davon habe ich zumindest zeitweise mit meinem Dad gewohnt, weshalb ich Lucia unerwarteterweise einiges über die einzelnen Gebäude erzählen kann. Sie klebt förmlich an meinen Lippen, als ich ihr die verschiedenen Zielgruppen und Strategien, die hinter den Häusern stehen, erkläre. Tatsächlich bin ich selbst überrascht, wie viel ich darüber weiß. Alle Informationen habe ich aus meinen persönlichen Erfahrungen gewonnen und nicht, weil ich jahrelang Konzeptpapiere und Firmenstrategien gewälzt hätte.

Zeitweise unterbricht Lucia meinen Redefluss, weil ihr Smartphone vibriert und sie dann für einige Sekunden entweder hektisch auf ihrem Bildschirm herumwischt oder in einer unmenschlichen Geschwindigkeit Nachrichten zu tippen scheint.

Mehrmals habe ich schon versucht, einen Blick auf das Display zu erhaschen, doch ich konnte leider noch nicht herausfinden, was sie genau beschäftigt. Als sie das nächste Mal die Hand hebt, um mit einer autoritären Geste meinen Redeschwall zu stoppen, bin ich minimal verärgert.

„Sorry", murmelt Lucia, während sie schon wieder über ihr Display wischt.

„Scheint ziemlich wichtig zu sein", antworte ich halb belustigt und halb genervt.

Schnell packt sie ihr Smartphone zurück in ihre kleine Handtasche. Als es wenige Sekunden später erneut vibriert, kann ich den inneren Kampf, den sie gerade mit sich auszufechten scheint, förmlich in ihrem Gesicht ablesen.

Mit einem provozierenden Grinsen ziehe ich die Augenbrauen hoch. „Na. Was das jetzt wohl für eine wichtige Nachricht war? Bist du dir sicher, dass sich dein Handy nicht selbst zerstört, wenn du sie nicht innerhalb der nächsten drei Sekunden liest und beantwortest?"

„Leck mich, Dean Richardson", kommt ihre Antwort prompt und kühl. Ohne dass sich unsere Blicke voneinander lösen, nimmt sie ihr Handy nun doch aus der Tasche. Als sich Lucia nach einer gefühlten Ewigkeit ihrem Display zuwendet, stiehlt sich sofort ein verzücktes Lächeln in ihre Mundwinkel.

Fuck. Ihr Blick geht mir durch Mark und Bein. Hitze breitet sich in meinem gesamten Körper aus und gleichzeitig fühle ich eine irrationale Eifersucht in mir aufsteigen. Wer oder was auch immer ihre Aufmerksamkeit aktuell in Beschlag nimmt, ich möchte, dass es sofort aufhört!

„Nichts lieber als das", kontere ich deshalb nonchalant.

Ihre Wangen färben sich sofort rot, doch ihre Miene bleibt souverän. „Das musst du falsch verstanden haben. Mein Englisch ist nicht immer ganz korrekt." Herausfordernd sieht sie mich an.

Oh, diese Art der Konversation gefällt mir schon wieder viel zu gut. „Ms. Clément, es liegt mir fern, Ihnen etwas zu unterstellen. Doch an Ihrem englischen Wortschatz hatte ich bisher absolut nichts auszusetzen. Ich befürchte, es handelt sich also um eine billige Ausrede."

Sie schürzt die Lippen, macht aber einen ganz und gar nicht schuldigen Eindruck. „Fehler passieren", stellt sie klar. Dann wendet sie sich wieder ihrem Handy zu.

Die Angst, dass sich ihre Aussage auf das bezieht, was zwischen uns bisher passiert ist, lässt mein Herz rasen.

In den letzten Sekunden muss ich auf Lucia zugegangen sein, denn ich stehe nun viel zu nah vor ihr. Langsam bewege ich meine Hand auf ihr Gesicht zu. Sie starrt mich an, wie das Kaninchen die Schlange. Kurz bevor ich mit den Fingern ihre Wangenknochen berühren kann, taucht meine Hand blitzschnell ab und ich schnappe mir Lucias Handy aus ihrem lockeren Griff. Ich werfe einen kurzen Blick auf das Display und stoße ein ungläubiges, trockenes Lachen aus. Eine Sekunde später hat sich Lucia ihr Gerät wieder zurückerobert und kocht offensichtlich vor Wut.

„Dean Richardson!", ruft sie laut aus.

„Du bist nicht die erste Frau, die meinen Namen schreit", gebe ich mit einem spöttischen Grinsen zurück.

„Nein. Aber ich bin die Erste, die dich gleich danach umbringt!", kontert sie und stößt mich mit der flachen Hand vor die Brust, sodass ich einige Schritt zurücktaumle. Sie ist wirklich, wirklich sauer.

„Bist du wütend, weil du etwas anderes erwartet hast, oder weil dir das Pokémon durch die Lappen gegangen ist?", bohre ich weiter in der Wunde.

Glücklicherweise trägt Lucia noch die Sonnenbrille,

sonst hätte mich der Laserblick, den sie nun aufsetzt, in zwei Hälften geteilt. Ihre Stimme bebt. „Ich bin wütend, weil du in meinen Privatangelegenheiten herumpfuschst, Dean Richardson."

„Ja, das war nicht ganz fair von mir. Aber es ist auch nicht fair von dir, dass ich dich ständig mit diesem Spiel teilen muss." O nein. Ich habe mich gerade wie ein beleidigtes Kind angehört, dem man das Lieblingsspielzeug weggenommen hat.

Glücklicherweise scheint sie das zu besänftigen. „Ich würde dir ja jetzt gerne erklären, warum es für mich wirklich wichtig ist. Aber das würde dein rudimentäres Pokémon-Know-how vermutlich weit übersteigen."

Schon wieder wischt sie auf ihrem Display herum. „Du kannst es ja mal versuchen", fordere ich sie auf.

Lucia schnalzt mit der Zunge und leiert dann in einem genervten Tonfall los. „Es gibt regionale Pokémon, die nur in bestimmten Teilen der Erde spawnen. Und es gibt auch eines, das es ausschließlich in Australien gibt. Und davon will ich natürlich so viele wie möglich fangen, um sie dann zu tauschen."

„Also hast du den Geschäftstermin nur vorgeschoben, damit du hierherkommen kannst, um Pokémon zu fangen?", frage ich entgeistert.

Sie lächelt siegesgewiss. „Selbstverständlich geht es mir um die Pokémon und das Geschäft gleichermaßen." Dass ich in ihren Plänen keine Rolle spiele, macht sie mir mit dieser Aussage schmerzhaft bewusst.

„Wie sieht dieses Australien-Tier denn aus?", lenke

ich ein und ignoriere das taube Gefühl, das sich in meiner Herzgegend auszubreiten droht.

Grinsend hält mir Lucia das Display hin. Das Pokémon sieht wie eine Kreuzung aus Känguru, aggressivem Rhinozeros und Dinosaurier aus. Daraufhin schüttele ich nur den Kopf. Gerade als Lucia ihr Handy wieder zurückzieht, sehe ich am oberen Bildschirmrand eine Nachricht einfliegen. Ich kann nur den Namen des Absenders entziffern, mit dem sie anscheinend den ganzen Tag über fleißig Textnachrichten austauscht.

„Maxime, hm? Dein Freund?", frage ich lässig. Mir ist plötzlich flau im Magen. Vielleicht hätte ich den zweiten extrastarken Kaffee nicht trinken sollen.

„*Ein* Freund, ja", antwortet Lucia leise und senkt den Blick. „Wir kennen uns seit über zehn Jahren. Damals waren wir zusammen im Internat."

Eine Wagenladung Steine fällt mir vom Herzen. „Wo warst du im Internat?"

„Mal hier, mal dort. Maxime habe ich in England kennengelernt. Dort war ich einige Jahre. Ansonsten in der Schweiz, in Frankreich und kurz in Schweden."

„Deshalb sprichst du so gut Englisch", schlussfolgere ich.

„So gut nun auch wieder nicht", schmunzelt sie. Wenn ich die Bewegung ihrer Augenbraue richtig deute, dann zwinkert sie mir hinter ihrer Sonnenbrille zu.

Ich muss unwillkürlich grinsen.

Dann stelle ich eine Frage, die mir schon länger auf den Nägeln brennt. „Mit welcher Muttersprache bist du eigentlich aufgewachsen? Bei meiner Recherche wurde mir nicht ganz klar, welche Sprache in der Schweiz gesprochen wird."

Lucia mustert mich überrascht. „Schweizerdeutsch und Französisch. Ich bin zweisprachig aufgewachsen. Deshalb war ich zunächst in Frankreich auf dem Internat und danach in England, um meine erste Fremdsprache Englisch zu verbessern."

„Wow, das sind schon zwei Sprachen mehr, als ich spreche", gebe ich betreten zu.

Sie lacht laut. „Dreieinhalb würde ich sagen. Denn danach war ich noch zwei Jahre in Schweden und habe es immerhin bis zum B1-Level in der Landessprache gebracht."

Lucia betrachtet mich nun gönnerhaft. „Zu deinem Glück würde ich Hochdeutsch nur als halben Punkt zählen, da ich mit Schweizerdeutsch als Ausgangsbasis ja einen immensen Vorteil hatte."

Sie grinst frech. „Mir ist bereits aufgefallen, dass es in Australien - oder auch in England - die wenigsten für nötig halten, überhaupt eine Fremdsprache zu lernen."

„Der Rest der Welt ist einfach so unglaublich weit von uns entfernt", erkläre ich achselzuckend.

Trotz meiner plausiblen Erklärung fühle ich mich unzulänglich. Ich habe ein weiteres Feld entdeckt, in dem Lucia Clément um Welten - ach, um Galaxien - besser ist als ich.

„Und? Hast du schon genügend von diesen mutierten Kängurus gefangen?", lenke ich den Fokus auf erfreulichere Themen.

Sie lacht laut auf. „Du verstehst echt so gar nichts.

Bei der Anzahl an Pokémon kann es kein *genug* geben! Gotta catch 'em all, wie es so schön heißt." Das scheint sie als legitime Begründung zu nehmen, um mit weiteren, kreisförmigen Fingerbewegungen verschiedene bunte Bälle auf virtuelle Tierchen zu werfen.

Verstohlen beobachte ich sie von der Seite und mir wird schlagartig klar, dass diese Frau mein Untergang sein wird.

dean

19. FEBRUAR – GOLD COAST, AUSTRALIEN

Langsam sollte Ryan sich mal blicken lassen. Ich bin schon bei meinem zweiten Kaffee und auch da wird bald der Tassenboden sichtbar sein. Die Plätze mit direktem Strandblick sind heiß begehrt und die zwei jungen Mamas, deren Kinder sich gerade im Sand verprügeln, haben es offensichtlich auf meinen Tisch abgesehen.

Nach einer weiteren Ewigkeit, in der ich mir noch einen viel zu erdigen, grünen Smoothie bestellt habe, lässt sich Ryan schließlich auf dem Platz gegenüber von mir fallen.

„Sorry, Mann." Erschöpft fährt er sich durch die blonden Haare und stützt seinen Kopf mit der Hand ab. „Mein Vormittag war eine Katastrophe", seufzt er.

„Meiner war ziemlich langweilig", kontere ich.

Daraufhin wirft mir Ryan einen genervten Blick zu. Tatsächlich hatte sich Lucia nach unserer gemeinsamen Hoteltour gestern in ihr Zimmer zurückgezogen und kam erst heute Morgen zum Frühstück wieder heraus. Ein Umstand, den ich sehr bedauerlich fand.

Danach hatte sie sich recht schnell verabschiedet. Da Lucia heute den ganzen Tag arbeiten wollte, habe ich ihr mein Büro angeboten, das sich nur einige Häuserblocks von unserer Suite entfernt befindet. Ich habe sie nach dem Frühstück und ihrer Gym-Einheit dorthin gebracht und werde sie erst heute Abend wieder sehen.

Glücklicherweise ist Ryan in der Stadt, denn er musste einige Surfshops mit seinen neuesten Brettern beliefern. Deswegen muss ich meinen Vormittag immerhin nicht allein verbringen.

„Was war denn los?", frage ich nach, während sich Ryan einen XXL-Kaffee bestellt.

Sein Gesichtsausdruck wirkt gequält, als er schließlich antwortet. „Sarah", seufzt er.

Ryans Ex ist mittlerweile eine sehr erfolgreiche Surferin, die hier an der Gold Coast lebt.

„War sie im Shop?", frage ich erschrocken. Die Beziehung der beiden endete nämlich äußerst unschön. Sarah hat Ryan ausgenutzt und betrogen, was sein Verhältnis zu Frauen, und Beziehungen im Allgemeinen, ziemlich negativ beeinflusst hat.

Ryan nickt mit grimmigem Gesichtsausdruck und nimmt einige große Schlucke seines Getränks, das gerade an unseren Tisch gebracht wurde.

„Zufall oder wollte sie etwas?", bohre ich weiter nach.

„Sicher kein Zufall. Sie hat auf mich gewartet", kommt es frustriert aus Ryans Mund. „Angeblich wollte sie nur kurz mit mir reden. Wie es mir geht und so. Ob wir uns mal wieder treffen könnten. So ein Scheiß eben." Um Ryans Mund hat sich ein bitterer Zug eingeschlichen.

„Und was wollte sie wirklich?", frage ich nach und meine Stimme klingt kalt.

„Wenn ich das wüsste", seufzt Ryan ein weiteres Mal. „Vermutlich irgendetwas wegen der Surfbretter. Ich weiß, dass sie immer noch meine Boards fährt. Ich meine, das ist eine wahnsinnige Werbung für mich, wenn eine so erfolgreiche Surferin wie sie meine Bretter nutzt. Mittlerweile verdiene ich gut 200 Dollar mehr an einem Board als noch vor einem Jahr."

Ryan rauft sich wieder die Haare. „Aber Gott, ich hasse es. Am liebsten würde ich es ihr verbieten! Es fühlt sich so absolut falsch an, dass dieser Frau etwas gehören soll, in das ich so viel Herzblut hineingesteckt habe."

„Das kann ich gut verstehen. Fuck, ich würde es auch verabscheuen", stimme ich ihm zu.

„Was sagt Lina dazu?", frage ich vorsichtig nach.

Beim Gedanken an seine Freundin hellt sich Ryans Miene sofort auf. „Ich habe ihr gestern das neue Board geschenkt."

„Ist es endlich fertig?", frage ich mit einem amüsierten Grinsen. Ryan war schon immer sehr akribisch. Doch sein Perfektionismus hat mit Linas Board

Ausmaße angenommen, die ich mir in meinen kühnsten Träumen nicht hätte vorstellen können.

Ryan winkt ab. „Ja, ist es. Und Sarah war nie wirklich ein Thema für sie. Außerdem hat Lina jetzt den ultimativen Liebesbeweis. Ein personalisiertes Ryan-Carter-Surfbrett, mit Widmung, Herzchen und dem ganzen Scheiß. Alles für immer einlaminiert." Er zwinkert mir zu. Dass er selbst voll auf *diesen ganzen Scheiß* steht, wissen wir beide, weshalb wir seine Aussage nicht näher kommentieren müssen.

„Und bei dir?", wechselt Ryan das Thema. „Wie läuft es mit deiner Europäerin?"

Kurz überlege ich, ob ich mit Ryan über die vertrackte Lucia-Situation reden soll. Eigentlich waren wir nie die Sorte bester Freunde, die sich ständig gegenseitig ihr Herz ausschüttet. Andererseits habe ich wegen Lina den einen oder anderen bierseligen Abend mit Ryan verbringen müssen. Da wäre es nur gerecht, wenn ich ihn jetzt ebenso in mein Gefühlschaos hineinziehe.

„Nichts läuft da", kommt es eindeutig frustriert aus meinem Mund.

Ryan grinst nur herausfordernd.

„Es sind einfach viel zu viele widersprüchliche Signale. Mal habe ich den Eindruck, dass sie mich will, und im nächsten Moment behandelt sie mich wie einen zertretenen Käfer, der es wagt, an ihrem überteuerten Schuh zu kleben."

„Oh, ich kann mir sehr gut vorstellen, dass das der Horror für dich ist. Der große Dean Richardson bekommt mal nicht sofort das, was er will." Ryan klingt schon fast mitleidig.

„Das ist es nicht. Fuck Mann, ich bin völlig besessen von dieser Frau! Morgen muss sie wieder zurück in die Schweiz. Und ich habe keine Ahnung, was das mit uns ist!" Hoffentlich entgeht Ryan die Hilflosigkeit, die ich in meiner Stimme allzu deutlich wahrnehme.

„Oh, shit." Ryan trinkt einen großen Schluck und beäugt mich ungläubig über den Rand seiner Tasse hinweg. „Dich hat's erwischt, oder?"

Ein gequältes Schnauben kommt über meine Lippen. Wenn er wüsste, wie sehr mich diese Frau fasziniert, wie dringend ich mehr von ihr will. Scheiße, wenn er wüsste, wie es in mir aussieht. Dass ich befürchte, dass ich mich in Lucia Clément verliebt habe. Und zwar so richtig. Aber ich kann es ihm nicht sagen. Wenn ich es laut ausspreche, dann ist es wahr. Und es würde noch viel realer werden, wenn es für mein Geständnis einen Zeugen gäbe.

„Ich dachte, du wolltest dich von dieser Welt fernhalten?", durchbricht Ryan schließlich die Stille zwischen uns. Er klingt nicht vorwurfsvoll, vielmehr ehrlich interessiert.

„Das will ich immer noch", antworte ich heftiger als beabsichtigt. „Aber ich will sie", muss ich leise zugeben.

„Ich denke nicht, dass du das eine ohne das andere haben kannst", erklärt mir Ryan sachlich.

Exakt das befürchte ich auch.

• • •

„Surfen?“, fragt er mich schließlich mit einem hoffnungsvollen Augenaufschlag.

Sein Grinsen verbessert meine getrübte Stimmung schlagartig. „Klar.“ Ich trinke den letzten Schluck meines Smoothies und stehe im selben Moment auf. „Wie lange hast du Zeit?“, frage ich ihn, während sich die beiden Muttis auf unseren gerade verlassenen Stühlen niederlassen.

„Zwei Stunden sollten drin sein. Ich fahre später noch zu meinen Eltern und morgen früh dann zurück nach Hause.“

Ryans Eltern leben noch in dem Haus an der Gold Coast, in dem er aufgewachsen ist. Es steht in der gleichen Straße, in der ich damals mit meinen Eltern und Zoe gewohnt habe. Seit der Scheidung bin ich erst wenige Male an unserem ehemaligen Zuhause vorbeigefahren. Auf die Gefühle, die der Anblick in mir auslöst, kann ich nämlich gerne verzichten.

„Okay, dann lass uns die Bretter holen.“ Ich muss mich dringend auspowern und von diesem ganzen Gefühlschaos in mir ablenken. Und dazu bietet sich eine Runde Surfen mit Ryan einfach perfekt an.

lucia

19. FEBRUAR, ABENDS – GOLD COAST, AUSTRALIEN

Hastig ziehe ich den Saum meines schwarzen Cocktailkleides zurecht, nachdem ich im Aufzug den Knopf für die oberste Etage gedrückt habe. Eigentlich hatte ich nicht geplant, Deans Büro erst zu so später Stunde zu räumen, doch mein Arbeitstag war - mal wieder - intensiver als vorab gedacht. Deshalb bin ich - und insbesondere mein Rücken - Dean sehr dankbar dafür, dass ich seinen Arbeitsraum nutzen durfte und nicht den ganzen Tag auf dem Sofa in der Suite arbeiten musste.

Ohne Weiteres hat er mir heute Morgen sein Büro in der Chefetage des Firmensitzes von *Bunham & Richardson* überlassen. Offensichtlich hält er sich darin allerdings so gut wie nie auf. Denn auch dort fand ich, bis auf ein verblichenes Post-it mit seinen Log-in-

Daten, keine persönlichen Gegenstände. Wenn sein Name nicht in großen Lettern an der Tür prangen würde, dann käme man niemals auf die Idee, dass dieses sterile Büro, in dem der Geruch nach Leder und Putzmittel hängt, Dean Richardson gehört.

Die Türen des Aufzugs öffnen sich und ich betrete bereits zum zweiten Mal die Rooftopbar. Auch heute beleuchten die pastellfarbenen Lämpchen die Tische in einem sanften Licht. Die letzten Sonnenstrahlen müssen sich schon vor einiger Zeit verabschiedet haben, denn die ersten Sterne sind bereits am nachtschwarzen Himmel zu erkennen.

Zögernd bewege ich mich in Richtung der Brüstung, als ich Dean entdecke. Er lehnt lässig an einem der Stehtische, in der Hand ein halb leeres Glas mit einer klaren Flüssigkeit. Basierend auf meinen bisherigen Erfahrungen mit ihm würde ich auf einen Gin Tonic tippen.

Die Ärmel seines schwarzen Hemdes hat er lässig nach oben gekrempelt und der Blick, mit dem er mich intensiv mustert, treibt meinen Puls sofort in die Höhe. Dean Richardson trägt tatsächlich ein Hemd. Ein äußerst ungewohnter Anblick, aber einer, an den ich mich gewöhnen könnte. Er sieht nämlich verboten heiß darin aus.

Als ich den Stehtisch erreiche, stellt Dean sein Glas ab und ergreift vorsichtig meine Hand.

„Ms. Clément", begrüßt er mich mit einem ironischen Grinsen. Wie Frederic haucht er mir anschließend einen sanften Luftkuss auf den Handrücken. Allerdings wendet er dabei keine Sekunde seine

Augen von mir ab, wobei mich der dunkle Glanz seiner schokoladigen Iriden wie hypnotisiert gefangen hält. Erst nach einer gefühlten Ewigkeit schaffe ich es endlich, meinen Blick aus seinem zu lösen.

Innerlich wappne ich mich. Das heute ist unser letzter gemeinsamer Abend. Ich muss nur noch wenige Stunden standhaft sein, damit ich mein ursprüngliches Vorhaben nicht selbst boykottiere. Ich kann das schaffen! Ich muss das schaffen! Dean Richardson, du wirst nicht mein Untergang sein!

„Was möchtest du trinken?", reißt er mich aus meinen Gedanken.

Die Frage aller Fragen. Vielleicht ist mir heute nach ein wenig Leichtigkeit. Andererseits sollte ich unbedingt die Kontrolle behalten. Schon der kleinste Tropfen Alkohol könnte meine Selbstbeherrschung ins Wanken bringen.

Trotz der warnenden Stimme in meinem Kopf entscheide ich mich für ein Glas Rotwein und bestelle dazu eine Flasche Wasser. Ob diese mehr als mein persönliches Alibi dient oder ob ich tatsächlich versuche, es langsam angehen zu lassen, weiß ich selbst noch nicht.

Dean hat sich mir angeschlossen, weshalb wir wenig später mit einem leisen Klirren unserer Rotweingläser anstoßen.

„Auf dein erstes Australien-Abenteuer!" Seine Augen funkeln schelmisch.

Der Wein ist leider genau nach meinem Geschmack. Nicht zu süß und nicht zu trocken. Dean beobachtet mich, wie ich einen weiteren Schluck nehme.

„Der ist gut", kommentiere ich unnötigerweise. Dass mir der Wein schmeckt, muss offensichtlich sein.

„Einer meiner Lieblingsweine. Kommt aus Südaustralien", erklärt er mir.

Ich nicke und halte mich davon ab, einen weiteren großen Schluck zu trinken.

„Wie war dein Arbeitstag?" Dean mustert mich interessiert, während er sein Glas abstellt. Schnell wende ich den Blick von seinen Fingern ab, die gemächlich mit dem dünnen Stiel seines Weinglases spielen. Er hat viel zu schöne Hände und ich will mir gar nicht vorstellen, was er mit diesen Fingern alles anstellen könnte.

Ich räuspere mich kurz und dränge meine Gedanken zurück in harmlose Gefilde. „Ich habe gute Fortschritte gemacht", antworte ich auf Deans Frage. Welche genau und wie groß diese Fortschritte waren, kann ich ihm natürlich nicht mitteilen, weshalb ich schnell weiterspreche. „Danke, dass du mir dein Büro überlassen hast. Der Ausblick ist echt der Wahnsinn!"

Er lacht laut auf. „Ja, die Aussicht ist vermutlich das Beste an dem ganzen Laden. Wie du wahrscheinlich festgestellt hat, bin ich nicht allzu oft zum Arbeiten dort."

Das ist ein Punkt, der mich weiterhin äußerst irritiert. Wie sich Dean auf den Errungenschaften seines Vaters ausruht. Wie er, ohne mit der Wimper zu zucken, die angenehmen Dinge dieses Lebens für sich beansprucht und gleichzeitig dem anstrengenden Teil keine einzige Sekunde seiner Aufmerksamkeit schenkt. Dieser Gedanke schwächt die irrationale Anziehungskraft, die dieser Mann auf mich ausübt, glücklicherweise etwas ab.

„Und, hast du dort viele Pokémon fangen können?", grinst er mich frech an.

Okay, vielleicht hat er sich mit dieser Frage gerade auf einen so hohen Anziehungs-Wert zurückkatapultiert, dass das keine Skala jemals abbilden könnte. Verdammt!

Ich lache laut auf. Vielleicht auch ein wenig aus Verzweiflung. „Na klar. So ein paar Pokémon nebenbei gehen immer", gebe ich lässig zurück. Ich finde, ich klinge dabei durchaus überzeugend und nicht so, als ob mir das Herz gleich aus dem Brustkorb springen wollte. Dass ich in der Mittagspause auf einem Raid war, das verschweige ich ihm lieber. Er muss mich so schon für den allergrößten Nerd halten, den er jemals getroffen hat. Deshalb frage ich ihn lieber, wie sein Tag bisher gelaufen ist.

„Ich hab mich mit einem Kumpel getroffen. Der war zufällig in der Gegend und dann waren wir noch gemeinsam surfen", erzählt Dean.

Wieder frage ich mich, wie er es aushält, so überhaupt keine Verpflichtungen im Leben zu haben. Wie jemand derart ziel- und planlos durch den Tag steuern kann.

„Bist du eigentlich gut?", will ich wissen.

Seine Mundwinkel verziehen sich zu einem schelmischen Grinsen. „Ausreichend", antwortet er mir mit einem Zwinkern.

Ich bin mir nicht sicher, wie ich diese Bewegung deuten soll und nehme einen Schluck von meinem Wein. Er ist wirklich genau so, wie ich ihn am liebsten habe. Verzückt lecke ich mir über die Lippen. Deans Blick verfinstert sich, als ich weiter nachfrage.

„Besser oder schlechter als auf dem Snowboard?"

Er trinkt langsam von seinem Wein. Fasziniert schaue ich zu, wie sich sein Adamsapfel bewegt, als er mehrmals schluckt. Keine Ahnung, warum ich das heiß finde. Doch die Hitze, die ich seit meiner Ankunft auf dem Rooftop in meinen Blutbahnen spüre, wird nur noch intensiver.

„Besser." Er stellt sein Glas ab. „Das liegt wahrscheinlich daran, dass ich viel zu wenig Gelegenheiten zum Boarden habe." Er durchbricht den kurzen Moment der Stille. „Willst du wissen, worin ich am besten bin?"

O Gott, bitte lass das jetzt keinen dieser superidiotischen Anmachsprüche sein. Oder lieber doch. Denn er würde auf meiner imaginären Anziehungs-Skala sofort um einige Stufen absinken. Langsam nicke ich und trinke einen weiteren Schluck von meinem Wein.

Es scheint ihm ernst zu sein, denn er sammelt sich kurz, bevor er nach einem tiefen Atemzug weiterspricht. „Skateboarden." Erwartungsvoll sieht er mich an.

Okay, das habe ich nun nicht erwartet. Aber so wie er sich auf dem Snowboard bewegt hat, kann ich mir ihn auch gut auf einem Skateboard vorstellen. In meinem Kopf fällt es mir immer schwerer, diese beiden unterschiedlichen Personen als ein und denselben Menschen zu verstehen. Einerseits den Mr. Richardson in Hemd und Anzug und andererseits Dean, den Skateboarder. Vielleicht würde es mir helfen, wenn ich ihm einfach mal beim Fahren zusehen würde.

„Das könnte jeder behaupten. Dazu müsste ich dich schon mal fahren sehen", necke ich ihn.

Dean scheint zu überlegen. Dann fixiert er mich wieder mit seinen Zartbitter-Augen. „In gut einem Monat ist ein großer Skate-Contest in Sydney, an dem ich teilnehmen werde. Vielleicht wäre das eine gute Gelegenheit?"

Wir wissen beide, dass diese Frage so viel mehr beinhaltet als das, was er laut ausgesprochen hat.

In erster Linie will er wissen, ob wir uns wiedersehen. Und zwar außerhalb unserer Geschäftsbeziehung. Ich beobachte Deans Finger, die nun nervös auf den Tisch trommeln.

Vorsichtig lächle ich ihn an. „Wenn dich meine Anwesenheit nicht zu sehr vom Skaten ablenkt, dann wäre das sogar eine hervorragende Gelegenheit." Ich grinse frech. Ja, ich will ihn unbedingt wiedersehen. Die Anziehungskraft, die er auf mich ausübt, ist viel zu intensiv, um ihr widerstehen zu können. Eindeutig, ich habe die Kontrolle verloren. Der Wein hat die Oberhand gewonnen, denn in meinen Gedanken machen sich nun die Ideen zu ganz anderen Dingen breit, die ich von Dean Richardson wollen könnte.

Seine Finger hören auf zu trommeln. Er trinkt den letzten Schluck aus seinem Weinglas und sieht mich anschließend viel zu intensiv an.

„Dann ist das beschlossen." Er nickt. „Wollen wir gehen?", fragt er rau. „Oder möchtest du noch Wein?"

Viel zu schnell antworte ich ihm, dass ich nichts mehr trinken will. Die unangetastete Flasche Wasser scheint mir vorwurfsvolle Blicke zuzuwerfen, als wir auf den Aufzug zugehen. Wie auch schon beim letzten Mal hält Dean meine Hand. Diesmal ist sein Händedruck allerdings fest und bestimmt. Von seiner Berührung ausgehend fließt die Hitze, wie Lava bei einem Vulkanausbruch, zäh durch meine Adern und ich unterdrücke ein verzweifeltes Seufzen.

Im Aufzug stehen wir nur Millimeter voneinander entfernt, da mich Deans fester Griff quasi zur Nähe zwingt. Als er sich mir zuwendet, stellen sich die feinen Härchen an meinem Unterarm sofort erwartungsvoll auf. Sein Blick ist so ernst und intensiv, dass ich das Gefühl habe, er könnte mir auf den Grund meiner Seele blicken. Ich merke, wie mein Atem plötzlich viel zu schnell und abgehakt ausströmt.

Behutsam kommt Dean noch näher, doch ich weiche nicht zurück, sodass sich unsere Körper unweigerlich in einer federleichten Berührung streifen. Die Gänsehaut beginnt, sich kribbelnd auf meinen gesamten Körper auszubreiten, was totaler Wahnsinn ist, da ich innerlich zu verglühen drohe.

Mutig lege ich beide Hände auf seinem Hemd ab und fühle die harten Brustmuskeln, die sich darunter befinden. Mein Herz schlägt rasend schnell, als ich die Fingerkuppen gemächlich über Deans Oberkörper wandern lasse.

Seine Finger streifen, wie schon in Zermatt, von

meinen Wangenknochen bis hin zu meinen Lippen. Die Berührung ist unendlich zärtlich und kaum spürbar. Meine Unterlippe kribbelt, als ob tausend Ameisen darüber laufen würden, als er mit dem Daumen daran entlangstreift. Erwartungsvoll lehne ich mich ihm entgegen. Alle meine guten Vorsätze sind vergessen, denn ich will seine vollen Lippen wieder auf meinen spüren. Ich gebe auf. Ich will ihn. Jetzt.

Die Aufzugstür öffnet sich mit einem leisen Surren. Keiner von uns beiden bewegt sich. Jeder wartet darauf, dass etwas passiert. Doch wir sehen uns nur an, bis sich die Metalltür nach wenigen Sekunden wieder schließt.

Ein Strudel an Emotionen peitscht durch Deans dunkelbraune Augen. Dann erkenne ich so etwas wie Entschlossenheit in seiner Miene. Er atmet tief durch und tritt einen vorsichtigen Schritt zurück. Die Berührung unserer Körper reißt augenblicklich ab. Meine Hände hängen nutzlos in der Luft und meine Lippen vermissen sofort die Berührung seiner Fingerkuppen.

Schnell greift Dean nach meiner Hand. Als ob er es ebenso wenig ertragen könnte, dass sich unsere Haut nun nicht mehr berührt. Doch selbst die Wärme seiner Finger ist zu wenig. Es ist viel zu wenig.

Als Dean leise zu sprechen beginnt, ist sein Blick auf unsere verschränkten Hände gerichtet. „Wir sollten das nicht tun", stellt er klar und fährt sich verzweifelt durch die Haare. „Es wäre nicht fair!" Jetzt fixiert er mich mit seinen Zartbitter-Augen. „Dieses Leben hier. Das ist alles nur Show. Die Person, die sich zum Drink mit Geschäftspartnern trifft oder Hemden trägt, das bin nicht ich. Der Dean, der in schicken Hotelzimmern wohnt, der existiert nicht wirklich.“

Er hält weiterhin meine Hand ganz fest und schüttelt nahezu verzweifelt den Kopf, als er ganz leise weiterspricht. „Keine Ahnung, ob du *mich* küssen würdest, den echten Dean.“

Am liebsten würde ich schreien. Ja, ich würde *dich* küssen! Und zwar jetzt! Ich *will* dich küssen! Sofort!

Meinen entsetzten Gesichtsausdruck ignoriert Dean, als er weiterspricht. „Ich würde dir gerne mein richtiges Leben zeigen. Dir zeigen, wer ich wirklich bin. Und dann kannst du darüber entscheiden, ob dir dieser andere Mensch gefällt.“ Jetzt fixieren mich seine Augen und er fährt eindringlich fort. „Du und diese Sache mit uns, das ist mir wichtig!“

Nach seinem Geständnis droht mich das schlechte Gewissen innerlich aufzufressen. Mir wird ein kleines bisschen Übel, als ich realisiere, wie sehr ich diesen ehrlichen Menschen gerade hintergehe. Mein ursprünglicher Plan hat anscheinend viel besser funktioniert, als zunächst beabsichtigt. Und das ist gar nicht gut. Doch jetzt komme ich aus der Sache nicht mehr raus.

Ich drücke Deans Hand fest. „Dann zeig mir dein richtiges Leben“, flüstere ich.

dean

18. MÄRZ – SOUTH HEADS, AUSTRALIEN

Vermutlich zum einhundertsten Mal stehe ich auf unserer Terrasse, schnappe mir mein Board und mache einige einfache Slides auf der kleinen Rail. Dann passiert das Gleiche wie auch die Male zuvor. Hastig kicke ich das Skateboard zur Seite und gehe zurück in das Haus, um einen letzten Kontrollblick zu riskieren.

Gestern hatte ich die Haushälterin außerplanmäßig einbestellt, damit sich unser Männer-WG-Haushalt heute halbwegs vorzeigbar präsentieren kann. Ja, hier scheint alles okay zu sein. Es hat sich in den letzten dreißig Sekunden also nichts verändert. Gott, bin ich nervös.

Das alles nur wegen einer Frau. Okay, es ist nicht irgendeine Frau. Und sie hätte eigentlich vor einer guten halben Stunde bereits hier ankommen sollen.

Das macht mich absolut fertig. Die Überlegung, dass sie sich umentschieden haben könnte, geistert schon wieder durch meine Gedanken. Verärgert über mich selbst raufe ich mir die Haare zum gefühlt hundertsten Mal.

Ein ganzer Monat ist bereits vergangen, seit wir in diesem bescheuerten Aufzug beschlossen haben, dass Lucia mich hier in South Heads besuchen wird. Seitdem haben wir uns nicht mehr gesehen.

Wie oft habe ich mir in den letzten Wochen gewünscht, dass ich damals dem Arschloch in mir nachgegeben und sie einfach geküsst hätte. Dass ich einen Hauch weniger Anstand gehabt hätte. Und es wäre sicher nicht bei einem unschuldigen Kuss geblieben. Viel zu oft habe ich mir seitdem ausgemalt, was mir damals entgangen sein mochte.

Im letzten Monat habe ich nicht das kleinste Lebenszeichen von Lucia gehört. Wenn ich mich bei Thomas nicht ständig nach ihr erkundigen würde, dann wüsste ich nicht einmal, ob sie noch lebt.

Vielleicht bin ich deshalb so unglaublich nervös. Weil ich mal wieder nicht einschätzen kann, wie sich Lucia mir gegenüber verhalten wird.

Um mich abzulenken, war ich die letzten Wochen ständig im Skatepark. Da die Competition in Sydney immer näher rückt, habe ich die intensiven Trainingssessions als doppelten Gewinn für mich verbucht. Einerseits haben sie dazu geführt, dass ich den 720 mittlerweile bei einigen Versuchen stehe, und andererseits konnte ich mir während der Zeit im Skatepark den Kopf nicht sinnlos über Lucia Clément zerbrechen.

KAPITEL ZWÖLF

Lucia

18. MÄRZ – SOUTH HEADS, AUSTRALIEN

Ich bin gerade einmal eine Stunde in South Heads und schon breitet sich ein gewisses Urlaubsgefühl in mir aus. Das liegt vielleicht auch daran, dass ich diesmal den langen Flug von Zürich nach Sydney mehr zum Schlafen als zum Arbeiten genutzt habe. Jetzt liege ich relativ erholt gegenüber von Dean in einem der gemütlichen Liegestühle im Garten, habe eine gekühlte Cola-dose in der Hand und die Sonnenbrille auf der Nase.

Den letzten Monat habe ich mich intensiv um ein neues Projekt gekümmert und musste dafür phasen-weise sogar die Nächte durcharbeiten. Umso größer war meine Vorfreude auf eine komplette Woche purer Erholung und Zerstreuung. Dass diese auch etwas mit einem gewissen Kerl zu tun hat, das gestehe ich mir ausschließlich unterbewusst ein.

· · ·

Dean hat mir gleich nach meiner Ankunft eine kleine Führung durch die WG gegeben und mir dabei sein Zimmer zum Schlafen angeboten. Er wird - ganz der Gentleman - auf dem Sofa nächtigen. So zumindest der Plan.

Für mich ist es ein merkwürdiges Gefühl, mit mehreren Personen auf so engem Raum zusammenzuleben. Auch wenn es nur für eine knappe Woche sein wird.

Natürlich hatte ich noch nie in einer WG gelebt, geschweige denn das Badezimmer mit jemandem teilen müssen. In der Hinsicht hatte mir Dean an der Gold Coast schon einen kleinen Vorgeschmack geliefert.

Im Gegensatz zur dortigen Hotelsuite strotzt der Bungalow allerdings nur so vor Individualität. Überall liegen und stehen Gegenstände herum, die das Häuschen sowohl heimelig machen als auch die unterschiedlichen Persönlichkeiten und Interessen der drei Jungs widerspiegeln.

Ich liebe es, in dieses andere Leben einzutauchen, das sich für mich völlig neu und spannend anfühlt.

Schon wieder vibriert es in der Tasche meiner kurzen Jeansshorts. Einer meiner Vorsätze für diese Woche in Australien war, dass ich mein Arbeitshandy für maximal eine Stunde pro Tag einschalten werde. Bisher funktioniert das ziemlich gut. Das mir mein privates

Gerät allerdings im Minutentakt neue Nachrichten anzeigt, das hatte ich nicht auf der Rechnung.

Wie auch die Male zuvor, stammt die Message von Maxime, der sich für alle möglichen Details meiner Reise interessiert. Nachdem er bereits Kenntnis darüber hat, wie mein Flug war, was es in der Businessclass zu essen gab, ob mein Taxifahrer Inder war, wie viel Grad es gerade hat und ob ich gut angekommen bin, fragt er mich nun, ob sich Dean bereits an mich herangemacht hat.

Leicht genervt verdrehe ich die Augen.

„Ärger im Paradis?", kommt es vergnügt von Dean, der in dem Liegestuhl mir gegenüber liegt und mich zu beobachten scheint.

„Ich bin einfach eine gefragte Persönlichkeit", antworte ich galant. Währenddessen tippe ich für Maxime ein *NEIN!!!* und schicke es ab.

Okay, vielleicht sollte ich mir auch eine Pause von meinem privaten Gerät gönnen.

Dean setzt sich in seinem Liegestuhl auf und nimmt die Sonnenbrille ab, wodurch er mir einen Blick auf seine warmen, dunkelbraunen Augen gewährt. „Ich habe speziell für diese ach so begehrte Persönlichkeit einige Videospiele zusammengestellt. Interesse?"

O ja, das habe ich! Doch das lasse ich mir nicht so leicht anmerken. „Kommt darauf an, was du aufgetrieben hast." Hoffentlich kein FIFA oder so einen Mist.

Lässig stemmt sich Dean aus dem Stuhl hoch und hält mir seine Hand hin. Nachdem ich eingeschlagen habe, zieht er mich mit einem mühelosen Ruck zu sich hoch.

„Was hältst du von Mario Kart? Oder lieber so etwas wie Zelda?", fragt er mich, als er vor mir durch die Terrassentür zurück ins Wohnzimmer geht.

Beides keine schlechte Wahl.

„Oder lieber Pokémon Stadium? Ich habe extra den N64 aus Bens Zimmer organisiert. Der hat gerade eine schlimme Donkey-Kong-64-Phase. Aber er hat mir zähneknirschend die Konsole für genau eine Woche überlassen. Frag nicht, wie viele Dosen Bier mich das gekostet hat." Dean lacht kopfschüttelnd.

„Oh! Es ist paralysiert", antworte ich ihm mit übertrieben euphorischer Stimme. Die Irritation über meinen Ausbruch in deutscher Sprache ist Dean sichtlich anzusehen, weshalb ich ein lautes Lachen nicht unterdrücken kann. „Gerne Pokémon Stadium", erkläre ich ihm. „Dieses Spiel habe ich in der deutschen Version gespielt und die Kommentare aus dem Spiel sind einfach legendär. Die englische Vertonung ist mit Sicherheit mindestens genauso lustig."

Ich nehme die Sonnenbrille ab und lasse mich auf das Sofa fallen. Dean reicht mir einen Controller, drückt die Spielkassette in die Vertiefung und schaltet die Konsole ein. Sofort erkenne ich den Sound, als das Spiel startet, und fühle mich im selben Moment wunderbar geborgen.

Dean lässt sich schwungvoll auf dem Platz neben mir nieder und startet das Spiel. Auf dem riesigen Fernseher wirkt die 64-Bit-Grafik extrem überholt, doch ich liebe diesen Retro-Charme der alten Games trotzdem heiß und innig.

Als wir unsere Teams zusammengestellt haben und

der erste Arenakampf beginnt, rutscht Dean unruhig auf dem Sofa umher. „Sei nicht zu hart zu mir", bittet er mich flehend.

Wenige Minuten später dürfte ihm klar sein, dass ich bei einem Pokémon-Kampf keine Gnade walten lasse. Sein Bisaflor ist gerade von mir *auf die Bretter* geschickt worden, während mein Glutexo noch annähernd volle KP besitzt.

„Du kannst doch nicht mit einem Pflanzen-Typ gegen meinen Feuer-Typ antreten", erkläre ich ihm kopfschüttelnd. Dass jemand die einfachsten Grundregeln eines Pokémon-Kampfes so konsequent ignorieren kann, ist mir schleierhaft.

„Jetzt mache ich dich fertig", knurrt Dean leise und strafft die Schultern. Bevor er die Auswahl seines nächsten Kämpfers bestätigen kann, rutsche ich blitzschnell zu ihm hinüber, drücke zwei Tasten auf seinem Controller und muss laut auflachen, als Dean daraufhin als Nächstes ein Eis-Pokémon auf den Platz schickt.

„Was machst du?", sieht er mich entgeistert an. Vermutlich geht ihm auf, dass sein Kämpfer bei dieser Konstellation wieder nicht lange durchhalten wird. Ich lache immer noch über meinen gelungenen Coup, als er plötzlich mit festem Griff mein Handgelenk umschließt. Den Controller entwindet er mir mit lässiger Leichtigkeit, und obwohl ich hartnäckig versuche, mich aus seiner Umklammerung zu befreien, um die Kontrolle über mein Team zurückzugewinnen, wechselt er in aller Seelenruhe mein Glutexo aus.

„Das ist unfair", beschwere ich mich atemlos und realisiere plötzlich, wie nah wir uns gekommen sind.

„Das ist ausgleichende Gerechtigkeit", erklärt mir Dean leise, wobei seine Stimme dunkler als sonst klingt. Er hat anscheinend auch bemerkt, dass ich fast auf seinem Schoß sitze. Deans fester Griff um mein Handgelenk lockert sich etwas, doch der intensive Blick aus seinen dunkelbraunen Augen hält mich an Ort und Stelle gefangen.

Mehrere Sekunden sehen wir uns unschlüssig an. Mein Herzschlag rast, meine Atmung ist viel zu schnell und ein erwartungsvolles Kribbeln breitet sich in meinem ganzen Körper aus.

Dann verdunkeln sich Deans Augen, er verstärkt seine Umklammerung, zieht mich fast grob noch näher zu sich und legt schließlich viel zu sanft seine Lippen auf meine. Endlich. Anscheinend hat er mir nun genug des echten Dean Richardsons gezeigt.

Die vorsichtige Berührung schießt ein gewaltiges Prickeln durch meinen kompletten Körper und ich muss ein hilfloses Seufzen unterdrücken.

Sofort verstärke ich den Druck meines Mundes auf seinem, denn ich will mehr. Mehr küssen, mehr fühlen, mehr von ihm. Dean stöhnt erstaunt auf und tastet im nächsten Moment mit der Zunge an meinem Mund-winkel entlang. Gierig komme ich ihm mit meiner Zunge entgegen und öffne, ohne zu zögern, den Mund. Das elektrisierende Gefühl, als sich unsere Zungen endlich wieder vereinen, lässt mich scharf einatmen.

Bereitwillig gibt Dean meine Hand frei, als ich sanft daran ziehe. Ohne dass sich unsere Lippen voneinander lösen, vergrabe ich meine Finger in Deans Haaren. Sie fühlen sich genauso weich an, wie ich erwartet hatte. Er nutzt die Gelegenheit, packt meine Pobacken mit beiden Händen und hebt mich mühelos auf seinen Schoß, ohne dass wir den Kuss unterbrechen müssen. Ich stöhne auf, als ich zwischen meinen Beinen seinen harten Schaft fühle. Das Wissen darüber, dass er das hier mindestens genauso erregend findet wie ich, lässt das Ziehen in meiner Mitte nur noch unerträglicher werden. Unsere Küsse werden langsamer, tiefer und Deans Hände beginnen, von meinem Po nach oben unter mein Shirt zu wandern. Er streicht sanft über meinen Rücken, als ich beschließe, dass ich ihm dringend sein T-Shirt ausziehen muss. Wir lösen unseren Kuss kurz und ich reiße ihm den Stoff hektisch über den Kopf, um unsere Lippen und Zungen sofort wieder zu vereinen. Endlich spüre ich die Wärme seiner Haut, als ich mit den Händen über seine Schultern und die harten Brustmuskeln wandere.

„Wer von euch beiden Idioten hat denn Karpador in die Arena geschickt?" Ich erschrecke mich fast zu Tode, reiße im selben Moment meine Lippen hektisch von Deans und spüre unter meinen Knien, wie sich das Sofapolster neben uns absenkt.

Dean zieht scharf die Luft ein. Er schließt kurz die Augen und blickt dann mühsam beherrscht zu dem Kerl, der nun keine zehn Zentimeter neben uns auf der Couch sitzt. Dann wendet er sich wieder mir zu. „Lucia, darf ich dir meinen Mitbewohner vorstellen? Das ist Ben", erklärt er mir stoisch.

„Hi", begrüße ich diesen mit einem dämlichen Winken. Dass ich immer noch auf Deans Schoß sitze und dieser kein Shirt trägt, scheint Ben ziemlich egal zu sein.

„Hi", antwortet er mir lässig. Ben wirkt etwas älter als Dean. Er trägt seine blonden Haare kurz, und ein verblichenes Shirt hängt weit an seinem eher schlaksig aussehenden Oberkörper. Außerdem grinst er mich frech an. Er weiß ganz genau, dass ich mich gerade mühevoll zur Höflichkeit zwingen muss. Und so wie Dean ihn ansieht, könnte ich mir vorstellen, dass es später noch Tote geben könnte.

„Mario Kart?", frage ich um gute Stimmung bemüht.

Ben lacht, während Dean ergeben seufzt. Langsam erhebe ich mich von seinem harten Schoß, bemüht, ihn so wenig wie möglich zu berühren. Er unterdrückt ein Stöhnen und wirft mir einen hilflosen Blick zu. Anschließend greift er nach seinem Shirt und dann mit grimmiger Miene nach dem Controller.

KAPITEL DREIZEHN

Lucia

18. MÄRZ – SOUTH HEADS, AUSTRALIEN

Immer noch auf dem Sofa sitzend, nehme ich einen weiteren Schluck von meinem Rotwein. Vermutlich ist es kein Zufall, dass mir Dean genau die gleiche Sorte angeboten hat, die wir bereits letzten Monat an der Gold Coast zusammen getrunken haben. Ich genieße den herben, fruchtigen Geschmack in meinem Mund und das warme Gefühl, das sich in meiner Herzgegend ausbreitet, weil Dean sich so aufmerksam um mein Wohl kümmert.

Nach unserer Mario-Kart-Session, bei der ich die Jungs gnadenlos in die Schranken gewiesen hatte, tauschten wir die Controller kurzerhand durch verschiedene Drinks, wobei Dean nach einem Bier auf Antialkoholisches umgestiegen ist. Die Skate-Competition morgen Nachmittag in Sydney würde er nämlich lieber ohne Kater bestreiten.

Im Laufe des Abends stieß sein anderer Mitbewohner, Ryan, ebenfalls zu unserer Gruppe. In seiner Gegenwart hatten Dean und ich glücklicherweise keinen so peinlichen Auftritt wie bei meinem Kennenlernen mit Ben, hingelegt.

Die drei Jungs stehen momentan auf der Terrasse und scheinen über irgendetwas zu diskutieren, denn sie gestikulieren wild und lachen ausgelassen.

Ich hingegen sitze nun schon seit Ewigkeiten mit Ryans Freundin Lina zusammen und unterhalte mich mit ihr über das Leben in Deutschland und Australien. Sie ist um einiges kleiner als ich, wirkt jedoch durch ihr sportliches Erscheinungsbild so, als könnte sie nichts erschüttern.

Es ist schön, mal wieder eine andere Sprache als Englisch zu sprechen, vor allem da Deutsch sehr nah an einer meiner beiden Muttersprachen dran ist. Sowohl im Internat in der Schweiz als auch in dem in Frankreich hatte ich Deutschkurse belegt und diese Sprache nahezu perfektioniert.

Linas Blick folgt meinem und sie grinst mich vielsagend an. „Du und Dean, hm?"

Bei dem Gedanken an unsere Berührungen und Küsse heute Nachmittag muss ich mir unwillkürlich auf die Unterlippe beißen. Ich seufze. „Ich und Dean." Ich lasse die Worte in mir nachhallen. „Hört sich völlig wahnsinnig an", stelle ich trocken fest.

„Ich kenne Dean noch nicht lange genug, um mir darüber ein Urteil zu bilden, aber Ryan ist ziemlich euphorisch wegen dem, was Dean über dich sagt." Sie schmunzelt vielsagend und streift sich eine blonde, lockige Strähne hinter das Ohr.

„Was sagt Dean denn über mich?", frage ich verschwörerisch und beuge meinen Kopf näher zu Lina.

Sie scheint kurz zu überlegen, wie viel sie mir verraten soll, und wirft einen prüfenden Blick in Richtung der Terrasse, bevor sie sich ebenfalls vorbeugt. „Ryan hatte den Eindruck, dass es ihm ziemlich ernst ist", antwortet sie mir vage und richtet sich dann wieder auf. „Aber ich denke, das ist ein Thema, das ihr besser untereinander besprecht." Sie zwinkert mir vielsagend zu und wir nehmen beide einen Schluck aus unserem Weinglas.

Ich muss wirklich dringend mit Dean sprechen. Darüber, was er für mich fühlt, was ich die letzten Wochen getan habe und ob es deswegen überhaupt ein *Ich und Dean* geben könnte. Mein schlechtes Gewissen meldet sich schon wieder. Der Kloß in meiner Magengegend, den ich die letzte Zeit gekonnt ignoriert habe, scheint augenblicklich auf Fußballgröße anzuschwellen, und in meiner Brust breitet sich ein grauenvoll beklemmendes Gefühl aus. Ich spüle es mit dem letzten Rest Wein aus meinem Glas hinunter und nehme mir fest vor, morgen mit Dean Klartext zu sprechen.

Lina und Ryan haben sich gerade von uns verabschiedet, als Dean sich neben mich auf das Sofa fallen lässt. Wie selbstverständlich nimmt er mir das Weinglas aus der Hand und trinkt einen großen

Schluck daraus. „Die beiden machen mich wahnsinnig“, seufzt er.

„Ryan und Ben?“, frage ich vorsichtig nach.

„Ryan und Lina!“, antwortet er mir vehement. Als ob das doch völlig logisch wäre.

„Angeblich fühlt sich Lina nicht so gut und möchte lieber ins Bett, anstatt weiter mit uns abzuhängen.“ Dean schnaubt. „Ich kann mir schon vorstellen, warum sie *ganz dringend* - natürlich *mit* Ryan - ins Bett muss.“ Deans Stimme trieft vor Ironie. „Die beiden sind einfach maximal absurd. Jetzt *erfinden* sie schon Krankheiten, damit sie miteinander vögeln können. Andere Leute behaupten, dass sie Migräne hätten, um genau das zu verhindern.“

Ich lache erstaunt laut auf und auch Dean stimmt mit einem Kopfschütteln in mein Gelächter ein.

„Na ja, besser so als andersherum“, kommentiere ich das Ganze mit einem Schmunzeln.

„Hm, ja. Und immerhin sind sie in Linas WG gegangen, sonst würden wir die halbe Nacht kein Auge zutun.“ Er rollt mit den Augen, grinst aber immer noch.

„Apropos Nacht.“ Dean stellt das leere Weinglas auf dem Couchtisch ab und mustert mich intensiv. Sofort beschleunigt sich mein Herzschlag.

Dann flüstert er eindringlich. „Ich würde gerne ebenfalls mein Bett aufsuchen, aber das beanspruchst gerade *du* für *dich*.“ Er zwinkert.

Sofort schießt mir die Röte in die Wangen. Im selben Moment löse ich meine Beine aus dem gemütlichen Schneidersitz, um mich aus dem weichen Polster des Sofas hochzustemmen.

Meine nackten Füße berühren den flauschigen Teppich nur für den Bruchteil einer Sekunde, als Dean schnell nach meinem Handgelenk greift und mich schwungvoll zurück auf das Sofa zieht.

„Das war eine reine Feststellung", raunt er mir ins Ohr.

Ich drehe den Kopf und erwidere genauso leise. „Hat sich fast wie eine Beschwerde angehört." Mein Herz pocht dabei in einer unbändigen Geschwindigkeit.

Dann realisiere ich, dass unsere Münder nur noch Millimeter voneinander entfernt sind. Deans warmer Atem streift sanft an meinen Lippen entlang. Im Moment dieser Erkenntnis vergaloppiert sich mein Herz mit einer erstaunlichen Heftigkeit. Hoffentlich sterbe ich nicht an einem Herzinfarkt!

Die Bedrohung durch meinen nahenden Tod macht mich mutig, weshalb ich schnell den Abstand zwischen uns überbrücke und meine Lippen viel zu hart auf Deans Mund presse.

Erstaunt zieht er heftig die Luft ein.

Von meinem Mund ausgehend schießt augenblicklich ein Prickeln durch meinen ganzen Körper, das sich hitzig zwischen meinen Beinen einnistet. Ich stöhne leise auf, öffne die Lippen und taste sofort mit meiner Zunge nach Deans.

Wieder atmet er schwer ein, kommt mir aber bereitwillig entgegen. Er schmeckt nach dem Wein, den wir beide getrunken haben, vermischt mit einer herben Bitternote. Ein Geschmack, in dem ich versinken möchte.

Langsam drängt mich Dean nach hinten, sodass mir keine andere Möglichkeit bleibt, als mich der Länge nach auf das Sofa zu legen. Kurz bewundere ich Deans Fähigkeit, meinen Kopf zu stützen, während er seine Beine zwischen meinen platziert und dabei unseren Kuss nicht abreißen lässt.

Ich genieße das Gefühl von Deans schwerem Körper auf meinem. Wie er mich in die Sofakissen drückt, wie sich sein harter Schwanz – trotz der Klamottenbarriere – hart gegen meine Mitte presst.

Der Kuss wird leidenschaftlicher, intensiver und erinnert mich an den von heute Nachmittag.

Sofort unterbreche ich uns hastig. „Wo ist eigentlich Ben?“, frage ich Dean erschrocken. Meine Stimme klingt atemlos und rau und ich räuspere mich kurz.

Dean grinst. „Den habe ich ausquartiert. Wir haben also das ganze Haus für uns allein.“ Auch er klingt außer Atem. Ein teuflisches Glitzern blitzt in seinen Schokoladenaugen auf.

Dann sind seine Lippen wieder auf meinen und seine Zunge in meinem Mund. Und wenn ich vorher dachte, dass das Verlangen und die Gier nach diesem Mann nicht noch ungestümer werden könnten, dann werde ich gerade eines Besseren belehrt.

Gemächlich tasten sich seine Finger über meinen Hals zu dem Kragen meiner Bluse vor. Eine feine Gänsehaut überzieht sofort meine überempfindliche Haut. Als Dean mein Schlüsselbein erreicht, atme ich zitternd ein.

Ich spüre, wie er die Lippen zu einem leichten Lächeln verzieht und seine Hand auf meinem Oberteil quälend langsam in tiefere Gefilde wandern lässt. Das elektrisierende Prickeln folgt trotz der Stoffbarriere seinen Fingern, die sanft über meinen Bauch streichen. Zielsicher findet er den Knopf meiner Shorts und öffnet ihn gekonnt mit einer Hand.

Behutsam löst Dean unseren Kuss. Protestierend grabe ich sofort meine Hände tiefer in sein Haar und stehle mir noch eine letzte, harte Berührung unserer Lippen. Sein Blick ist dunkel, als er mir in die Augen sieht und mir im selben Moment die Jeansshorts ruckartig über die Hüften nach unten schiebt.

„Kein Pikachu", flüstert er enttäuscht. Dean kniet zwischen meinen Beinen und betrachtet meine Unterwäsche so intensiv, dass sich sein heißer Blick förmlich in meine Mitte brennt. Ich unterdrücke den Drang, die Schenkel zusammenzupressen, um das plötzlich auftretende Kribbeln zu lindern.

„Ich fand, du hast Pikachu beim letzten Mal nicht ausreichend gewürdigt. Deshalb kann ich dir heute nur langweile, schwarze Spitze bieten. Sorry." Meine Stimme klingt nicht halb so neckisch, wie ich es beabsichtigt hatte. Eher atemlos und ein wenig gehetzt.

Daraufhin umspielt Deans Mundwinkel das typische, spöttische Lächeln, das ich gleichzeitig liebe und hasse. Viel zu gelassen streift er währenddessen mit dem Daumen über den dunklen Spitzenstoff meines Höschens. Als ich den harten Druck auf meiner Klitoris spüre, schießen Milliarden kleiner Blitze durch meinen gesamten Körper und ich atme erschrocken ein. Shit, fühlt sich das *gut* an!

Dean beugt sich nach vorne und beginnt, die zarte

Haut unter meinem Bauchnabel mit sanften Küssen zu bedecken. Ich genieße seine zärtliche Berührung, frage mich aber gleichzeitig, was er vorhat.

„Sorry, nur Pikachu darf in mein Bett", kommt es rau aus Deans Kehle. Gleichzeitig fährt er mit seinen Fingern unter die Bündchen meiner Unterwäsche und streift diese behutsam zunächst über meine Knie, dann zusammen mit meiner Shorts über meine Knöchel und letztendlich über meine Füße.

Halb nackt liege ich vor ihm, während er zwischen meinen Unterschenkeln kniet. Die Situation fühlt sich fremd an. Ungewohnt entblößt. Aber ebenso reizvoll und erregend. Meine angewinkelten Knie halte ich zusammengepresst, während er sachte mit seinen Händen an meinen Schenkeln nach oben streift. Deans Blick versinkt in meinen Augen, als er meine Beine behutsam öffnet. Ich ertrinke in seinen dunklen Iriden, in denen ein ganzer Orkan aus Gier und Leidenschaft wütet.

Als er ohne Vorwarnung seinen Mund zwischen meine gespreizten Schenkel presst, stöhne ich erstaunt auf.

Ich bin erschrocken über die Intensität des ziehenden Gefühls zwischen meinen Beinen und gleichzeitig merkwürdig verunsichert. Das, was Dean hier gerade mit mir anstellt, das hat noch nie jemand mit mir getan.

Als er seine Zunge sanft bewegt, kann ich gerade noch verhindern, dass mir ein hilfloses Seufzen über die Lippen rutscht. Milliarden kleiner Stromstöße breiten sich in meinen Nervenbahnen aus und ich muss ein ohnmächtiges Zittern unterdrücken.

Dean hat die Augen geschlossen. In dem letzten goldenen Aufglühen der Sonne werfen seine langen Wimpern einen dunklen Schatten auf seine Wangenknochen. Seine dunklen Haare leuchten wie von einem magischen Glanz eingehüllt. Er ist wirklich schön.

Und er weiß genau, was er tut. Seine Zunge kreist schneller, sein Mund saugt heftiger, seine Lippen liebkosen mich härter und der Druck in meinem Unterleib schwillt unablässig an.

Als er jäh einen Finger in meinen feuchten Eingang gleiten lässt, schreie ich vor Erregung laut auf und schlage mir im selben Moment erschrocken die Hand auf den Mund.

Deans Kopf hebt sich und er fixiert mich. Vorsichtig umfasst er meinen Unterarm und zieht meine Finger behutsam von meinen Lippen.

„Hey. Hier ist niemand außer uns, du kannst so laut sein, wie du willst", erklärt er mir ernst. So dunkel und rau habe ich seine Stimme noch nie gehört.

Ehrlich gesagt hatte ich nicht an andere Personen gedacht. Nicht an Ben, nicht an Ryan, an keinen. Ich will in erster Linie vor *ihm* nicht so laut sein. Ich will nicht einmal vor *mir selbst* diese Geräusche von mir geben. Ich hasse es, die Kontrolle zu verlieren, und in diesem Moment passiert genau das, vor dem ich mich am meisten fürchte.

Im nächsten Augenblick spüre ich, wie Dean gierig an meiner Klitoris saugt und die Erregung meinen Unterleib flutet.

Schon wieder keuche ich unkontrolliert laut auf. Es ist offiziell, mein Gehirn hat die Herrschaft über meinen Körper verloren.

Deans Lächeln ist hungrig, als er abermals den Kopf hebt. „Du kannst hier so laut sein, wie du *musst*.“

Sein verheißungsvolles Angebot lässt mich erschauern. Sofort verschwindet Deans Kopf zwischen meinen Schenkeln und ich hasse, hasse, hasse es, dass ich nicht in der Lage bin, ein heftiges Aufstöhnen zu unterdrücken. Er leckt, küsst und saugt an meiner Mitte, bis ich von einer drängenden Energie durchflutet werde, die unaufhaltsam nach einem Ausweg sucht.

Dean öffnet die Lider und sieht mich nun direkt an. Die dunklen Haare fallen ihm bis in die Augen. Seine Pupillen sind so geweitet, dass sie komplett schwarz wirken und als er beginnt, seinen Finger in mir zu bewegen, da fange ich an, diesen Kontrollverlust zu lieben. O mein Gott, ich liebe, liebe, liebe es! Und es ist mir egal, dass ich viel zu laut stöhne. Und es ist mir egal, dass ich viel zu laut schreie, als der unerträgliche Druck endlich mit einem alles zerreißenden Orgasmus aus mir herausbricht.

Mit geschlossenen Lidern muss ich mich kurz sammeln, bevor ich mich in der Lage sehe, Dean wieder in die Augen zu blicken. Ich habe mich völlig vergessen. Ich habe die Kontrolle verloren und mich ihm gegenüber so angreifbar gezeigt wie bei niemandem sonst zuvor.

Deans Stimme zittert, als sich unsere Blicke schließlich treffen. „Gott, ich liebe alles hieran“, bringt er rau hervor.

Wie passend, dass ich vorhin genau das Gleiche gedacht habe.

Langsam bewegt er sich auf mich zu. Die riesige Beule in seiner Hose ist nicht zu übersehen und obwohl ich völlig fertig bin, strecke ich meine Hände nach seinem Hosenbund aus.

Dean hält mich auf halbem Weg auf und verschränkt unsere Finger. „Was sagen die Profi-Sportler noch mal? Kein Sex vor einem wichtigen Wettkampf, oder?" Er schmunzelt.

„Es erstaunt mich, dass *du* dich an irgendwelche Regeln hältst", gebe ich belustigt zurück.

„Na ja, dafür hätte ich gerne besonders hingebungsvollen Sex *nach* dem Wettbewerb." Seine Mundwinkel umspielt ein verschmitztes Grinsen.

Vorsichtig legt sich Dean neben mich. Eines seiner Beine liegt angewinkelt über meinem nackten Unterleib und er mustert nachdenklich unsere verschränkten Finger. „Das hier wollte ich seit Zermatt tun", gesteht er leise. „Ich wollte dich aus der Reserve locken. Wollte, dass du die Kontrolle verlierst. Ich wollte, dass du nicht mehr so verdammt perfekt bist." Deans Stimme klingt rau und er atmet tief ein. „Aber jetzt. Als ich genau das bekommen habe, da bist du für mich einfach immer noch das perfekteste Wesen auf diesem fucking Planeten." Die Worte verlassen seinen Mund gepresst. Als ob er wütend darüber wäre, dass er so fühlt. Und als ob er es nicht fassen könnte, dass er diesen Umstand eben ohne Umschweife ausgeplaudert hat.

„Kommst du heute Nacht mit in mein Bett?", durchbreche ich die darauffolgende Stille.

Dean nickt langsam.

„Das musst du dir allerdings mit mir und dem Pikachu-Kuscheltier teilen", lache ich laut auf.

„Du hast es mitgenommen?", fragt Dean belustigt.

Wenn es ihn getroffen hat, dass ich nicht auf sein Geständnis eingegangen bin, dann lässt er sich dieses Dilemma nicht anmerken.

„Na klar. Pikachu darf jeden Tag in meinem Bett schlafen!", erkläre ich brüsk.

„Okay, dann lass uns rübergehen. Eine Nacht mit Pikachu klingt äußerst verlockend." Mit einem verschmitzten Grinsen erhebt sich Dean vom Sofa.

KAPITEL VIERZEHN

Lucia

19. MÄRZ – SOUTH HEADS, AUSTRALIEN

Erschrocken reiße ich meine Augen auf, nur um im nächsten Moment von der beißenden Helligkeit im Raum geblendet zu werden. Ich blinzele vorsichtig und gewöhne mich langsam an die Sonnenstrahlen, die durch das große Fenster in Deans Zimmer fallen. Ein gedämpfter Fluch dringt durch die geschlossene Tür herein und ich nehme an, dass das laute Scheppern, das mich aus dem Schlaf gerissen hat, etwas damit zu tun hat.

Dean scheint sich bereits an die Eskapaden seiner Mitbewohner gewöhnt zu haben, denn ich spüre weiterhin, wie sich sein an mich gepresster Brustkorb gleichmäßig hebt und senkt. Ich betrachte seinen Arm, den er locker über meine Hüfte gelegt hat. Die feinen Härchen, die leicht hervortretenden Sehnen, die

Muskelstränge, die gebräunte Haut. Vorsichtig streife ich mit den Fingerkuppen von seinem Handgelenk bis zum Ellenbogen. Ein empfindsames Seufzen kommt über Deans Lippen, und wie automatisch zieht er mich in seinem Arm noch näher an sich.

Doch ich kann diesen Moment des Friedens und der Geborgenheit nur kurz genießen. Siedend heiß fällt mir ein, welche unangenehme Aufgabe heute auf mich wartet. Ich muss mit Dean sprechen. Dringend. Ich habe es schon viel zu lange aufgeschoben! Sofort beginnt mein Herz, heftig gegen die Rippen zu trommeln.

Deans Unterbewusstsein muss die schlagartige Veränderung meiner Stimmung bemerkt haben, denn er grummelt verschlafen unverständliches Zeug in mein Haar.

Nein. Ich kann das jetzt nicht. Ich will diesen Moment nicht zerstören. Vorsichtig kuschele ich mich noch enger an Dean und ziehe seinen Arm fester um meine Taille. Es fühlt sich nicht annähernd so gut an wie noch vor einer Minute. Scheiße.

Wie lange will ich es noch vor mir herschieben? Jede Sekunde, die wir zusammen verbringen, ist eine gestohlene, wenn ich ihm nicht endlich die Wahrheit sage.

Ich hole tief Luft, um mein wild schlagendes Herz zu beruhigen. Natürlich hilft das kein bisschen. Meine Finger zittern, als ich Deans Arm behutsam anhebe und mich aus seiner Umarmung schlängele. Sofort vermisse ich seine Wärme und seinen Geruch.

Als ich vor dem Bett stehe, schlägt Dean träge die

Augen auf. „Hey, komm wieder rein", fordert er mich leise und mit kratziger Stimme auf, den nun leeren Arm nach mir ausgestreckt.

Meine Selbstbeherrschung hängt am seidenen Faden, doch ich reiße mich von seinem Anblick los und schaffe es sogar, mir eine Leggings und ein Crop-top überzuziehen. Halbnackt wäre dieses Gespräch nämlich noch unangenehmer.

Dean hat mich die ganze Zeit beobachtet. Die steile Falte zwischen seinen Brauen zeugt von seiner Verwirrung.

Nervös stehe ich nun vor dem Bett und wische mir zum bestimmt tausendsten Mal die schwitzigen Hände an meinen Oberschenkeln trocken.

Jetzt scheint Dean aufzugehen, dass hier etwas ganz und gar nicht stimmt. Seine Augen liegen dunkel auf mir, als er eilig seine Beine über die Kante des Betts schwingt und sich aufsetzt. Es ist definitiv nicht hilfreich, dass er nur seine Boxershorts trägt und sich deshalb mein Gehirn für viele, lange Sekunden ausschließlich auf seinen heißen Körper fokussiert.

„Was ist los?", fragt er mich vorsichtig. Seine verstrubbelten Haare hängen ihm wirr in die Augen. An Deans Wange erkenne ich eine zackige Schlaffalte. Er sieht so jungenhaft aus, dass es mir fast das Herz bricht. Ich kann das nicht. Ich will das nicht.

Ohne dass ich auch nur ein Wort über meine Lippen bringe, starre ich Dean aus weit aufgerissenen Augen an. Mit den Händen versuche ich zum x-ten Mal, meine abstehenden Haare glatt zu streichen.

„Du machst mir Angst." Seine Stimme klingt dunkel und gefährlich.

Blitzartig drehe ich mich um und greife nach meiner Aktentasche. Ich muss es ihm sagen, ich muss.

Viel zu schnell sprudelt es aus mir heraus, als ich mich wieder Dean zuwende. „Du kannst dich vermutlich noch an die Tage erinnern, als ich bei dir an der Gold Coast war." Mir entfährt ein hysterisches, kurzes Lachen. Scheiße. Ich habe eine solche Panik vor seiner Reaktion.

Deans Augen werden schmal und seine Lippen presst er fest aufeinander. Trotzdem wartet er einfach nur darauf, dass ich weiterspreche.

„Da war ich doch an diesem einen Tag in deinem Büro."

Ich halte die Luft an, doch sein Gesichtsausdruck ändert sich nicht um eine Nuance.

Nachdem ich heftig geschluckt habe, versuche ich also weiterzusprechen. „Ich ..." Mein Herzschlag ist viel zu heftig, meine Atmung rasselnd und meine Stimme zittert, als ich es endlich laut sage. „Ich war an deinem PC. In deinen Files." Endlich ist es raus. Düstere Furcht setzt sich wie schwarzer Qualm in jeder meiner Poren ab.

Mehrere Sekunden lang scheint die Welt stillzustehen. Dann spricht Dean schließlich. „Warum?" Ein einziges Wort und ohne jegliche Emotion.

Plötzlich ist mir eisig kalt. Ich kann ihm nicht mehr in die Augen sehen, als ich darauf antworte. „Ich bin eine Geschäftsfrau." Locker zucke ich mit den Achseln. „Das ist wie eine Programmierung. Es war unmöglich, dass ich mir so eine Gelegenheit entgehen lasse. Es war viel zu einfach." Fast macht es den Eindruck, als ob ich *ihm* nun die Schuld an meiner Tat geben würde.

Innerlich könnte ich mich ohrfeigen. Was rede ich hier? Ich schaufele mir gerade mein eigenes Grab!

Mit bebenden Händen greife ich in die Aktentasche. Meine Finger zittern, als ich mehrere zusammengeheftete Papiere herausziehe. „Im letzten Monat habe ich mir die Unterlagen von deinem Rechner genau angesehen."

„Warum?"

Wieder diese Frage. Wieder ohne jegliche Emotion. Und wieder ist meine Antwort die gleiche. „Das Geschäft", presse ich leise hervor und lasse die Arme hilflos sinken.

Immer noch der starre Blick. Immer noch keine Reaktion. Der einsetzende Schwindel in meinem Kopf weckt in mir das Bedürfnis, mich irgendwo festzuhalten. Panisch klammere ich mich an meinen Papieren fest. „Diese Beträge ..." Angsterfüllt atme ich ein. „... mit denen kann etwas nicht richtig sein!", entfährt es mir heftig.

Langsam finde ich auf altbekanntes Terrain zurück und meine Stimme wird fester. „Ich kenne die Zahlen, mit denen wir in der Sache drinhängen. Und es gibt keine realistische Möglichkeit, dass *deine* Zahlen ...", ich wedele heftig mit dem Papier, „...richtig sind."

Jetzt traue ich mich endlich wieder, ihm in die Augen zu sehen. „Ich habe wochenlang gerechnet und Beträge verglichen. Es kann nur einen Grund geben, warum du diese Dokumente mit diesen Zahlen hast. Es muss *dich* jemand hintergehen. Dir die falschen Files weitergeben und sich selbst einen riesigen Überschuss abzweigen.“

Ich erwarte, dass meine Nachricht einschlägt wie eine Bombe. Dass diese neue Erkenntnis meinen Betrug vergessen macht, ja vielleicht sogar rechtfertigt.

Dean sieht mich verständnislos an. Seine Stimme ist rau. „Was?“

„Dean, ich sage dir das nur, weil ich dich mag. Irgendetwas stimmt hier nicht. Und zwar gewaltig!“

Er schüttelt nur langsam den Kopf.

„Bitte, Dean. Es war nicht geplant, dass du jemals herausfindest, was ich getan habe. Aber ich musste es dir sagen! Ich will dir doch nur helfen!“ Meine Stimme bricht vor Verzweiflung und erste Tränen stehlen sich in meine Augenwinkel.

Das ist exakt der Moment, in dem der Dean, den ich die letzten Tage kennengelernt habe, aus meinem Leben verschwindet. Ich kann förmlich sehen, wie sich die gefühllose Maske der Gleichgültigkeit über sein wunderschönes Gesicht stülpt. Seine Lippen verziehen sich zu einem kalten, spöttischen Lächeln und seine Augen werden zu bodenlosen schwarzen Löchern, die jegliche Materie, jegliches Gefühl rücksichtslos einsaugen. Deans kalter Blick bohrt sich, wie scharfe Eiskristalle, in meine Haut. Ich friere schlagartig und ein brennender Schmerz breitet sich in all meinen Nervenenden aus.

„Du musstest gar nichts tun, Ms. Clément“, zischt er leise, während er sich drohend vom Bett erhebt und auf die Zimmertür zugeht.

„Aber du musst jetzt ganz dringend verschwinden.“ Ich höre die Warnung in seiner eiskalten Stimme nur zu deutlich, als er die Tür für mich öffnet.

Ich will ihm widersprechen. Ich will ihm sagen, dass nicht *ich* diejenige bin, die ihn um Millionen betrügt. Dass er es ohne mich vermutlich nie herausgefunden hätte.

Doch ich schaffe es nicht. Hektisch und verstört raffe ich meine Habseligkeiten zusammen und bin schon fast an der Tür, als er nur ein Wort sagt.

„Pikachu.“

Verständnislos sehe ich ihn an.

„Nimm dieses verfickte Pikachu aus meinem Bett“, presst er hart hervor. In diesem winzigen Moment verrutscht seine stahlharte Maske ein wenig und ich meine, einen Anflug von Schmerz in seiner Miene zu erkennen.

Im nächsten Augenblick presse ich mir das gelbe Pokémon an die Brust und stolpere mehr rennend als gehend durch die Zimmertür. Der Weg durch den Flur kommt mir endlos lang vor und doch stehe ich viel zu plötzlich auf der anderen Seite der Haustür, die mit einem endgültigen Knall hinter mir zufällt.

lucia

19. MÄRZ – SOUTH HEADS, AUSTRALIEN

Keine Ahnung, wie lange ich nach Deans Rausschmiss noch vor seiner Haustür stand, bis ich es endlich schaffte, mich aus meiner Schockstarre zu befreien.

Mir war klar gewesen, dass er mein Geständnis nicht mit wehenden Fahnen aufnehmen würde. Doch mit so einer heftigen Reaktion hatte ich ehrlicherweise nicht gerechnet. Nie hätte ich gedacht, dass er mich sofort und endgültig aus seinem Leben katapultieren würde.

Mindestens genauso geschockt wie von seinem Verhalten bin ich allerdings von meinen Gefühlen, die sich dumpf und wirr in meine Seele fressen. Es ist eine ätzende Mischung aus Hilflosigkeit, Bedauern und Wut auf mich selbst, die mir fast die Luft zum Atmen nimmt.

Nach einer gefühlten Ewigkeit hatte ich mich so weit gesammelt, dass ich – Pikachu fest an mich gepresst – einen Fuß vor den anderen setzen konnte.

Planlos war ich in South Heads umhergestreift, doch mein innerer Kompass hatte mich zielsicher in Richtung Strand geführt, den ich jetzt ungläubig mustere.

Vor mir erstreckt sich das hellblau-türkise Meer, auf dessen Wellen die glitzernden Schaumkronen neckisch tanzen. Der fast weiße, feine Sand und die leicht schräg stehenden Palmen komplettieren das nahezu lächerlich paradiesische Bild. Wie schön wäre es gewesen, wenn ich zusammen mit Dean dieses kleine Stückchen Himmel auf Erden, das er seinen Heimatort nennen darf, in den nächsten Tagen näher kennengelernt hätte? Schnell schiebe ich diesen bitteren Gedanken beiseite und drehe mich in Richtung der Strandpromenade.

Ein kleines, süßes Café fällt mir sofort ins Auge und erinnert mich schmerzlich daran, dass mein geplantes Frühstück mit Dean leider nicht stattgefunden hat. Dean, überall Dean. Wieder verdränge ich diesen Gedanken und trete durch die Tür des *Valley of Beans*.

Kurz irritiert mich das *Clothes Optional* Schild im Fenster, doch ein Blick auf die morgendlichen Gäste lässt mich aufatmen. Okay, einige Sixpacks werden hier schamlos zur Schau gestellt, was ich alles andere als störend empfinde, aber es ist kein FKK-Café oder so etwas in der Art, wie ich befürchtet hatte. Mit seiner komplett schwarz-weißen Einrichtung wirkt der kleine Laden sowohl stilvoll als auch bodenständig, wodurch ich mich sofort wohlfühle.

Bei einer quirlig wirkenden Blondine mit wilden Locken, einer auffälligen roten Brille und einem gewinnenden Lächeln bestelle ich mir einen Skinny Latte. Anschließend setze ich mich an einen Tisch am Fenster und platziere Pikachu neben mir.

Als ich meinen Blick nach draußen schweifen lasse und die Passanten beobachte, fühle ich mich völlig leer und ratlos. Seit ewigen Zeiten habe ich das erste Mal keinen Plan, was ich jetzt zu tun habe. Normalerweise gibt mir mein Arbeitskalender eine genaue Struktur und meine Aufgaben sind klar definiert. Da ich mir extra für diesen Besuch eine ganze Woche Urlaub bei meinem Vater herausgehandelt hatte - was alles andere als einfach war - kann ich mich leider nicht zur Ablenkung zurück in die Arbeit stürzen. Es wäre das letzte Mal, dass mein Dad mir jemals ein paar freie Tage zugestanden hätte.

Nachdem ich mich nicht mit geschäftlichen Dingen zerstreuen kann, wende ich mich meinem privaten Smartphone zu.

Mit einem minimal schlechten Gewissen öffne ich den Chat mit Maxime. Nach seiner ziemlich nervigen Fragerei gestern hatte ich mich nicht mehr bei ihm gemeldet. Er hat also so einiges verpasst. Als ich die Ereignisse für ihn in einer Sprachnachricht zusammenfasse, wird mir erst klar, welche wahnsinnigen Dinge in den letzten 24 Stunden meines Lebens passiert sind. Die intimen Momente auf der Couch, die angekuschelte Nacht in Deans Bett, als ich mich fast wie ein Teil eines normalen Pärchens gefühlt hatte, und mein unsägliches Geständnis heute Morgen. Nicht zu vergessen Deans Reaktion darauf.

Grübelnd rühre ich in meinem Kaffee herum. Der metallene Löffel erzeugt jedes Mal klirrende Töne, wenn ich ihn gedankenverloren mal wieder zu heftig gegen das Glas schlage.

Geistesabwesend öffne ich Pokémon Go und beschäftige mich die nächste Stunde mit dem Werfen von Bällen und Drehen von Pokéstops, während ich mir einen zweiten und schließlich einen dritten Kaffee genehmige.

Der Stich in meiner Brust ist jedes Mal heftig, wenn auf meinem Bildschirm ein virtuelles Kangama auftaucht und ich an Deans belustigte Worte denken muss. Ein mutiertes Känguru. Ich muss unwillkürlich lächeln. Wie schön wäre es, wenn er nun neben mir sitzen würde und mich wieder wegen meiner Poké-mon-Go-Leidenschaft aufziehen könnte. Ich seufze schwer.

Als ich meinen Chat mit Maxime öffne, entdecke ich seine Antwort, die ich anscheinend schon vor einer guten halben Stunde erhalten habe. Fast hatte ich vergessen, dass er aktuell wegen eines Auftrags seiner Bank in Malaysia unterwegs ist und sich deshalb annähernd in der gleichen Zeitzone bewegt, in der ich mich gerade befinde.

Maximes Nachricht besteht, wie zu erwarten war, aus sehr vielen *What the fucks* und diversen Flüchen. Am meisten scheint ihn die Tatsache zu beschäftigen, dass ich mit Dean auf dem Sofa *rumgemacht* habe.

Die prekären Details hatte ich glücklicherweise ausgespart. Auch so waren meine Ohren bei der Sprachaufnahme leuchtend rot gewesen und mein Gesicht glühte so heiß, wie ein Stern bei einer Kernfusion.

Den Abschluss der Nachricht bilden wüste Beschimpfungen, als Maxime Deans Reaktion auf mein Geständnis kommentiert. Wenigstens Maxime versteht mich und sieht die Sache genauso logisch wie ich. Ich musste es Dean einfach sagen!

Da ich immer noch recht planlos bin, rette ich mich nach dem Verlassen des Cafés in eine Tätigkeit, die ich auch ohne große Überlegungen und Pläne hinbekomme. Pikachu wird in meinen Koffer verfrachtet, ich hänge mir meine Aktentasche um und laufe voll bepackt, den Koffer hinter mir herziehend, an der Strandpromenade entlang. Dort drehe ich Pokéstops, sammle Items und fange Pokémon. Als ich bei einer Arena ankomme, bei der in wenigen Minuten ein Raid stattfindet, will ich natürlich mitspielen.

Schwerfällig öffne ich die metallene Tür, quetsche mich hindurch und realisiere zu spät, dass ich mitten in einem Skatepark gelandet bin. Sofort überkommt mich das schlechte Gewissen, das ich in der letzten Stunde so erfolgreich im Zaum halten konnte. Dean hatte heute seine Skate-Competition in Sydney. Eigentlich wollten wir gemeinsam hinfahren und ich hätte ihm heute das erste Mal beim Skaten zusehen können. Wie gerne hätte ich ihn wie bekloppt von der Seite angefeuert und bei jedem Sprung mitgefiebert.

Wie sein Wettbewerb wohl gelaufen ist? Hoffentlich hat ihn unser Gespräch von heute Morgen nicht aus der Bahn geworfen. Allerdings hatte ich den Eindruck, dass absolut nichts auf dieser Welt in der Lage ist, sein unerschütterliches Selbstbewusstsein ins Wanken zu bringen. Selbst ein Betrug in der eigenen Firma und ein Mädchen, das nicht immer ganz ehrlich war, können seinem Ego nichts anhaben. Ich bin mir also sicher, dass er diese Competition rocken wird.

Als ich den Bereich der virtuellen Arena betrete, sind bereits einige Spielerinnen und Spieler, erkennbar an ihren gezückten Smartphones, für den Kampf bereit. Wir begrüßen uns kurz. Einige mustern interessiert mein Gepäck und wir kommen ins Gespräch. Ihre Frage, was ich hier im schönen South Heads mache, kann ich noch beantworten. Ich gehe auf keine Details ein, doch ich erwähne, dass ich einen Freund besucht habe.

Die Frage zu meinen weiteren Plänen kann ich allerdings nicht beantworten. Glücklicherweise reißt mich eine Nachricht von Maxime aus meiner Stammelei.

Nach Maximes Schimpftirade verspüre ich den unerklärlichen Impuls, Dean in Schutz zu nehmen. Ich will Maxime sagen, dass Deans Reaktion vielleicht gar nicht so abwegig war und ich ihn sogar irgendwie verstehen kann. Diese Erkenntnis kommt für mich selbst vollkommen überraschend. Vielleicht muss ich mir eingestehen, dass Dean mit seiner Empörung doch ein klitzekleines bisschen recht hatte.

Ein vorsichtiger Gedanke schleicht sich in meine verkorksten Gehirnwindungen. Die vage Möglichkeit, dass ich Dean nicht einfach so aufgeben kann. Dass ich Dean Richardson nicht für immer aus meinem Leben getilgt wissen möchte.

Der Raid beginnt und ich bin die nächste Minute damit beschäftigt, auf meinem Handydisplay herumzutippen.

Nachdem einige aus unserem Team das besiegte Pokémon fangen konnten - mich eingeschlossen - löst sich unsere Gruppe zügig auf und auch ich verlasse den Skatepark.

Als ich dieses Mal die Metalltür öffne, um auf die Strandpromenade hinauszutreten, habe ich bereits einen Plan gefasst, wie ich die Sache mit Dean angehen will. Ich würde, wie geplant, die nächste Woche hier an der Ostküste Australiens verbringen. Allerdings müsste ich zurück an die Gold Coast, denn dort konnte ich vielleicht Näheres über die Betrügereien bei *Bunham & Richardson* herausfinden. Natürlich schwingt in diesem Gedanken die leise Hoffnung mit, dass mir Dean verzeihen würde, wenn ich ihm den Namen des Übeltäters auf dem Silbertablett präsentieren könnte.

Voller Euphorie über mein neues Projekt, das hoffentlich Dean zurück in mein Leben bringt, teile ich Maxime in einer Sprachnachricht meine Idee mit, während ich mit meinem Koffer den Rückweg in Richtung des Cafés antrete. Seine Antwort kommt prompt.

Bei diesen Worten meines besten Freundes wird mir sofort warm ums Herz. Andere Freunde reichen dir in solchen Situationen Taschentücher und legen noch einen aufmunternden Schulterklopfer obendrauf. Maxime hingegen würde sofort in ein Flugzeug steigen, um mir bei meiner geheimen Mission unter die Arme zu greifen. Und weil mich seine Hilfe so unglaublich rührt, sage ich ihm sofort zu. Morgen würden wir uns also in Brisbane treffen und dann als das beste Detektiv-Duo in die Annalen der australischen Ostküste eingehen.

dean

19. MÄRZ – SYDNEY, AUSTRALIEN

Meinen Vormittag durchlebe ich wie durch einen Nebelschleier, der alle Empfindungen, alle Geräusche, alle Sinneseindrücke zu einer einzigen grauen, gefühllosen Suppe verkommen lässt.

Wenn ich es nicht besser wüsste, dann würde ich vermuten, dass mir mein Herz gebrochen wurde. Doch ich fühle mich so leer und so ausgelaugt, dass ich mir sicher bin, niemals auch nur ein Herz besessen zu haben, das man hätte zerstören können.

Naiv und wider besseres Wissen habe ich mich tatsächlich auf eine Frau eingelassen. Ich habe mich ihr geöffnet, habe sie in mein verkorkstes Leben gelassen, habe ihr alle Facetten meiner beiden Persönlichkeiten gezeigt. Ich habe ihr vertraut! Wie überaus dämlich.

Die grenzenlose Dummheit meines eigenen Verhaltens wird mir nun viel zu bewusst. Wie konnte ich glauben, dass eine Frau, die sich in diesem Haifischbecken aus Oberflächlichkeiten, Intrigen, falschen Lächeln und Skrupellosigkeiten bewegt, als wäre es ihr fucking Wohnzimmer, etwas für mich empfinden könnte? Dass diese Welt sie nicht bereits bis aufs Mark verdorben hätte?

Mein ganzer Körper fühlt sich wie taub an, weshalb ich mich ausnahmsweise von meinem Fahrer nach Sydney bringen lasse. Mich selbst hinter das Steuer meines Trucks zu setzen, traue ich mir in diesem Zustand nämlich nicht mehr zu. Wie ich später mein Skateboard unter Kontrolle halten soll, das entzieht sich meiner Kenntnis komplett. Aber meine Devise lautet, dass ich eine quasi unlösbare Aufgabe nach der anderen angehe.

Das hat mit der Bedienung der Kaffeemaschine heute Morgen bereits halbwegs gut funktioniert. Erstaunlicherweise hat sich Ben, auf den ich in der Küche traf, mit jeglichen Kommentaren zurückgehalten und sich ausschließlich auf das fragende Hochziehen seiner Augenbrauen beschränkt. Ich war ihm unendlich dankbar. Sprechen wäre eine Aufgabe gewesen, der ich mich nicht gewachsen gefühlt hätte. Mich anzuziehen, schaffte ich wiederum vergleichsweise souverän. Ich war ziemlich stolz auf mich, dass ich bei meinem einzigen Wutanfall nur ein paar Schuhe durchs Zimmer geschmettert hatte und dabei sowohl das Fenster als auch den Spiegel verfehlte.

. . .

Als ich an der Location in Sydney aus dem Wagen steige, empfängt mich sofort die aufgeheizte Partystimmung, die ich an solchen Veranstaltungen normalerweise liebe. Normalerweise. Heute ist nichts normal. Vermutlich wird sich nie wieder etwas in meinem ganzen Leben normal anfühlen.

Das Gelände sieht aus wie bei den meisten Skate-Competitions. Um den Skatepark herum stehen verschiedene bunte Sonnenschirme, unter denen Sponsoren, Verkäufer und Veranstalter ihre Tische mit Merch, allerlei Zubehör und Orga-Zeug aufgebaut haben. Neben der Bowl befindet sich eine große Tribüne, die schon mit einigen Zuschauern und Fans gefüllt ist.

Es ist ein wunderschöner, sonniger Tag. Ein erwartungsvolles Summen liegt in der Luft, Musik dröhnt aus den Boxen und der Skatepark ist bereits voll mit Skateboardern, die sich mit den Gegebenheiten hier vertraut machen.

Als ich stoisch auf den Anmeldestand zugehe, nehme ich erste bekannte Gesichter wahr. Mein Überlebensinstinkt setzt ein und ich schaffe es, den meisten zuzunicken oder sie sogar mit einem Fist Bump und einem maskenhaften Lächeln zu begrüßen.

Nachdem die Formalitäten erledigt sind, versuche ich mich beim Warm-up an mehreren einfachen Tricks. Sobald ich auf dem Skateboard stehe, gelingt es mir tatsächlich, die Situation von heute Morgen zumindest für kurze Zeit in den hintersten Winkel meines Bewusstseins zu stoßen. Die Konzentration auf Bewegungsabläufe und das Halten meines Gleichgewichts zwingt mein Gehirn zur Verdrängung, was mir gelegener nicht kommen könnte.

Doch viel zu oft spülen sich die unwillkommenen Erinnerungen an Lucia Clément wie giftige Säure in meine Gedanken. Wie ich ihr in den letzten Tagen *einen tieferen Einblick in die Tätigkeitsfelder von Mr. Richardson* gewährte. Und wie sie sich selbst noch so viel mehr genommen hatte.

Frustriert springe ich vom Brett. Die letzten, eigentlich einfachen Tricks, gelangen mir nur mit Mühe und ich weiß, dass ich dieses Gedankenkarussell dringend stoppen muss, wenn ich heute noch einen vernünftigen Ride hinlegen will.

Ich muss. Ich muss mich für dieses scheiß Finale qualifizieren. Ich will einmal etwas aus eigener Kraft schaffen. Mehr sein als nur der Dean Richardson, der seinen toten Daddy beerbt hat und sonst nichts auf die Kette bekommt. Vielleicht könnte ich sogar ein paar Sponsoren auftreiben und dadurch ein wenig eigenes Geld verdienen. Und zwar mit genau dieser einen Sache im Leben, die mir noch etwas bedeutet. Und die mir kein Messer zwischen die Rippen rammen wird, sobald ich ihr vertrauensselig den Rücken zukehre.

Als schließlich alle Skateboarder an den Rand gebeten werden, gönne ich mir noch schnell einen Energydrink an einem Sponsorenstand. Während ich an meinem Getränk nippe, versuche ich, mich ausschließlich auf die Fahrt der ersten Skateboarderin zu konzentrieren. Diese Taktik funktioniert unerwartet gut. Ich analysiere ihre Tricks, gebe in Gedanken eine Bewertung des Ride ab - eine 7 von 10 - und fokussiere mich dadurch ausschließlich auf das Geschehen vor mir. Deshalb ziehe ich diese Art der Gedankenkontrolle so lange durch, bis mein Name schließlich durch die Lautsprecher dröhnt.

Lässig klatsche ich mit dem Skater ab, der vor mir eine wirklich spektakuläre Fahrt hingelegt hat. Eine 9 von 10 hätte ich behauptet. Mit routinierten Handgriffen kontrolliere ich den Sitz meiner Knieschoner, schließe den Riemen des Helms, atme tief durch und stürze mich in meinen Ride.

Es läuft unerwartet gut, die Tricks gelingen mir flüssig und überlegen und ich werde ein wenig übermütig. Deshalb entscheide ich mich, dass ich meiner Performance zum Schluss mit einem *720* die Krone aufsetzen will. Dem Sprung, den ich perfektioniert hatte, als ich noch hoffte, dass Lucia mir zuschauen würde, wenn ich ihn hier und heute zeigte.

Schon beim Absprung an der Kante spüre ich, dass dieser Trick nichts werden kann. Mein Schwung war zu gering, der Ollie zu wenig kraftvoll und jetzt bleibt mir nichts anderes übrig, als die beiden Drehungen um jeden Preis durchzudrücken.

Dass der Preis *so* hoch sein würde, war mir allerdings nicht bewusst. Sekundenbruchteile, bevor meine Schulter auf der Transition aufschlägt, weiß mein Gehirn bereits, dass die Qual unerträglich sein wird. Trotzdem bin ich in keiner Weise auf den intensiven Schmerz vorbereitet, als mein Schlüsselbein unter dem Druck nachgibt, geräuschvoll splittert und mir mit einem Schlag das Atmen unmöglich erscheinen lässt.

Keuchend ringe ich nach Luft und ertrage das Stechen in meinem Oberkörper nur mit Mühe, als ich auf dem hellgrauen Betonboden zum Liegen komme und sich auch schon einige Knie in mein verschwommenes Sichtfeld schieben. Behutsam tastet ein Helfer an meiner Schulter entlang. Keuchend ziehe ich die Luft ein, als dieser Vollidiot den Finger mitten in das flammende Schmerzinferno legt.

„Schlüsselbeinbruch", gibt er sachlich an seinen Kollegen weiter, der sich sofort erhebt. Mein stockender Atem rasselt laut und ich habe das Gefühl, an dem folternden Schmerz zu ersticken.

Wie durch einen Schleier nehme ich wahr, wie mich der erste Typ auf den Rücken dreht. Ein stechendes Brennen peitscht durch meinen Oberkörper, das mir die Luft zum Atmen komplett abschnürt.

Im ersten Moment erschrecke ich mich, als ich unerwartet in die Luft gehoben werde. Etwas verzögert realisiere ich, dass ich nun auf einer Bahre liege und an den Rand der Bahn gebracht werde. Kurze Zeit sehe ich nur den strahlend blauen Himmel, der mich in seiner ganzen Schönheit zu verhöhnen scheint. Der Anblick verstärkt den Schmerz in meinem Körper und die Enttäuschung über meinen beschissenen Ride nur noch mehr.

„Wir würden dir eine Infusion mit Schmerzmittel geben und dich dann mit dem Krankenwagen zum Röntgen abtransportieren. Es ist kein offener Bruch, aber wenn sich die Knochen verschoben haben, dann musst du in einen OP.“

Gott, ich würde dem Typen am liebsten die professionelle Fresse polieren. Wie unaufgeregt kann man bitte jemandem sagen, dass sie ihm vielleicht den Oberkörper aufschneiden müssen, weil er zu bescheuert war, einen einfachen *720* zu performen? Gut, mit dieser Verletzung werde ich wohl in nächster Zeit niemandem mehr irgendetwas polieren, schießt es mir bitter ein.

Ein kurzer Stich in die Armbeuge lässt mich zusammenzucken, wobei mich diese kleine Bewegung und der danach durch meinen Körper peitschende Schmerz einer Ohnmacht viel zu nahebringen.

Endlich spüre ich die wattige Schwere, die sich in meinem ganzen Körper auszubreiten beginnt und den Schmerz in meinem Arm und den in meinem Herzen - vielleicht habe ich doch eines - angenehm dämpft.

lucia

20. MÄRZ – GOLD COAST, AUSTRALIEN

Suchend blicke ich mich in der Ankunftshalle des Flughafens von Brisbane um. Maxime müsste schon vor 30 Minuten gelandet sein und theoretisch wollte er mich hier treffen.

Mein Flug hierher war angenehm kurz. Die letzte Nacht habe ich in Sydney in einem Hotel verbracht, damit ich heute Morgen die erste Maschine nach Brisbane nehmen konnte. Allerdings haben mich Grübeleien und ein schlechtes Gewissen lange wachgehalten, sodass es mich nun sehr dringend nach einem zweiten Kaffee gelüstet.

In einem Anflug von Wahnsinn hatte ich mich heute Nacht bei Dean erkundigt, wie seine Competition gelaufen war. Auf meine kurze Nachricht erhielt ich bisher noch keine Antwort. Die Befürchtung, dass ich diese niemals bekommen würde, sorgt weiterhin für ein nagendes Gefühl in meiner Magengegend.

„Na, wenn das nicht meine kleine Lu ist!" Maximes tiefe Stimme ertönt hinter mir und löst sofort ein heimeliges Gefühl in mir aus.

Zügig drehe ich mich zu meinem besten Freund um, als wir auch schon unsere Arme ineinander verheddern und uns fest umarmen. Maxime drückt mir einen flüchtigen Kuss auf die Wange, bevor er mich ein Stückchen von sich wegschiebt.

„Du siehst großartig aus, meine Liebe. Wie immer." Er lächelt breit.

„Dito, mein Lieber!" Ich boxe ihm leicht in die Seite.

Maxime trägt eine beige Leinenhose, in die er sein weißes Hemd leger eingesteckt hat. Die Hemdsärmel hat er hochgekrempelt und die Aktentasche baumelt lässig von seiner Schulter. So zwanglos bekomme ich ihn selten zu Gesicht. Meistens ist er, wie ich, in seinen perfekt abgestimmten Businesslooks unterwegs.

Lediglich seine blonden Haare trägt er auch heute, gründlich wie immer, nach hinten gegelt. Seine fast schon schneeweiße Haut trägt, gepaart mit seinem unverkennbaren Akzent, dazu bei, dass man Maxime da Silva sofort als waschechten Briten enttarnt.

• • •

Synchron setzen wir uns in Bewegung und steuern auf den Ausgang zu. Mit seiner freien Hand greift Maxime nach meiner und streichelt mit seinem Daumen kurz über meinen Handrücken, bevor er die Berührung wieder abreißen lässt. Tiefe Dankbarkeit durchflutet mich. Er ist hier. Mein bester Freund ist bei mir, an meiner Seite, und er wird mir helfen, dieses Chaos wieder zu entwirren.

Wenig später sitzen wir bereits in einem Taxi zur Gold Coast und Maxime erzählt mir von seinen letzten Tagen in Malaysia. Jetzt ist er voll in seinem Element, und wir tauchen ein in seine Geschichten über Bankgeschäfte und Großkunden, die er so witzig und unterhaltsam erzählt, dass der erste Teil der Autofahrt viel zu schnell vergeht. Ja, er mag in dieser Hinsicht manchmal ein wenig angeberisch wirken, doch ein gewisser Stolz auf die geleistete Arbeit und die erreichten Ziele hat noch nie jemandem geschadet. Mein Dad predigt mir diese Einstellung auch ständig.

Schließlich ist es an mir, Maxime haarklein in die Details meiner bisherigen Recherchen einzuführen.

„Irgendjemand muss also eine richtig große Menge Geld abzweigen. Keine Ahnung, warum Dean das so emotionslos hingenommen hat. Wenn mich jemand derartig massiv betrügen würde, könnte ich mich damit nicht einfach so abfinden!"

Maxime sieht mich lange an, nimmt gedankenverloren eine Strähne meines Haares in die Hand und dreht sie geistesabwesend zwischen seinen Fingern. Er scheint Deans Verhalten ebenso rätselhaft zu finden wie ich.

„Erst als ich ihm gesagt habe, dass ich an seinem Rechner war, da war er plötzlich imstande, irgendwie zu reagieren und hat mich sofort rausgeschmissen!" Eigentlich wollte ich Maxime die Sache nur noch mal persönlich und vor allem sachlich erklären. Meine Sprachnachricht von gestern war vermutlich etwas übertrieben emotional. Aber auch dieses Mal schaffe ich es nicht, den Kloß im Hals, der meine Stimme gepresst und brüchig klingen lässt, zu verbergen.

Maxime lässt meine Haarsträhne los und streicht mir vorsichtig mit dem Daumen über die Schläfe. Ich versuche, mich in dieser Berührung zu erden und verbanne meine aufgewühlten Emotionen in die hinterste Ecke meines Seins.

„Ich meine, es war doch klar, dass ich mich einloggen würde, oder? Da lag ein Post-it mit seinen Daten. Wer würde das bitte nicht machen? Das war ja wie eine Einladung auf dem Silbertablett!"

Maxime nickt zustimmend. „Ich hätte dieser Gelegenheit auch nicht widerstehen können", meint er sachlich. „Du kannst dir wirklich keinen Vorwurf machen, Lu."

Als wir schließlich an der Gold Coast ankommen, fährt der Taxifahrer langsam die Esplanade entlang. Ich erkenne die Hotels und Orte wieder, an denen ich das letzte Mal mit Dean entlangspaziert bin. Die, an denen wir lachend Pokémon gefangen haben und die, zu denen mir Dean Anekdoten aus seiner Jugend erzählt hat. Schnell verdränge ich das Gefühl der bodenlosen Traurigkeit, als ich an das mutierte Känguru und Deans ehrliches, breites Lachen denken muss.

Das Blut schießt mir unvermutet heftig in die Wangen, als wir an dem Gebäude vorbeifahren, in dem ich mir mit Dean die Suite geteilt hatte. Der Ort, an dem er mir ein Pikachu ins Bett gesetzt hat, wo wir uns im Aufzug fast geküsst hätten und wo er mir das Beste - zugegebenermaßen einzige - Schnitty meines Lebens zubereitet hatte.

Unwillkürlich seufze ich auf. Maxime greift sofort nach meiner Hand und streicht wieder mit seinem Daumen über meinen Handrücken. Ich lächle ihn dankbar an.

Fast schaffe ich es zu ignorieren, dass wir nun an dem imposanten Wolkenkratzer vorbeifahren, der die Büros von *Bunham & Richardson* beherbergt. Der, in dessen Herz mich Dean so verdammt arglos eingelassen hat. Und in dem ich - im übertragenen Sinne - ein Messer direkt in Deans Eingeweide gestoßen hatte. Mit einem verächtlichen Schnauben bemerke ich, dass mein Hang zur Theatralik wohl mit meinem schlechten Gewissen in direkter Verbindung zu stehen scheint.

Wenige Minuten später steht Maxime am Check-in-Schalter eines Hotelkomplexes, während ich mich auf die gemütlich aussehenden Sofas in der Ankunftshalle setze, um auf einen verpassten Anruf meines Dads zu reagieren. Ich wollte auf keinen Fall in einem der vielen

Hotels absteigen, die Deans Firma gehören, weshalb wir nun in einem eher rustikalen und etwas in die Jahre gekommenen Bettenbunker schlafen werden.

Dad ist, wie immer, kurz angebunden. Er wollte nur mal eben seine väterlichen Pflichten erfüllen und sich erkundigen, ob bei mir alles in Ordnung ist. Dad konnte allerdings nicht verbergen, dass er vorrangig wissen wollte, ob ich wie geplant in wenigen Tagen zurück am Firmenrechner sitzen werde.

Selbstverständlich belaste ich ihn nicht mit meinen Kleinmädchen-Problemen und erkläre - ebenso kurz angebunden -, dass meine kleine Auszeit wie geplant verläuft und ich mich bereits total gut entspannen konnte.

Als Maxime mit triumphierend nach oben gereckten Keycards auf mich zukommt, verabschiede ich mich hastig von Dad und erhebe mich vom Sofa.

Leicht irritiert betrachte ich das großzügige Bett, das inmitten unserer Suite steht. Eigentlich war ich davon ausgegangen, dass wir getrennte Zimmer oder zumindest getrennte Betten haben würden. Wir sind in der Vergangenheit schon oft zusammen verreist, aber noch nie haben wir dabei in einem Bett geschlafen.

Vermutlich wäre das jetzt anders, wenn wir uns nicht erst im Alter von 13 Jahren kennengelernt hätten. Denn dann hätte unsere Freundschaft zu einem Zeitpunkt begonnen, an dem uns noch völlig egal gewesen wäre, dass wir zwischen den Beinen unterschiedlich ausgestattet sind. Vielleicht wäre das gemeinsame

Schlafen in einem Bett dann zu einer Gewohnheit geworden, die man auch im fortpflanzungsfähigen Alter beibehält. Aber Maxime und ich wussten vor gut zehn Jahren schon sehr genau, wie das mit den Bienchen und Blümchen funktioniert und keiner wollte unsere Freundschaft darüber gefährden. Deshalb schliefen wir bisher nie im selben Bett und nur in Notfällen im gleichen Raum.

Dass Maxime nun so offensichtlich und über meinen Kopf hinweg von diesem altbekannten Muster abweicht, bringt ihm einen mehr als verunsicherten Blick meinerseits ein.

„Ich dachte, du könntest ein wenig emotionale Unterstützung brauchen", erwidert er nonchalant, streift seine Slipper ab und lässt sich mit Schwung auf eine Betthälfte fallen.

Maximes Mitgefühl ist ja wirklich süß. Aber der Gedanke daran, dass ich die kommende Nacht neben *ihm* verbringen würde, fühlt sich grundlegend falsch an und steht in hartem Kontrast zu den Erinnerungen an die vorletzte Nacht neben Dean, in der sich alles so unglaublich richtig angefühlt hat.

Etwas weniger enthusiastisch öffne ich daraufhin meinen Koffer, nehme Pikachu heraus und markiere mit ihm die Seite des Bettes, auf der ich schlafen werde.

„Den solltest du wirklich schleunigst aus deinem Kopf bekommen", kommentiert Maxime mein Tun, während er auf seinem Smartphone herumtippt und mit dem Kopf in Richtung des Pikachus ruckt.

Ich bin mir ziemlich sicher, dass er von Dean und nicht von dem Pokémon spricht. „Na ja", antworte ich gedehnt. Langsam nervt er mich. „Wenn wir etwas herausfinden wollen, dann sollte ich genau das Gegenteil tun, oder nicht?"

Maxime dreht sich gemächlich auf die Seite, legt sein Handy vor sich auf der akkurat gemachten Bettdecke ab und mustert mich eindringlich. „Wen hast du in Verdacht, Lu? Irgendetwas musst du doch schon herausgefunden haben?"

Langsam knie ich mich auf den Rand meiner Betthälfte und weihe ihn in meine Gedankengänge ein. „Es muss jemand von ganz oben sein, sonst würde es sofort auffallen. Eventuell Thomas? Oder Frederic? Vielleicht auch jemand, den ich überhaupt nicht kenne." Ratlos ziehe ich die Schultern nach oben.

Maxime streckt seinen Arm nach mir aus. Kurz denke ich, dass er mich zu sich auf das Bett ziehen will, doch dann berührt er nur kurz mein Knie. „Sollen wir zuerst etwas essen gehen? Mit leerem Magen spielt es sich so schwer Detektiv." Seine Stimme klingt belustigt und er grinst verschmitzt.

Erleichtert darüber, dieses Zimmer verlassen zu können, stimme ich ihm zu.

Wir sitzen in einem kleinen süßen Café, dessen Tische mit ihrer üppigen Deko aus Treibholz und Muscheln etwas überladen wirken. Die Tischbeine graben sich in den Sand des ewiglangen, hellgelben Strandes und ich ziehe mir sofort nach dem Hinsetzen meine Sandalen aus, um meine Zehen ebenfalls in den weichen Sand zu stecken. In den Palmen über uns hängen bunte Lichterketten, die in der aktuell herrschenden mittäglichen Hitze natürlich nicht leuchten. Doch ich kann mir das Ambiente am Abend als sehr entspannt und sogar ein wenig romantisch vorstellen.

Nach einem kurzen Studium der Karte entscheide ich mich für ein Mango Ceviche. Weil Maxime für uns beide eine Flasche Weißwein bestellt, nehme ich spontan noch etwas Brot dazu. Sonst wird es nachher um meine Sherlock-Skills nämlich sehr schlecht stehen.

Ich weiß nicht, wann Maxime und ich das letzte Mal die Gelegenheit hatten, so ausführlich und vor allem von Angesicht zu Angesicht miteinander zu sprechen. Wir haben keinen Zeitdruck, kein Meeting, zu dem wir in wenigen Minuten müssen, keine Aufgabe, die noch dringend erledigt werden muss - einfach nichts, das uns von unserem intensiven Gespräch ablenkt. Und ich genieße diesen Umstand sehr.

Gerade hatte mir Maxime eine Auflistung seiner neuesten, vielversprechendsten Projekte gegeben und ich hatte ihn im Gegenzug über meine letzten Erfolge in Pokémon Go aufgeklärt.

Wir lachen beide lautstark über eine weitere lustige Malaysia-Story, als mich plötzlich, wie aus dem Nichts, die bittere Erkenntnis überfällt. Keine Ahnung, was den Gedanken ausgelöst hat. Vielleicht das unbeschwerte Gefühl, das ich zuletzt mit Dean gespürt hatte und das mir jetzt annäherungsweise wieder in die Brust gekrochen kam.

Hart stelle ich mein Weinglas ab. Die Muscheln auf

dem Tisch scheppern leise. „Scheiße, ich hätte das einfach lassen sollen", entfährt es mir bitter und viel zu heftig.

Maxime zieht irritiert die Augenbrauen zusammen. „Was meinst du?"

Ich stöhne gequält auf. „Na, sein Rechner!" Genervt von mir selbst werfe ich die Arme in die Höhe. „Es funktioniert nicht!" Die Frustration lässt mich fast schreien. „Seit Tagen versuche ich, mir einzureden, dass das keine große Sache war. Ja, dass ich es quasi machen *musste*. Aber wenn ich ehrlich zu mir bin - okay, vermutlich bin ich gerade Opfer des In-Vino-Veritas-Effekts -, dann weiß ich ganz genau, dass ich ihn brutal hintergangen und benutzt habe. Fuck, ich bereue das so unglaublich hart!" Und dann gebe ich es ganz leise zu. „Ich fühle mich so verdammt beschissen deswegen."

Maxime nimmt vorsichtig meine Hand in seine. „In-Vino-Veritas-Effekt, hm?" Seine Mundwinkel verziehen sich zu einem frechen Grinsen.

Ich kann nicht anders. Ich muss über diese Wortwahl ebenso lachen. „Am Nachmittag und in der Sonne ist er anscheinend noch ausgeprägter", rechtfertige ich mich kühn und bin froh, dass Maxime den Rest meines Gefühlsausbruchs geflissentlich ignoriert. Schnell hebe ich die Hand und bestelle mir ein Wasser, nicht dass der Effekt noch schlimmer wird.

Maxime grinst immer noch. „Ich mag es irgendwie, wenn du betrunken bist. Du bist so kreativ."

„Haha", lache ich trocken. „Ich bin nicht kreativ, ich bin reckless", stelle ich klar.

Jetzt sieht mich Maxime unverwandt an. „Pretty reckless.“

Ich schlucke und wechsle das Thema. „Ich muss es einfach herausfinden. Gefühlt ist das meine einzige Chance, dass er mir verzeiht“, beschließe ich energisch.

„Willst du das denn?“, fragt Maxime eindringlich. „Dass er dir verzeiht?“

„Natürlich. Wir hatten eine echt gute Zeit zusammen!“, erkläre ich wie selbstverständlich.

„Mehr nicht? Ich dachte, ihr hättet auf dem Sofa *rumgemacht*?“ Maximes Finger malen Anführungszeichen in die Luft und seine Augenbrauen berühren nun fast seinen blonden Haaransatz.

„Mehr nicht“, antworte ich fest. Das Wahrheitsserum hat mich glücklicherweise noch nicht vollständig übermannt. „Ich will nichts von ihm. Nur, dass er mir vergibt.“

Maxime nickt und beobachtet mich aufmerksam, während er sein Glas leert.

„Ich muss kurz telefonieren.“ Mit ein wenig Anstrengung schiebt Maxime seinen im Sand versunkenen Stuhl nach hinten und geht, das Handy bereits am Ohr, einige Meter auf die seichte Brandung zu.

Währenddessen exe ich die halbe Flasche Wasser und beschließe, dass ich mich heute Abend mit Thomas treffen will. Maximes Telefonat dauert so lange, dass ich es in der Zwischenzeit sogar schaffe, mit einem kurzen Anruf bei Thomas’ Sekretärin einen spontanen Dinner-Termin für heute Abend zu vereinbaren.

Da ich nun einen ersten Schritt in Sachen Geheimmission eingeleitet habe, können wir unseren Nachmittag äußerst gelöst verbringen. Für eine gute Stunde verschwinde ich zunächst im Gym, um danach mit Maxime in trauter Zweisamkeit faul am Pool zu liegen.

Deans Mitbewohner Ben hatte mich bei meinem kurzen Besuch mit seinem N64-Retro-Fieber komplett angesteckt und ich schaffe es endlich, Donkey Kong 64, mithilfe eines Emulators, auf meinem Smartphone zu starten. Während mein Geist in der Jagd nach bunten und goldenen Bananen komplett versinkt, liest Maxime neben mir verschiedene E-Magazine auf seinem Tablet. Wieder fällt mir auf, wie angenehm entspannt mit Maxime alles ist. Wir können uns wunderbar unterhalten, aber genauso gut funktionieren wir, wenn wir stillschweigend koexistieren.

Zum Abendessen mit Thomas habe ich mich sorgfältig geschminkt, die Haare streng nach hinten gebunden und mir einen klassischen schwarzen Hosenanzug samt glattgebügelter weißer Bluse übergestreift. Auch wenn wir uns schon einige Jahre kennen, ist Thomas der Chef einer millionenschweren Firma, und ich treffe ihn heute nicht aus Spaß an der Freude. Zuvorkommend wie immer hat er mir pünktlich um sieben Uhr einen Fahrer geschickt, der mich wenig später vor dem schicken Restaurant absetzt.

Die Gestaltung der Fassade aus schwarzem Holz in Kombination mit edlem Dunkelrot setzt sich auch im Inneren fort. Überall glänzt poliertes, dunkles Ebenholz, zu dem die roten Stoffe, wie die Sitzbezüge und die blutroten Leinenservietten, einen eleganten

Kontrast bilden. Die goldenen Kronleuchter sorgen für eine schummrige, warme Beleuchtung.

Als mich der Kellner zu unserem Tisch führt, ist Thomas bereits da. Er erhebt sich, knöpft sich das perfekt sitzende Jackett zu und begrüßt mich mit einem festen Händedruck. Thomas Bunham ist mittlerweile Mitte sechzig und davon abgesehen, dass sich sein BMI oberhalb des Normbereichs bewegt, ein stets gepflegt auftretender und gut aussehender Mann.

Ich will gar nicht wissen, welche Vermutungen bezüglich unseres Verhältnisses die anderen Gäste dieses Nobelschuppens anstellen. Dass wir eine erfolgreiche Geschäftsbeziehung pflegen, wird auf der Liste der Möglichkeiten ziemlich sicher gar nicht erst auftauchen.

Sofort nachdem wir uns setzen, stoßen wir mit dem bereits servierten Wein ein.

„Auf dich, Lucia. Und auf eine großartige Zeit hier in Australien!"

Leise klirrend stoßen unsere Gläser aneinander und ich nehme einen winzigen Schluck meines Weins. Ich möchte im Kopf so klar wie möglich bleiben.

„Danke, Thomas. Und danke, dass du dieses Treffen so spontan einrichten konntest!" Ich lächle leicht, während ich mein Glas abstelle.

„Das ist doch selbstverständlich! Wenn du schon den weiten Weg bis nach Australien auf dich nimmst! Was führt dich eigentlich hierher?" Die Neugierde in seiner Stimme ist kaum zu überhören.

Ich beschließe, sofort mit der Tür ins Haus zu fallen. „Oh, ich habe mich in Zermatt mit Dean angefreundet. Das hattest du doch vor, als du mich ihm so schamlos in die Arme geschoben hast, oder?"

Thomas' Gesichtsausdruck wird schuldbewusst, doch ich habe weder Zeit noch Lust, mich mit dieser alten Geschichte weiterhin zu beschäftigen. „Also habe ich die Gelegenheit genutzt und ihn ein paar Tage besucht, damit er mir ein wenig die australische Ostküste zeigt." Was er mir sonst noch so alles gezeigt hat, das behalte ich natürlich für mich. Wobei mir Thomas' Miene verrät, dass ihm die Dinge, die ungesagt bleiben, sowieso völlig klar sind.

Beflissen ignoriere ich diesen Umstand. „Dean hatte gestern einen wichtigen Termin. Deshalb verbringe ich die letzten Tage meines Urlaubs nun mit einem Freund."

„Stimmt, gestern war der Internationale Vorentscheid."

Ah, shit. Ich hätte nicht gedacht, dass Thomas über Deans private Termine informiert ist. Sie hatten auf mich nicht den Eindruck gemacht, als ob sie sehr eng miteinander wären.

„Ja, genau. Ich hatte leider noch keine Zeit, um mich nach dem Ergebnis zu erkundigen." Unschuldig ziehe ich meine Schultern hoch. Thomas muss ja nicht wissen, dass Dean und ich nicht im Guten auseinandergegangen sind.

Irritiert sieht mich Thomas eindringlich an. „Er hat dir nichts gesagt?", erkundigt er sich schließlich.

„Äh, wovon genau?" Diese Fragerei verunsichert mich und ich bekomme das Gefühl, meine Rolle irgendwie falsch zu spielen.

„Schlüsselbeinbruch", ist Thomas' steife Antwort. Forschend blickt er mir in die Augen.

„Oh", entfährt es mir erschrocken. Schlagartig wird mir kalt und der Kloß des schlechten Gewissens in meinem Magen schwillt auf Medizinballgröße an. Vermutlich zerplatze ich demnächst daran und verteile mich in Form von Milliarden kleiner Fleischfetzen in diesem schicken Lokal. Die Reinigung könnte nach so einer Explosion bestimmt schwierig werden. Besonders in dem schwarzen, hochflorigen Teppich würde ich mich hartnäckig halten. Dort wäre es bestimmt gemütlich und ich müsste zumindest nicht mehr mit mir selbst und meinen dämlichen Entscheidungen leben. Theatralisch, aber im Grunde ein super Plan. Doch leider zerplatze ich einfach nicht.

„Wie geht es ihm?", bringe ich schließlich gepresst hervor.

„Okay, denke ich." Thomas seufzt schwer. „Er spielt solche Dinge gerne runter."

Dann wird sein Blick weich und seine Mundwinkel umspielt ein belustigtes Grinsen. „Das erinnert mich an unseren Ausflug in den Blue Mountains National Park. Dean war vielleicht sechs oder sieben Jahre alt. Es waren nur er, Nicholas – sein Dad – und ich dabei. Wir hatten einen echten Männerausflug geplant, mit einer wirklich langen Wanderung durch Wasserfälle und Höhlen und all solche Dinge."

Thomas wird in seiner Erzählung vom Kellner unterbrochen, der unsere Bestellung aufnimmt. Nachdem wir nochmals angestoßen haben, redet er ohne Umschweife weiter.

„Auf jeden Fall befanden sich circa bei der Hälfte dieser Wanderung mehrere Passagen, bei denen man mithilfe von Trittsteinen einen Fluss überqueren musste. Die Steine waren teilweise echt glitschig und Dean ist einmal ausgerutscht und mit dem Bein im Fluss gelandet." Thomas macht eine bedeutungsschwere Pause. „Wir dachten, es wäre alles in Ordnung. Deans Hose war ein bisschen nass und natürlich der Schuh. Aber alles halb so schlimm." Jetzt seufzt Thomas und zieht die Augenbrauen verzagend nach oben. „Als wir die Schlucht schon wieder halb nach oben gewandert waren, fiel mir auf, dass Dean die Stufen nur noch mit dem linken Bein nahm und das Rechte mehr oder weniger mitschleifte."

Die Vorspeise, ein Salat aus Avocado und Mango, garniert mit bunten, essbaren Blüten, wird uns serviert. Auf Thomas' Teller sehe ich dazu noch einen toten Hummer, der mich aus seinem Bett aus Babyspinat und Rucola vorwurfsvoll anzusehen scheint. Schnell wende ich mich ab und bitte Thomas weiterzusprechen.

„Als wir die Sache dann begutachtet hatten, war Deans Knöchel schon auf die doppelte Dicke angeschwollen und begann, sich zu diesem Zeitpunkt bereits dunkelblau zu verfärben. Ein Bänderriss mit Verstauchung, wie ein Arzt später feststellte. Er konnte danach wochenlang nicht schmerzfrei gehen. Aber denkst du, er hätte uns etwas gesagt?" Kopfschüttelnd trinkt Thomas etwas von seinem Wein. „Den restlichen Weg haben Nicholas und ich den Jungen abwechselnd Huckepack getragen. Glücklicherweise waren wir damals noch jünger. Heute trage ich niemanden mehr irgendwo hin." Er lacht trocken.

„Wow, ihr scheint euch wirklich sehr nahe zu stehen", ziehe ich ein Fazit aus Thomas' Erzählung.

„Dean ist wir ein Sohn für mich", erklärt er vehement. „Ich selbst habe ja keine Kinder. Deshalb waren Dean und Zoe vermutlich schon immer mehr als nur *die Kids meines besten Freundes* für mich."

Wenn ich das so höre, dann kann ich mir beim besten Willen nicht vorstellen, dass dieser Mann hinter den Machenschaften bei *Bunham & Richardson* steckt. Dieser Gedanke sorgt dafür, dass ich mich merklich entspanne und diesen Abend als das sehe, was er von Anfang an vorgab zu sein. Ein angenehmer Tagesausklang unter Bekannten mit netten Gesprächen und gutem Essen.

Nachdem wir uns beide als Dessert die Spezialität des Hauses, eine Tarte Tatin mit Karamellsoße, gegönnt hatten und die Flasche Wein ihr Ende gefunden hat - wobei das im Besonderen Thomas' Verdienst war - verabschiedeten wir uns überschwänglich voneinander. Es war ein wirklich netter Abend und ich bin sehr froh, dass ich heute Thomas Bunham etwas privater kennenlernen durfte.

Als sich die schweren Flügeltüren des Restaurants hinter mir schließen, werde ich von dem Rauschen der Autos, die gemächlich die Esplanade entlangfahren, sowie von dem lebhaften Stimmengewirr der Menschen empfangen, die vor den vielen Restaurants und Pubs stehen, rauchen und sich unterhalten. Alle wirken so glücklich und zufrieden und auch ich will mich noch etwas länger an den positiven Gefühlen festhalten, die der heutige Abend in mir ausgelöst hat.

Deshalb beschließe ich spontan, Thomas' Fahrer in seinen Feierabend zu entlassen und laufe über die Straße auf den Strand zu. Dort streife ich mir schnell die hochhackigen Schuhe von den Füßen und vergrabe meine Zehen im kühlen Sand. Es dürfte nur ein guter Kilometer bis zu meinem Hotel sein und den müsste ich komplett am Strand zurücklegen können.

Beschwingt laufe ich an der Brandung entlang in Richtung Süden und lasse mir die dunklen Ausläufer der Wellen über meine Beine schwappen. Dass meine Hosenbeine beginnen, sich mit dem salzigen Wasser vollzusaugen, stört mich herzlich wenig.

Die Laternen der Esplanade werfen gerade genügend Licht auf den Strand, dass ich mich orientieren kann. Obwohl es ein milder Abend ist, habe ich das komplette Ufer für mich allein.

Dachte ich zumindest. Als ich mich mit kontrollierendem Blick umdrehe - vermutlich ein Standard-Sicherheitsmechanismus einer jeden Frau -, meine ich an der Uferböschung einen Schatten auszumachen, der sich gerade eben noch unnatürlich bewegt hat. Angestrengt starre ich in die Richtung und versuche dabei, so unauffällig wie möglich weiterzugehen.

Mit aufrechter Körperhaltung beschleunige ich meine Schritte. Wenn mir wirklich jemand folgt, dann zeige ich ihm auf keinen Fall, das mir die Sache Angst macht. Es dürften noch ungefähr 500 Meter bis zum

Hotel sein, als ich mich ein weiteres Mal suchend zur Seite drehe.

Mein Herz setzt einen Schlag aus, als sich tatsächlich ein schwarzer Schemen aus den dunklen Schatten löst und zügig auf mich zukommt.

„Hallo?", rufe ich der Gestalt zu. Mein Körper kann sich nicht recht entscheiden, ob er wegrennen oder stehenbleiben soll, weshalb ich kurz über meine eigenen Füße stolpere, mich jedoch mit einem Ausfallschritt schnell wieder fangen kann.

Die Person antwortet nicht und kommt weiterhin zielstrebig auf mich zu. Das Gesicht ist unter der schwarzen Kapuze des Hoodies verborgen und langsam dämmert mir, dass das alles keine guten Zeichen sind.

„Hallo? Kann ich Ihnen helfen?", rufe ich ein letztes Mal mit fester Stimme. Insgeheim bin ich von mir selbst beeindruckt. So schnell, wie mein Herz pumpt und die kalte Angst in mir aufsteigt, hätte ich zu gar nichts mehr - außer vielleicht einer Panikattacke - fähig sein dürfen.

Wieder keine Antwort. Die Gestalt ist viel größer als ich, breit gebaut und mittlerweile nur noch wenige Schritte von mir entfernt. Diese Erkenntnis sorgt dafür, dass sich mein Körper in Sekundenbruchteilen für die Flucht statt für den Kampf entscheidet.

Der Sand spritzt unter meinen nackten Füßen nach allen Seiten, als ich mich schwungvoll umdrehe und renne, was meine Beine hergeben. Ich nutze den festen Sand direkt in der Brandung, um mich am effektivsten vom Boden abzudrücken. Die hochhackigen Schuhe in meinen Händen klappern laut, als ihre Sohlen bei jedem Schritt gegeneinander schlagen und mein schneller Atem geht stoßweise und laut. Zu dem Rhythmus schießt mir der Liedtext zu *Psycho Killer* von den *Talking Heads* in meine Gedanken.

Psycho Killer, qu´est-ce que c´est? Better run, run, run, run, run, run, run away.

Und ich renne, ohne mich noch einmal umzusehen.

Atemlos schlittere ich in die Lobby unseres Hotels. Erst als ich unter der grellen Deckenbeleuchtung Blickkontakt mit der Rezeptionistin aufnehmen kann, traue ich mich, stehenzubleiben und mich nach hinten umzusehen. Gott sei Dank ist mir niemand in das Gebäude gefolgt. Erleichtert atme ich rasselnd ein und werfe der Dame einen entschuldigenden Blick zu. Ich muss ein armseliges Bild abgeben. Völlig außer Atem, die Hose bis über die Knie nass, ohne Schuhe und mit verdreckten Füßen, liefere ich eine ergiebige Grundlage für allerlei Spekulationen.

Als ich im nächsten Moment realisiere, dass ich in Sicherheit bin, schießt mir der Schreck erst so richtig ein. Unauffällig versuche ich, das nun einsetzende Zittern meiner Gliedmaßen zu unterdrücken, als ich bibbernd vor Kälte und Panik am Aufzug stehe. Shit. Was war das gerade? Als mich der Fahrstuhl gemächlich nach oben fährt, wird mir klar, dass diese Situation alles andere als harmlos war. Ich muss mich mit dem Unterarm an der blank polierten und eiskalten Aufzugswand abstützen, um nicht zu fallen.

· · ·

Langsam stolpere ich in unser Hotelzimmer, wo Maxime in Jogginghose und Shirt auf dem Bett liegt und mit seinem Smartphone herumspielt. Als er mich sieht, legt er das Handy sofort beiseite, springt auf und ist im nächsten Augenblick bei mir.

„Lu! Was ist passiert?", fragt er entsetzt, während er mir den Arm stützend um die Taille legt.

In der Helligkeit und der Sicherheit unseres Hotelzimmers kommt mir meine Reaktion am Strand mit einem Mal total lächerlich vor. Vermutlich habe ich die Situation vorhin völlig falsch gedeutet und der Typ wollte mich nur um Bier anschnorren oder so etwas.

Trotzdem erzähle ich Maxime, was passiert ist. „Da war so ein Typ, der mir auf dem Nachhauseweg hinterhergekommen ist." Meine Stimme zittert und meine Hände sind immer noch eiskalt. „Keine Ahnung. Wahrscheinlich war da gar nichts, aber ich dachte, der verfolgt mich und ich bin dann in voller Panik weggerannt. Vermutlich völlig übertrieben!" Mein kurzes Lachen klingt allerdings alles andere als belustigt.

„Was machst du für Sachen? Warum hast du keinen Fahrer bestellt?" Maxime klingt angsterfüllt und gleichzeitig äußerst verärgert.

Ein kleiner Schluchzer entringt sich meiner Kehle. „Ich wollte doch einfach nur einen kleinen Spaziergang machen", erwidere ich schwach. Jetzt kann ich die Tränen nicht mehr zurückhalten, die leise, aber stetig über meine Wangen fließen.

„Oh, Lu!", stöhnt Maxime entsetzt auf und drückt mich fest an seine Brust. Sein schwarzes Shirt ist innerhalb von Sekunden von meinen Tränen durchnässt.

Langsam schiebt er mich in Richtung Bett und zieht uns beide nebeneinander auf die zerwühlte Decke. Während wir seitlich nebeneinander liegen, schlingt er seinen Arm fest um meinen Oberkörper und streicht mit dem Daumen der anderen Hand die Tränen behutsam von meiner Haut.

„Ich verteile Sand im ganzen Bett", bringe ich nach einer gefühlten Stunde mit belegter Stimme hervor.

In Maximes Antwort höre ich das Lachen, das er sich verkneifen muss. „Das ist jetzt wirklich unser geringstes Problem, oder?"

Behutsam nicke ich. „Ich will einfach nur noch schlafen", seufze ich leise.

Maxime richtet sich auf und zieht mich am Arm in eine sitzende Position. Väterlich streift er mir den Blazer von den Schultern und wirft ihn neben das Bett. Als er mir die Hose öffnen will, übernehme ich das allerdings lieber selbst und streife mir im Anschluss das nasse und sandige Kleidungsstück von den Beinen. Schnell schlüpfe ich in Bluse und Unterwäsche, mit sandigen Füßen, unter die warme Decke.

KAPITEL ACHTZEHN

dean

21. MÄRZ – SOUTH HEADS, AUSTRALIEN

Gelangweilt schiebe ich mein Skateboard mit einem Schubser meines rechten Fußes nach links. Dort stoppe ich es völlig unmotiviert mit meinem Schuh und stoße es teilnahmslos zurück. Das monotone Geräusch der Rollen, die über das Holz unserer Terrasse rattern, hat eine einschläfernde Wirkung auf mich und ich starre teilnahmslos auf die Tür unseres Gartenschuppens, die im sanften Wind ständig auf und zu schwingt. Dieses Spielchen geht schon eine ganze Weile. Irgendwie habe ich jegliches Gefühl für die Zeit verloren. Im Allgemeinen habe ich *jegliches* Gefühl verloren.

Außer das in meinem rechten Schulterbereich. Da pocht der Schmerz heiß und glühend und erinnert mich sekündlich daran, dass ich versagt habe. Das ist auch der Grund, warum ich oberkörperfrei in einem der

Korbsessel im Garten sitze, während mein rechter Arm von einer unbequemen, dicken Armschlinge an meinen Brustkorb gepresst wird. Der Schlüsselbeinbruch, den ich mir vor zwei Tagen zugezogen hatte, musste glücklicherweise nicht operiert werden. Das war es dann aber auch schon mit den glücklichen Fügungen. Sechs bis acht Wochen wird es nun dauern, bis der Bruch so weit verheilt sein dürfte, dass ich den Arm belasten kann. So hat es zumindest dieser bescheuerte Arzt verkündet. Dabei sprach er mit einer Seelenruhe mit mir, die mich mit jedem Wort mehr und mehr zur Weißglut getrieben hat. In dieser Zeit kann ich nämlich nichts, also so gar nichts tun. Nicht skaten, nicht surfen und selbst die Schuhbänder kann ich mir – natürlich – *nicht* selbst zubinden. Dafür darf ich diese gottverdammte Armschlinge tragen, von der mir jetzt schon der Nacken schmerzt und die mich so offensichtlich als kompletten Idioten kennzeichnet.

Immerhin kann ich hier sitzen und mein Skateboard je einen halben Meter von rechts nach links bewegen. Bravo.

Der klingelnde Laut unserer Türglocke dringt an mein Ohr und unterbricht das eintönige Geräusch meines Bretts. Kurze Zeit später steckt Ryan seinen Kopf durch die Terrassentür nach draußen.

„Die Nervensäge ist hier“, raunzt er mir vorwurfsvoll zu.

Ryan ist im Moment nicht besonders gut auf mich zu sprechen. Ich musste nämlich feststellen, dass die einarmige Version von mir sehr viele Dinge nicht wirklich gut hinbekommt. Deshalb rufe ich Ryan aktuell wegen jedem Scheiß. Ich will Schoko-Aufstrich auf meinen Toast? Ryan muss mir das Glas aufschrauben. Schuhbänder binden? Das ist jetzt Ryans Aufgabe. Irgendetwas essen, das man vorher in Stücke schneiden muss? Ja genau, das muss mir jemand, wie bei einem Kleinkind, erst einmal in mundgerechte Stücke portionieren.

Das allein wäre an sich kein Problem. Doch dann ist da noch die Sache mit Lucia. Ryan ist ein wenig eingeschnappt, dass ich ihm keine Details zu unserem abrupten Ende erklären wollte. Ich verstehe ihn, aber ich kann dieses Gespräch einfach nicht führen. Ich kann einfach nicht.

Kaum ist Ryans griesgrämiges Antlitz verschwunden, steckt auch schon meine kleine Schwester Zoe ihren Kopf durch die Terrassentür zu mir nach draußen. Sie zieht die dunklen Augenbrauen bis zu ihrem schwarzen Haaransatz nach oben, tritt durch die Tür und lässt sich schwungvoll in den Sessel neben mir fallen.

„Na, Bruderherz? Hast du es mal wieder verkackt?“, begrüßt sie mich gelangweilt, streicht sich eine ihrer dicken Haarsträhnen hinters Ohr und schlägt die schlanken, gebräunten Beine übereinander.

Wie meistens trägt sie auch heute ein kurzes Sommerkleidchen, und wäre sie nicht meine Schwester, würde ich sie vermutlich als ziemlich attraktiv einstufen.

Ihr abschätziger Blick gleitet über meinen Oberkörper. Ich weiß, was sie sieht. Einmal natürlich die nicht zu übersehende weiße Armschlinge und dazu noch die vielen lila, gelben, grünen und blauen Flecken, die mich zu einem menschlichen Regenbogen machen.

Ich kann nicht in Worte fassen, wie wenig Bock ich auf diese Konversation habe, und auch Zoe scheint nicht begeistert davon, hier zu sein. Sie betrachtet ihre manikürten Fingernägel, während sie weiterspricht. „Mum hat gesagt, dass ich nach dir sehen soll", rückt sie schließlich heraus.

Ich stöhne leise auf. Es war klar, dass es keine gute Idee war, Mum von meiner Verletzung zu berichten. Aber natürlich verstehe ich, dass sie sich um mich sorgt. Dass sie mir gleich Zoe auf den Hals hetzt, hätte allerdings nicht sein müssen.

„Kannst du überhaupt allein auf die Toilette?", fragt sie mich nun unverblümt. Ihre Mundwinkel sind bereits belustigt nach oben gezogen, als sie mich nun wieder ganz ungeniert mustert.

Zugegeben, das Öffnen eines Hosenknopfes ist mit einer Hand ein Akt, der sehr viel Zeit in Anspruch nimmt. Deshalb bin ich auf das Tragen von Joggingshorts mit Gummizug oder einfach nur Boxershorts ohne zusätzliche Hose umgestiegen. Ich knurre leise. „Danke für deine Fürsorge, Schwesterherz. Aber das kriege ich sogar noch hin", erkläre ich frostig.

Der Blick meiner Schwester wird weicher. „Hast du Schmerzen?", fragt sie leise, während sie wieder ihre Fingernägel anstarrt.

„Ja", antworte ich schlicht und fixiere wieder die schwingende Tür des Gartenschuppens.

„Helfen die Tabletten denn nicht?“, erkundigt sie sich nach einigen Minuten, in denen keiner etwas sagt.

Ich räuspere mich. „Ich nehme die nicht“, gebe ich schließlich zu. Ich will kein Mittel gegen den Schmerz. Ich will ihn fühlen. Jeden einzelnen Stich, jedes Brennen, jedes Pochen und jede Qual. Besser ich fokussiere mich auf den körperlichen Schmerz als auf all die Dinge, die meine Seele belasten könnten.

Zoe wirft mir einen vielsagenden Blick zu. „Was ist los mit dir? Mum macht sich Sorgen. Erst die Sache mit dem Anzug. Dann das hier.“ Mit einer kreisförmigen Bewegung ihrer Hand deutet sie vage auf mich.

Doch ich zucke nur mit den Schultern und unterdrücke im selben Moment einen Fluch, weil mir der Schmerz dieser Bewegung glühend in die zerstörten Knochen schießt.

Zoe sieht mich mit einem eindringlichen Blick an. „Ich mache mir auch Sorgen, Dean.“

„Musst du nicht. Das verheilt in wenigen Wochen. Und dann ist alles wie immer“, beschwichtige ich sie. Das hoffe ich. Ich hoffe, dass ich in wenigen Wochen wieder der alte Dean bin. Dass nicht nur mein Knochen bis dahin wieder ganz sein wird. Und dann alles wie immer ist.

Aber jetzt brauche ich einen Themenwechsel. „Wie geht es dir und Mum?“

Glücklicherweise steigt meine Schwester darauf ein. „Okay.“ Sie lacht. „Mum probiert eine neue Detox-Kur aus und will mich ständig zum Mitmachen bewegen. Ich glaube, sie findet es widerlich und will nur nicht allein leiden.“

Ich grinse. Ja, das klingt nach unserer Mutter.

Ryan gesellt sich zu uns auf die Terrasse. In seinen Händen balanciert er zwei Tassen und eine Cola. Bevor er sich in den Liegestuhl neben mir fallen lässt, reicht er Zoe einen Kaffee und mir die Dose, die er glücklicherweise schon geöffnet hat.

„Danke, du Nervensäge", schmunzelt Zoe. Keine Ahnung, wann die zwei mit diesem Nonsens angefangen haben. Auf jeden Fall tun sie ständig so, als ob der jeweils andere der nervigste Mensch auf diesem Planeten wäre. Ich schiebe es ja darauf, dass sie mich beide so abgöttisch lieben, dass sie keine weitere Person in meiner Nähe dulden, weshalb sie versuchen, sich gegenseitig zu vergraulen. Das hat die letzten knapp zwanzig Jahre eher schlecht funktioniert.

Zoe wendet sich an Ryan. „Und? Weißt du, was mit unserem Sonnenscheinchen hier los ist?" So viel zum geglückten Themenwechsel.

„Ich habe einen Schlüsselbeinbruch, das ist los!", werfe ich schnell ein.

Doch Ryan murmelt unschuldig vor sich hin. „Vielleicht ist das nicht das Einzige, das gebrochen wurde?" Dieser Judas! Fassungslos starre ich ihn an.

Zoe hingegen mustert mich aus zusammengekniffenen Augen. „Dean? Was ist los?", fragt sie mich energisch.

Ja, was ist eigentlich los? *So ziemlich alles* wäre die richtige Antwort. Ich kann nicht skaten und nicht surfen. Also quasi gar nichts. Außerdem hintergeht mich irgendjemand in meiner Firma. Und um dem Ganzen die Krone aufzusetzen ist das Mädchen, in das ich mich Hals über Kopf verliebt habe, eine betrügerische Schlange. Mein Leben ist komplett im Arsch.

„Zoe, es hat sich schon wieder erledigt. Kein Grund, in den Gossip-Modus zu wechseln“, beschwichtige ich sie.

„Na hör mal, ich werde mich doch noch erkundigen dürfen, was bei meinem Bruder so abgeht!“ Sie gestikuliert wild und der Kaffee in ihrem Becher schwappt gefährlich nach oben.

Ich entscheide mich für den Gegenangriff. „Und Zoe, was geht bei dir so ab?“, frage ich mit fast schon aggressivem Unterton.

Die Augen meiner Schwester funkeln mich böse an. „Ich sage dir meines, dann sagst du mir deines.“ Sie zwinkert mir angriffslustig zu. Ohne eine Antwort abzuwarten, lehnt sie sich in ihrem Stuhl zurück, nimmt einen tiefen Schluck Kaffee und gibt mir ein Update. „Mum will, dass ich diese Yoga-Lehrer-Ausbildung mache, von der sie mir schon seit Monaten vorschwärmt.“ Sie verdreht die Augen. „Ich meine, ich mag Yoga wirklich!“

„Oh, ich auch“, wirft Ryan mit einem Schmunzeln ein, was ihm von Zoe einen Klaps auf den Oberarm einbringt. „Aua!“

Die fährt ungerührt fort. „Aber das war es dann auch schon. In keiner meiner Zukunftsvorstellungen wäre das mein Beruf.“ Abwartend sieht sie mich an.

Diese enorme Menge an Geld, die Zoe und mir zur Verfügung steht, bringt nicht nur Vorteile mit sich. Denn nach unserem Schulabschluss fragten wir uns nicht, welchen Beruf wir ergreifen könnten, damit wir möglichst viel Kohle verdienen würden. Unser Leben dreht sich einzig und allein darum, unsere Zeit so sinnvoll wie möglich zu nutzen. Mum, die Dads Arbeitswahn irgendwann nur noch verabscheut hat, bestärkte Zoe und mich schon immer in genau diesem Gedanken. Wir sollen uns sinnvolle Aufgaben suchen, ja. Aber keine Workaholics werden. Manchmal frage ich mich, ob ich vielleicht etwas mehr Druck gebraucht hätte, um heute nicht so völlig antriebslos dazustehen.

Zoe hat vor einem Jahr die Schule abgeschlossen und tingelt seither von einem Praktikum zum nächsten, um herauszufinden, was für ihre Zukunft funktionieren könnte. Ich habe zumindest das Skateboarden und diese alibimäßige Arbeit bei *Bunham & Richardson*, aber sie hat – außer viel zu viel Geld – gar nichts.

„Du als Yoga-Lehrerin!" Ryan lacht. „Dafür muss erst eine eigene Yoga-Art erfunden werden, bei der man die Schüler zur Sau machen darf, wenn sie nicht sofort spuren."

Ich lache laut und auch Zoe stimmt in das Gelächter mit ein. Mein bester Freund hat nicht unrecht. Zoe ist ziemlich aufbrausend und die ruhige Ausstrahlung und friedliche Toleranz, die für diesen Beruf essenziell wären, bringt sie sicher nicht mit.

Ryans Smartphone vibriert. Er liest die Nachricht, runzelt die Stirn und beginnt, unruhig mit der leeren Kaffeetasse auf seinen Oberschenkel zu tippen. „Shit, Leute. Ich muss noch mal weg." Ryans Stimme ist ernst und er ist schon halb durch die Tür nach drinnen verschwunden, als ich ihm hinterherrufe.

„Was ist passiert?" Mein Tonfall klingt alarmiert.

„Lina“, schreit er fast panisch zurück. „Irgendetwas mit ihrem Bein.“

Den letzten Teil höre ich nur noch aus weiter Entfernung. Er muss bereits das Wohnzimmer und den Flur durchquert haben und auf der anderen Seite des Hauses angekommen sein. Eine Sekunde später fällt die Haustür krachend ins Schloss und bestätigt meine Vermutung.

Ryans Freundin hatte letztes Jahr eine sehr unschöne - nennen wir es *Begegnung* - mit ihrem Ex-Freund, bei der einige Nerven in ihrem Unterschenkel beschädigt wurden. Das hat dazu geführt, dass an ihrem Bein manche Stellen komplett taub sind. Paradoxerweise verhindert das leider die unkontrollierbaren Schmerzschübe nicht, die sie seither plagen.

„Hoffentlich nichts Schlimmes“, murmelt Zoe.

„Hoffentlich!“, stimme ich ihr zu.

Wenig später verabschiedet sich auch Zoe und ich sitze erneut allein auf der Terrasse und lasse das Skateboard wieder über die Holzdielen rattern. Die Sache mit Ryan und Lina hat Zoe und mich emotional so runtergezogen, dass sie nicht mehr darauf bestanden hat, dass ich meinen Teil unseres Deals – der sowieso ohne mein Einverständnis beschlossen wurde – einhalte. Folglich musste ich ihr nicht erzählen, was bei mir gerade so abgeht, worüber ich echt froh bin.

. . .

Leider funktioniert das Ignorieren des unnachgiebigen Gedankenkarussells nicht halb so gut, wie das Hinhalten meiner Schwester. So gern ich es verdrängen würde; die Tatsache, dass mich irgendjemand von Dads ehemals besten Freunden hintergehen muss, macht mir zu schaffen.

Gott, gehen mir diese unwillkommenen Gefühle auf die Nerven!

Ich fahre mir mit der gesunden Hand schmerzhaft fest durch die Haare und beschließe, dass mir dieses Thema gerade viel zu anstrengend ist. Folglich werde ich mich *nicht* um diese Sache kümmern und sie beseitigen. Mein Leben funktionierte die letzten Jahre ganz hervorragend. Ich möchte nichts ändern. Soll doch irgendjemand etwas von meiner Kohle abzweigen. Ich habe genug Geld. Das zu verhindern, ist mir den Stress und den Aufwand einfach nicht wert. Ich wünschte, ich hätte einfach niemals davon erfahren und verfluche Lucia Clément ein weiteres Mal.

Und was meine Gefühle für sie betrifft, werde ich die gleiche Taktik anwenden. Ignorieren, vergessen und so tun, als ob es diese Momente zwischen uns niemals gegeben hätte.

Dann bleibt mir nur noch meine Skatekarriere, um die ich mich kümmern muss. Skeptisch mustere ich meinen Arm. Vielleicht könnte ich, wenn ich noch zwei oder drei Tage warten würde, zumindest im Stehen auf dem Brett herumfahren. Ich muss ja nicht gleich zurück in den Skatepark. Aber fahren, das würde ich diese Woche noch hinbekommen.

KAPITEL NEUNZEHN

lucia

21. MÄRZ – GOLD COAST, AUSTRALIEN

Für einen kurzen Moment hege ich die Hoffnung, dass dieses Bett in Wirklichkeit ein getarnter DeLorean - oder meinetwegen auch eine dunkelblaue Telefonzelle - ist, mit der ich mich versehentlich in der Zeit zurückkatapultiert habe. Denn ein willkommenes Déjà-vu begrüßt mich, als ich an diesem Morgen die Augen aufschlage.

Ich wache in einem mir unbekannten Bett auf, ein fremder Arm ist fest um meinen Oberkörper geschlungen und an meinen Rücken presst sich ein harter Brustkorb, der sich gleichmäßig auf und ab bewegt.

Leider realisiere ich viel zu schnell, dass ich nicht träume und auch in keiner Zeitschleife gefangen bin. Denn der Arm, den ich nun genauer betrachte, gehört nicht Dean. Die Härchen sind hell und die Finger nicht die, die ich auf meiner Haut spüren möchte. Ich bin alles andere als begeistert darüber, dass mich Maxime diese Nacht als kleinen Löffel missbraucht hat. Auch wenn ich mir sicher bin, dass das keine Absicht war. Deshalb schäle ich mich, wie auch bei Dean, vorsichtig aus seiner Umarmung.

Nachdem ich weit genug von Maxime abgerückt bin, schweifen meine Gedanken sofort zurück zu der Nacht, die ich mit Dean in seinem Bett verbracht hatte. Zu den Milliarden Küssen, die wir uns dort in der Dunkelheit geschenkt hatten, nachdem klar war, dass wir nicht weitergehen würden. An meine heißen, geschwollenen Lippen und an das sehnsüchtige Ziehen in meinem Bauch, als mich Dean schließlich in seine Arme geschlossen und an sich gezogen hatte, damit wir endlich einschlafen würden.

Unruhig wälze ich mich im Bett herum. Der Sand, der sich in den letzten Stunden großzügig auf meinem Bettlaken verteilt hat, kratzt an meinen Unterschenkeln. Ich hätte nicht an diese Nacht mit Dean denken sollen, denn jetzt wandern meine Gedanken noch weiter zurück. Zu diesen Momenten auf dem Sofa. Zu diesen wahnsinnigen und süchtig machenden Minuten, in denen er mich in andere Sphären katapultiert hatte.

Vor Dean war ich der Meinung, dass diese Gefühle eine Erfindung sind, die ausschließlich in Büchern und Filmen vorkommen. Aber *er* hat mir lebhaft das Gegenteil bewiesen. Es war so viel besser als mit Raupy. Bei der Vorstellung, dass ich Dean ins Gesicht sagen würde, dass ich seine Schlafzimmer-Performance gerade mit einem raupenartigen Pokémon vergleiche, muss ich wehmütig schmunzeln.

Raupy war eigentlich ein Spaßgeschenk von Maxime zu meinem zwanzigsten Geburtstag. Es ist aber auch zu lustig, was für Kuriositäten man im Internet finden kann. Beispielsweise einen Vibrator in Form des Pokémons Raupy. Auch wenn es mehr als Gag zu verstehen war, verrichtet Vibrator-Raupy bis heute seinen Job halbwegs passabel. Allerdings ist seine Leistung im Vergleich zu dem, was Dean mit mir angestellt hat, als absolut kläglich einzustufen.

Erschrocken atme ich keuchend ein, als sich Maximes Arm unerwartet um meine Hüfte schlingt und er seinen nackten Oberkörper wieder gegen meinen Rücken presst. O Mann, ich muss ihn unbedingt nach seinen Schlafgewohnheiten mit seinen ständig wechselnden Frauenbekanntschaften fragen. Sein instinktiver Kuschelkurs vermittelt nämlich nicht unbedingt den Eindruck, dass er am nächsten Morgen getrennte Wege gehen möchte. Keine Ahnung, wie er die Damen halbwegs elegant wieder loswird.

Ein weiteres Mal löse ich mich aus seiner Umklammerung, schlage dann die Bettdecke nach unten und stehe auf. Dann suche ich mir bequeme Klamotten aus meinem Koffer und mache mich auf Zehenspitzen auf den Weg ins Badezimmer.

Mein Anblick im Spiegel erschreckt mich. Die schwarze Mascara hat sich großzügig um meine Augenpartie und auf den Wangen verteilt und verleiht mir, in Kombination mit meiner blassen Haut, das Aussehen eines Zombies aus einem schlechten B-Movie. Von meinem ehemals sorgfältig aufgetragenen Lippenstift sind nur zwei dunkelrote Flecken in meinen Mundwinkeln übriggeblieben. Der Rest befindet sich vermutlich an meinem Kissen und an Maximes T-Shirt.

Ich streife mir die komplett zerknitterte Bluse über den Kopf und bin schon im Begriff, mich weiter auszuziehen, als mir wieder einfällt, dass Maxime und ich uns dieses Badezimmer teilen müssen. Deshalb schließe ich zunächst die Tür ab, bevor ich meine Unterwäsche abstreife und in die Dusche steige.

Die Duschwanne ist mit einer Mischung aus wohlriechendem Duschgel, feinem Sand und schwarzen Make-up-Schlieren gefüllt, als ich es endlich schaffe, den wohltuenden heißen Wasserstrahl zu verlassen und mich in ein flauschiges Handtuch hülle.

Nachdem ich mir meine Zähne geputzt und mich in eine Leggings und ein Oversized-T-Shirt gehüllt habe, öffne ich die Tür und schleiche zurück in das Zimmer.

Entgegen meiner Erwartung ist Maxime bereits wach und sitzt, nur bis zur Hüfte mit einem Bettlaken bedeckt, aufrecht im Bett.

„Guten Morgen!", begrüße ich ihn mit rauer Stimme. Es ist deutlich zu hören, dass ich letzte Nacht viel geweint und geschluchzt habe. Dieser Gedanke führt mich zu dem Grund, warum ich überhaupt so aufgelöst war. Dieser Typ, der mich am Strand verfolgt hat. Oder vielleicht auch nicht. Irgendwie ist mir mein Verhalten und meine Reaktion peinlich. Verlegen gehe ich auf Maxime zu.

„Guten Morgen!", antwortet er mir ernst. „Konntest du gut schlafen?", fragt er mich fürsorglich.

Okay, ich würde ihn jetzt nicht auf seine kuschelige Ader ansprechen und darauf, dass ich so viel Körperkontakt zwischen uns eher seltsam finde, denn er ist einfach viel zu lieb zu mir.

„Ja, denke schon. Etwas viel Sand ist im Bett gelandet", lache ich verlegen.

„Was hältst du von Frühstück?" Maxime ist bereits aufgesprungen und bewegt sich, nur in Boxershorts, auf die Badezimmertür zu.

Ich komme nicht umhin, zu bemerken, dass auch er in einem durchaus ansehnlichen Körper steckt. Wieder ein Gedanke, der mein Gehirn zu den Erinnerungen an Dean, diesmal speziell zu *seinem Körper*, springen lässt. Zu seinem Sixpack, den feinen dunklen Härchen unter dem Bauchnabel, der gebräunten Haut mit dem leichten T-Shirt-Rand an den Oberarmen. Und das Gewicht, das mich schwer in die Sofakissen gedrückt hatte.

Langsam lasse ich mich auf das Bett sinken. Ein trauriger Seufzer entfährt mir. Ob ich dieses Gefühl wohl jemals wieder spüren würde?

Wenig später kommt Maxime in T-Shirt und Jeans aus dem Badezimmer. Die nassen Haare verraten mir, dass er ebenfalls frisch geduscht ist. Zügig kommt er auf mich zu und reicht mir die Hand, um mich zu sich hochzuziehen. Schwungvoll werde ich nach oben katapultiert.

„Keine Zeit, um Trübsal zu blasen, Lu“, rügt er mich. „Lass uns etwas verboten Leckeres essen gehen!“

Ich lache. Ja, mir ist jetzt tatsächlich nach einem riesigen Berg Pancakes mit Ahornsirup oder so etwas in der Art.

Als wir wartend vor der spiegelnden Tür des Aufzugs stehen, streicht mir Maxime eine nasse Haarsträhne aus der Stirn. Verunsichert sehe ich ihn an. Er geht zurzeit ziemlich auf Tuchfühlung, was ich von unserer Freundschaft so eigentlich nicht gewohnt bin.

Keine Ahnung, was ihn dazu verleitet - mein verwirrter Blick kann es nicht sein -, doch im nächsten Moment liegen seine Lippen plötzlich auf meinen.

Viel zu perplex erstarre ich für einige Sekunden, bevor ich mich mit einem Schritt nach hinten von ihm löse. „Maxime, spinnst du?“, rufe ich entgeistert und wische mir mit dem Handrücken fest über meine Lippen.

„Sorry. Ich wollte nur kurz etwas ausprobieren“, versucht er, mich zu beschwichtigen.

Doch ich bin aufgebracht. „Und was genau?“, fahre ich ihn an, wobei ich mir nochmals hart über die Lippen wische. Als ob ich damit die Berührung rückgängig machen könnte.

Die Fahrstuhltür öffnet sich und wir steigen automatisch ein. Er murmelt leise etwas, das sich wie *verboten leckere Pancakes* anhört und sieht mich dann intensiv an. „Ich wollte dir doch nur zeigen, wie es wäre, wenn du *mich* küssen würdest.“

Verständnislos starre ich ihn an. „Aber warum zum Teufel?“ Der Schwindel überkommt mich und ich bin mir nicht sicher, ob dieser allein der rasanten Fahrt nach unten geschuldet ist.

Maxime windet sich. „Na, damit du herausfindest, ob du diesen Typen wirklich so toll findest oder nur ein Knutsch-Defizit hast, das man ausgleichen müsste.“

„Ein Knutsch-Defizit?“, frage ich entgeistert. Wenn die Situation nicht so ernst wäre, dann müsste ich über seine Wortwahl schmunzeln.

„Ja! Ich weiß, dass du nicht viel Erfahrung hast! Und da könnte es schon sein, dass du da einiges falsch interpretierst, wenn dir ausnahmsweise mal ein Typ zu nah kommt.“ Er hebt entschuldigend die Schultern und sieht mich fast schon mitleidig an. „Weil, wenn es das ist. Dann kann ich dir das theoretisch auch geben.“

O Gott! Niemals wäre ich auf die Idee gekommen, mit meinem besten Freund zu knutschen, damit ich irgendwelche verpassten Erfahrungen nachhole oder ausgleiche. Maxime spinnt komplett. Was kommt als Nächstes? Fragt er mich, ob er mir bei meinem Sex-Defizit behilflich sein soll? Hat er mir deshalb damals Raupy geschenkt?

Mit vor Wut zitternden Beinen steige ich aus dem Fahrstuhl. „Danke für dein Angebot“, antworte ich Maxime steif. „Aber ich denke, darauf will ich nicht zurückkommen.“ Ein bisschen klinge ich dabei, wie die Version von mir, die ich nur bei meinen geschäftlichen

Konversationen hervorhole. Kalt, überlegen und keinen Widerspruch duldend.

„War nur ein Angebot", relativiert er seine vorherige Aussage lässig und winkt ab.

Schweigend gehen wir nebeneinander auf dem Fußweg die Esplanade entlang. Es ist nicht zu übersehen, dass wir einen größeren Abstand als normalerweise halten. Was war das für eine selten dämliche Idee von Maxime?

Schnaubend lasse ich mir diesen Kuss noch mal durch den Kopf gehen. Wie ich so überhaupt nichts dabei empfunden habe. Wie es genauso gut auch eine alte Bananenschale hätte sein können, die meine Lippen berührt hat. Fast tut mir dieser wenig schmeichelhafte Vergleich schon leid. Doch ich kann die Tatsache nicht leugnen, dass dieser Kuss nicht den Hauch eines Gefühls oder einer Regung in mir ausgelöst hat.

Ganz anders als die Sache mit Dean. Wenn ich jetzt darüber nachdenke, dann war dieser Überfall von Maxime vielleicht doch nicht das Schlechteste. Ich weiß nämlich jetzt sicher, dass es nicht nur die zärtlichen Berührungen sind, denen ich nachtrauere. Es ist Dean. *Seine* Lippen, *seine* Zunge, *seine* Hände, *seine* Finger, die ich vermisse.

Bei der Vorstellung, dass ich dieses Gefühl mit Dean nie wieder haben kann, ziehen sich meine Eingeweide schmerzhaft zusammen und ich schmecke bereits die bittere Galle in meinem Mund.

Keine Ahnung, warum wir immer noch auf dem Weg zum Frühstückslokal sind. In meinem krampfenden Magen hätte aktuell nicht mal ein winziges Tröpfchen Ahornsirup Platz. Und selbstverständlich auch kein Pancake.

Ich schlucke schwer und versuche, dieses ätzende Gefühl aus meinem Körper zu verbannen.

Shit, ich kann nicht zulassen, dass Dean und ich uns nie wieder nahekommen werden.

Deshalb springe ich, kaum dass uns die nette Kellnerin einen Tisch zugewiesen hat, auch schon auf und entschuldige mich.

Auf der Toilette zwänge ich mich in eine der kleinen Kabinen, schließe ab und lehne mich mit pochendem Herzen von innen gegen die Tür.

Dann öffne ich den Nachrichten-Verlauf mit Dean. Auf meinen letzten Text, in dem ich ihn nach dem Ergebnis der Competition gefragt hatte, erhielt ich keine Antwort. Laut der Darstellung in der App hatte er sie allerdings gelesen.

Wehmütig scrolle ich in unserer Konversation nach oben. Zu den Nachrichten, die wir an der Gold Coast miteinander ausgetauscht hatten, um unsere wenigen Tage miteinander zu koordinieren. Lächelnd lese ich seine Texte und es fühlt sich an wie das Eintauchen in ein längst vergangenes Leben. Dabei wird mir nochmals viel zu bewusst, dass ich diesen Dean wieder zurückhaben will. Also schreibe ich ihm eine neue Nachricht.

Von den anfänglich zwanzig Ausrufezeichen am Ende meiner Nachricht hatte ich die meisten wieder gelöscht. Es wirkte zunächst nämlich äußerst verzweifelt, auch wenn ich das mittlerweile tatsächlich war.

Gebannt blicke ich auf das Display. Dean ist online und die Anzeige springt sofort auf *zugestellt*, dann auf *gelesen* und im nächsten Moment verändert sich Deans Profilbild. Vorher nutzte er ein Foto von sich, das ihn im Flug über der Halfpipe zeigte. Die Beine weit angewinkelt, eine Hand am Skateboard und den Kopf so tief gesenkt, dass man sein Gesicht nicht erkennen konnte. Jetzt sehe ich nur noch ein weißes, stilisiertes Männchen auf hellgrauem Grund.

Erschrocken ziehe ich die Luft scharf ein. Nein, das darf nicht wahr sein! Schnell schicke ich eine weitere Nachricht hinterher. Doch auf mein *Hallo?* erfolgt weder eine Reaktion noch wird der Text als *zugestellt* oder gar als *gelesen* gekennzeichnet.

Fuck. Er hat mich wirklich blockiert. Bitter steigen mir die Tränen in die Augen und ich beginne, heftig zu blinzeln. Shit. Das darf nicht wahr sein. Hat er ernsthaft mit mir abgeschlossen?

Solange ich mich selbst beschäftigen konnte und nicht an Dean denken musste, unterdrückte ich den Schmerz erfolgreich. Doch jetzt, wo sich die Gedanken an ihn immer wieder in meinen Kopf schleichen, wird die Last fast unerträglich. Es ist, als ob jede Erinnerung, jeder Gedanke, ein weiteres Stück meines Herzens herausreißt und die Wunde tiefer macht.

Zitternd atme ich ein und wische mir unwirsch die eine Träne von der Wange, die sich ihren Weg aus meinem Augenwinkel gebahnt hat.

Dann verlasse ich die Kabine und wasche meine Hände mit eiskaltem Wasser, das ich mir nach kurzem Zögern auch auf den Unterarmen und im Gesicht verteile. Der kleine Kälteschock erdet mich.

Ich muss zurück zu Maxime. Und ich will ihm auf keinen Fall zeigen, dass mich Dean vollständig aus der Fassung gebracht hat.

Mein bester Freund hat mir bereits einen großen Teller Pancakes mit Ahornsirup und einen Skinny Latte dazu bestellt. Beides wartet einladend auf meinem Platz, und ich gebe mir die größte Mühe, mir nichts anmerken zu lassen.

Vielleicht ist es die Tatsache, dass ich mein Frühstück mehr zerteile als verzehre, die Maxime schließlich stutzen lässt.

„Was ist los, Lu?", fragt er besorgt. „Immer noch der Typ von gestern Nacht?" Energisch schneidet er sein

Spiegelei in kleine Stücke und schaufelt es sich in den Mund.

„Hm, ja“, antworte ich vage. *Der auch*, würde ich gerne sagen. Dass Dean gerade der Hauptgrund für meine Verstimmung ist, das behalte ich lieber für mich.

„Hey … Mach dir keinen Kopf. Den Typen wirst du nie wieder sehen“, beruhigt er mich mit eindringlicher Stimme.

Da meine Gedanken immer noch bei Dean sind, trifft mich diese Aussage allerdings wie ein Schlag in die Magengrube. Vielleicht werde ich Dean Richardson tatsächlich nie wieder sehen. Unwillkürlich entfährt mir ein stöhnendes Keuchen und das letzte Stückchen Pancake droht, sich seinen Weg die Speiseröhre zurück nach oben zu bahnen. Heftig schluckend unterdrücke ich den Würgereiz und schiebe mit einer hastigen Bewegung mein Frühstück von mir. „Sorry. Irgendwie geht es mir nicht so gut“, wende ich mich zerknirscht an Maxime.

„Kann ich dann?“, fragt er und schiebt seine Hand im selben Augenblick über den Tisch, um nach meinem Teller zu greifen.

Ergeben nicke ich und beobachte anschließend meinen besten Freund, wie er sich die Pancakes in großen Stücken in den Mund schiebt.

Während ich ihn mustere, versuche ich, den stechenden Schmerz in meinem blutenden Herzen zu ignorieren, der sich bei jedem Gedanken an Dean zu verdoppeln scheint. Mittlerweile sollte dieser bei einem mindestens siebenstelligen Exponenten angekommen sein. Keine Ahnung, wie viel Qual ich ertragen kann -

ich habe es noch nie ausprobiert -, aber viel mehr kann es nicht sein.

Vielleicht wäre es besser, den Schmerz zu verdrängen, Dean aus meinen Gedanken zu verbannen und mich stattdessen auf jemanden anderen einzulassen. Auf Maxime zum Beispiel. Er würde mir nicht wehtun, und alles wäre so viel einfacher. Super Idee. Allerdings empfinde ich genau gar nichts für meinen besten Freund. Dann nehme ich doch lieber die Qual.

Jetzt im Moment entscheide ich mich allerdings für einen abrupten Themenwechsel. „Ich muss unbedingt noch mit Frederic sprechen. Er hatte mir schon einmal angeboten, dass er mich in der Firma herumführt. Ich denke, darauf werde ich jetzt einfach zurückkommen.“

Maxime nickt, trinkt einen Schluck von seinem Cappuccino und antwortet ernst. „Ja, das halte ich für die beste Möglichkeit.“

Am späten Nachmittag stehe ich zum zweiten Mal vor dem Bürogebäude von *Bunham & Richardson*. Die Nachmittagssonne schmückt die vollverglaste Fassade mit schillernden Reflexionen in allen Farben des Regenbogens.

Ich hingegen habe mich für einen Graue-Maus-Look entschieden. In dem unspektakulären schwarzen Kleid hoffe ich, mich so unauffällig wie möglich bewegen zu können. Außerdem habe ich eine Brille mit schwarzem Rand auf der Nase, die eigentlich Maxime gehört. Meine langen Haare trage ich offen, sodass sie mir wie ein Vorhang vor das Gesicht fallen.

Nach meinem Anruf bei Frederic war schnell klar, dass dieser heute keine Zeit für mich haben würde. Wäre auch zu einfach gewesen. Allerdings hatten wir für morgen ein Treffen zum Lunch planen können.

Darüber war ich sehr dankbar, denn in zwei Tagen wäre bereits das Ende meines kleinen Urlaubs gekommen. Dann muss ich in den Flieger steigen, der mich in mein aktuelles Hotelzimmer in Zermatt bringt. Der Ort, den ich seit zwei Monaten am ehesten als mein Zuhause bezeichnen kann.

Die wenige Zeit, die mir in Australien bleibt, will ich auf gar keinen Fall ungenutzt lassen, weshalb ich mich für einen waghalsigen Plan entschieden habe. Gerade frage ich mich allerdings, was ich mir dabei eigentlich gedacht hatte.

Meine Beine zittern und den Angstschweiß, der an meinen Händen klebt, muss ich in regelmäßigen Abständen an meinem Kleid abstreifen. Ja, so ein Geheimagentenleben wäre definitiv nichts für meinen Kreislauf und meinen Blutdruck.

Ein letztes Mal atme ich tief durch, bevor ich mit einer Selbstverständlichkeit, die keinen Widerspruch duldet, durch die Türen des Bürogebäudes schreite.

Zielstrebig und ohne nach rechts oder links zu blicken, steuere ich auf den Aufzug zu. Mein Handy presse ich dabei ans Ohr, als ob ich mich auf ein wichtiges Gespräch konzentrieren müsste. Ich überprüfe nicht, ob mich jemand aufhält oder ob mich jemand komisch ansieht und schalte mein Gehör auf kompletten Durchzug.

· · ·

Als ich unbehelligt im Inneren des Fahrstuhls verschwinden kann, atme ich erleichtert auf. Natürlich so, dass die beiden Herren in schicken Anzügen, die bereits im Fahrstuhl stehen, nichts davon mitbekommen.

Doch die Erlösung hält nicht lange an, denn das nächste Problem lässt nur eine Millisekunde auf sich warten.

Das letzte Mal sind Dean und ich mithilfe einer Schlüsselkarte in die Chefetage gefahren. So eine Karte besitze ich selbstverständlich nicht. Mein Plan war es eigentlich, mit dem Aufzug so weit nach oben zu fahren, wie es mir ohne Karte möglich ist, und danach über das Treppenhaus, das es aus Feuerschutzgründen irgendwo geben muss, bis zu Deans Büro vorzudringen. Vor den beiden Herren kann ich allerdings unmöglich alle Etagenknöpfe durchprobieren, bis ich einen finde, der auch ohne Karte funktioniert. Deshalb bleibt mir nichts anderes übrig, als eine kleine Notlüge zu verwenden.

Ich nehme das Handy vom Ohr und wende mich mit zaghaftem Stimmchen an die Herren. „Könnte jemand von Ihnen bitte die 60 für mich betätigen? Ich habe meine Karte im Büro liegengelassen." Dazu setze ich ein zerknirscht wirkendes und hilfloses Kleinmädchengesicht auf.

Laut der leuchtenden Anzeige an der Seitenwand befindet sich in diesem Stockwerk der IT-Support. Ich würde mich bei eventuellen Nachfragen kurzerhand als IT-Praktikantin ausgeben. Für Computer-Nerds haben die beiden Männer vor mir definitiv eine zu gesunde

Hautfarbe, weshalb ich keine Befürchtung habe, wegen meiner Flunkerei aufzufliegen. Außerdem passt meine übergroße Brille perfekt zu dieser Notlüge.

Gönnerhaft greift der Jüngere der beiden Männer unter sein Jackett und zieht die Schlüsselkarte, die an einem Band um seinen Hals baumelt, hervor. Nachdem er sie an den Scanner gehalten und die 60 ausgewählt hat, schenke ich ihm ein dankbares Lächeln.

Weil die beiden Herren bereits vor mir den Fahrstuhl verlassen mussten, steige ich in meinem Zielstockwerk allein und mit wackeligen Beinen aus. Meine Augen huschen hastig über die Tische, Stühle, Menschen und Computer, die sich in einem Großraumbüro vor mir erstrecken. Gleichzeitig bemühe ich mich, nach außen hin einen souveränen Eindruck zu vermitteln. So, als ob ich hier mindestens zum einhundertsten Mal wäre.

Als ich schließlich das grüne Schild mit dem weißen Pfeil entdecke, das den Weg zum nächsten Notausgang anzeigt, atme ich hörbar aus. Zielstrebig folge ich der Beschilderung. Vorbei an einem Wasserspender und den Toiletten, bis zu einer schweren Stahltür. Nachdem ich mich nach allen Seiten umgesehen habe, drücke ich diese ächzend auf und finde mich kurze Zeit später in einem betongrauen Treppenhaus wieder, das - der Anzahl der Spinnweben zufolge - quasi nie benutzt wird. Jetzt bleibt nur zu hoffen, dass mir keine der als hochgiftig bekannten australischen Spinnen hier über den Weg läuft.

. . .

Heftig schnaufend steige ich die Stufen nach oben, bis mir die kleine 72 neben den immergleichen Metalltüren verrät, dass ich mein Ziel erreicht habe.

Bevor ich die Tür öffne, gebe ich mir einige Minuten, um wieder zu Atem zu kommen. Außerdem muss ich mich ein weiteres Mal davon überzeugen, dass dieser Plan nicht das Dümmste ist, was ich mir jemals überlegt habe. Aber wenn ich Dean irgendwie davon überzeugen will, wieder mit mir zu sprechen, dann muss ich meinen Fehler ausbügeln!

Meine zitternde Hand schafft es nur mit Mühe und Not, die schwere Klinke hinunterzudrücken. Bedacht ziehe ich an der Tür, bis sie einige Zentimeter offensteht, durch die ich nun vorsichtig spähen kann.

Auf den zweiten Blick kommt mir der menschenleere Flur, der sich vor mir erstreckt, sogar bekannt vor. Auch in diesem Stockwerk befindet sich die Notausgangstür im Gang hinter den Toiletten, an den ich mich von meinem letzten Besuch noch gut erinnere. Deshalb weiß ich auch, dass Deans Büro - mein heutiges Ziel - keine zehn Meter von mir entfernt liegt.

Schnell schiebe ich mich durch den Türspalt und haste auf Zehenspitzen an den Türen mit den stilisierten Geschlechter-Symbolen vorbei. Als ich um die Ecke biege und das goldglänzende Dean-Richardson-Schild an der Tür vor mir auftaucht, spüre ich die sanften Ausläufer eines Euphoriegefühls in meinen Venen. In der nächsten Sekunde wird dieses allerdings, wie von einem Vorschlaghammer, von einem Anflug blanker Panik ersetzt.

Die Stimmen von mehreren Männern dringen laut und deutlich an mein Ohr. Ich schaffe es gerade noch, mich umzudrehen, bevor feste Schritte auf dem Gang hinter mir das Herannahen mehrerer Personen ankündigen. Meinen Schreck unterdrückend, setze ich mich hastig in Bewegung und gehe mit wild pochendem Herzen so schnell wie möglich in Richtung der Toiletten zurück. Den Geräuschen nach zu urteilen, sind die Herren nur wenige Meter hinter mir, als ich eine der Stimmen wiedererkenne. Ich bin mir sicher, dass Thomas Bunham einer von ihnen ist, was mich nur noch mehr in Angst und Schrecken versetzt. Er würde mich trotz meiner super Verkleidung – Achtung Ironie – sofort erkennen. Als ich dann auch noch Frederics sonoren Tonfall ausmache, wird mir richtiggehend schlecht. Hastig biege ich endlich in Richtung der WCs ab und kann mein Glück kaum fassen, als die Männer zu den Aufzügen weitergehen. Aus den Augenwinkeln traue ich mich, einen kurzen Blick zurückzuwerfen. Ich hatte mich nicht geirrt. Dort stehen sowohl Thomas als auch Frederic. Und wenn ich mich nicht täusche, dann ist der dritte im Bunde Thomas' Assistent Philipp. Schnell schlüpfe ich durch die Tür, durch die ich vor wenigen Minuten erst auf dieses Stockwerk gelangt war.

Nachdem ich gerade fast aufgeflogen wäre, bringen mich keine zehn Pferde mehr auf die andere Seite dieser vermaledeiten Stahltür. Deshalb bleibt mir nichts anders übrig, als in diesem Treppenhaus die vollen 72 Stockwerke nach unten zu steigen. Nach wenigen Etagen habe ich bereits meine Pumps ausgezogen und tapse nun barfuß auf den kalten Betonstufen nach unten. Gott, was für ein Tag. Maxime hat mich geküsst, Dean hat mich blockiert, und ich bin offiziell die schlechteste Detektivin seit der Erfindung dieses Berufs.

lucia

22. MÄRZ – GOLD COAST, AUSTRALIEN

Am nächsten Morgen wache ich glücklicherweise nicht als Maximes kleiner Löffel auf. Vermutlich ein Resultat der Barriere aus mehreren Kopfkissen, die ich vor dem Einschlafen vorsorglich zwischen unseren beiden Bettseiten aufgestapelt hatte.

Nachdem Maxime sich gestern köstlich über mein erfolgloses Abenteuer im *Bunham & Richardson*-Firmengebäude amüsiert hatte, war ich fast schon wütend auf ihn gewesen. Deshalb hatte ich keine Lust mehr gehabt, das Zimmer zu verlassen. Also bestellten wir etwas beim Roomservice und schauten einträchtig die neueste Staffel *Bridgerton*.

Diese Momente der trauten Zweisamkeit hatten mich versöhnlich gestimmt. Auch die Tatsache, dass er kein weiteres Mal auf Tuchfühlung gegangen war, ließ mich hoffen. Bald würden wir zu unserem alten, unbeschwerten Freundschaftsverhältnis zurückgefunden haben.

Nach einem Blick auf die Uhr erhebe ich mich schwungvoll aus dem Bett. Bis zum Lunch mit Frederic bleiben mir noch wenige Stunden, die ich mit einem Workout und Pokémon Go füllen möchte. Mit einem Schmunzeln beschließe ich, dass die prozentualen Anteile, die diese beiden Aktivitäten von meiner verfügbaren Zeit beanspruchen, noch zu definieren wären.

„Lu?", knurrt Maxime unverständlich in sein Kopfkissen.

„Guten Morgen", begrüße ich ihn lachend. „Schlaf weiter. Wir sehen uns dann später."

Kurz berühre ich seinen nackten Oberarm. Eine Geste, die ich früher ständig verwendete. Heute fühlt sie sich irgendwie falsch an. Dieser Gedanke macht mich sofort wütend. Warum musste Maxime mich küssen? Warum wollte er mit mir in einem Bett schlafen? Es könnte alles so sein wie früher, aber wegen ihm ist es jetzt super merkwürdig.

Okay, ich muss meine Aussage von heute Morgen korrigieren. Denn alles ist weniger merkwürdig als ein Mittagessen mit Frederic. Allein die Wahl des Lokals empfinde ich für einen einfachen Business-Lunch als völlig übertrieben. Vermutlich dachte Frederic, dass ich mich als Teilhaberin eines milliardenschweren Unternehmens ausschließlich von Sterneküche ernähre. Anders kann ich mir die Entscheidung für dieses spießige und völlig überzogen versnobte Restaurant nicht erklären. Wenn Frederic wüsste, dass ich gestern Abend noch zermatschte Burger und lauwarme Pommes zum Dinner hatte, die Maxime und ich auf dem Bett lümmelnd zu uns genommen haben. Er würde vermutlich vom Glauben abfallen.

Mit Thomas war ich auch in einem eher schicken Lokal gewesen. Selbstredend passte das zu seiner Persönlichkeit und seinem Status. Der farblose Frederic wirkt hier dagegen total fehl am Platz.

Da ich mich allerdings mit Deans Assistenten gut stellen muss, wähle ich vom Tagesmenü, lobe den von ihm ausgesuchten Wein und lache an den Stellen, an denen er es von mir zu erwarten scheint.

Nachdem mich Frederic zu unseren aktuellen Projekten ausgefragt hat und ich ihm so ausführlich und gleichzeitig so vage wie möglich Auskunft geben konnte, ist es an mir ,das Gespräch in meine beabsichtigte Richtung zu lenken.

„Wie lange arbeiten Sie eigentlich schon für Dean Richardson?", frage ich in möglichst neutralem Ton.

„Für *Dean* tatsächlich seit dem Tod von Nicholas. Also seit über vier Jahren." Ein bitterer Zug umspielt Frederics Mundwinkel deutlich. Außerdem ist mir nicht entgangen, wie herablassend er Deans Namen ausgesprochen hat.

„Davor habe ich jahrelang mit Nicholas zusammengearbeitet. Wir waren ein gutes Team." Im Gegensatz zu vorhin ist seine Stimme nun voller Zuneigung und Nostalgie.

„Sie vermissen ihn, oder?“, frage ich vorsichtig nach. Vielleicht überschreite ich hier eine Grenze, aber ich möchte den wahren Frederic hinter seiner professionellen Fassade hervorlocken.

„Na klar.“ Er schnaubt. „Vor seinem Tod waren Thomas, Philipp, Nicholas und ich eine eingeschworene Gemeinschaft. Und danach wurde Nicholas einfach durch Dean ersetzt. Allerdings nur auf dem Papier. Im Endeffekt mache ich seit vier Jahren die Arbeit von zwei Personen.“ Frederics geschnaubte Schimpftirade wird von dem Kellner unterbrochen, der unsere Hauptspeise serviert.

„Thomas ist viel zu nachsichtig mit dem Jungen. Klar, er hat seinen Vater verloren, aber das ist mittlerweile vier Jahre her. Er sollte langsam darüber hinwegkommen und seinen faulen Hintern in einen Bürostuhl bewegen.“ Er schnaubt resigniert und widmet sich dann seinem Filet mignon. Das scheint ein Thema zu sein, das er heute nicht zum ersten Mal anspricht. Vermutlich hatte Frederic mit Thomas und Co. diese Diskussion bereits häufiger geführt.

„Ja, an seiner Einstellung sollte er definitiv arbeiten“, schließe ich mich seiner Meinung an.

„Aber was soll man machen? Wenn er nicht will, dann können wir ihn nicht zwingen.“ Mutlos reißt Frederic beide Hände mit dem Besteck nach oben. Von der Klinge seines scharfen Messers tropft dunkelroter Fleischsaft auf die blütenweiße Tischdecke. Er ignoriert es. „Und Nicholas hätte sicher nicht gewollt, dass wir den Jungen unter Druck setzen. Folglich warten wir, bis er sich selbst dazu bereit fühlt. Vermutlich also, bis wir alle bereits ins Gras gebissen haben", lacht Frederic trocken auf und schiebt sich ein großes Stück Fleisch in den Mund.

„Eine wirklich schwierige Situation mit ihm", meine ich mitfühlend. „Könnten Sie nichts dagegen machen? Also ihn rauswerfen? Oder ihm kein Geld mehr bezahlen? Oder eine andere Maßnahme ergreifen?" Keinen meiner Vorschläge wünsche ich Dean. Doch ich will wissen, wie weit Frederic gehen würde.

Entsetzt blickt er mich an. „Verzeihen Sie mir den Ausdruck, aber sind Sie verrückt geworden?" Echter Schock zeichnet sich in seinem Gesicht ab. „Nicholas hat das alles detailliert in seinem Testament festgelegt. Niemals würde ich mich gegen seinen letzten Willen stellen!"

Beschwichtigend ist es nun an mir, die Arme zu heben. „Entschuldigen Sie." Ich senke schuldbewusst meinen Blick. „Wollen Sie mir im Anschluss eventuell noch die Entwürfe Ihres aktuellen Hotelprojekts zeigen?", wechsle ich schnell das Thema. „Dafür bin ich ja eigentlich hergekommen", versuche ich ihm mit sanfter Stimme zu schmeicheln.

So groß Frederics Wut auf Dean sein mag, seine Bewunderung für Nicholas ist noch viel größer. Deshalb kann ich mir nicht vorstellen, dass der harmlose Frederic hinter diesen hinterhältigen Gelddiebstählen stecken könnte. Obwohl ich über diese Erkenntnis erleichtert sein sollte, bin ich maßlos enttäuscht. Weder Thomas noch Frederic kommen in meinen Augen für die Tat infrage, und damit ist meine kurze Liste der möglichen Verdächtigen auch schon an ihrem Ende angelangt.

Nach einer weiteren Stunde steifen Small Talks, einem Spaziergang zur aktuellen Baustelle und weiteren langen sechzig Minuten von Frederics ausschweifenden Erklärungen verabschieden wir uns endlich. Wahrscheinlich hätte ich den zweiten Teil des Tages sogar interessant gefunden, wenn ich nicht bereits jedes Detail zu ihrem aktuellen Bauprojekt in meinen gestohlenen Dateien nachgelesen hätte. Ich hoffe, dass meine Nachfragen und Bewunderungsausrufe ausreichend waren, um keinen Verdacht zu schöpfen.

Es ist später Nachmittag, als ich mich schließlich zu Fuß auf den Weg zu meinem Hotel mache. Erst nach einigen hundert Metern fällt mir wieder die Situation von vorgestern Nacht ein. Als meine Gedanken diese Erinnerung streifen, schaltet mein Körper sofort in den Alarmmodus. Mein Puls schießt abrupt in die Höhe und die Muskeln in meinen Beinen spannen sich an, als ob ich sofort losrennen müsste. Wachsam blicke ich mich nach allen Seiten um. Gleichzeitig ärgere ich mich maßlos über meine Paranoia. Ja, ich fühle mich beobachtet und nein, das ist nicht real. Danke an diesen Penner am Strand, der mich mit seinem Auftreten so massiv geängstigt hat, dass ich jetzt nicht einmal mehr eine langweilige Strandpromenade entlanggehen kann.

Gestern, als ich aus dem Treppenhaus von *Bunham & Richardson* herausgestolpert war, hatte ich den gleichen panischen Moment wie gerade eben. Sofort hatte ich mich beobachtet gefühlt, was angesichts meines schlechten Gewissens wegen des Fast-Einbruchs kein Wunder war. Wie gestern fällt mir auch heute nur eine einzige Lösung für dieses Problem ein.

Genervt von mir selbst und meinen irrationalen Ängsten trete ich an den Straßenrand, hebe die Hand und winke mir ein Taxi heran, dessen Fahrer wieder einmal nicht begeistert sein wird, dass er für eine nur fünf Kilometer lange Fahrt angehalten wird.

Zurück in meinem Hotelzimmer streife ich mir die hochhackigen Schuhe von den Füßen und lasse mich erschöpft auf das Bett fallen. Detektivin zu spielen ist offensichtlich anstrengender als gedacht.

Maxime scheint unterwegs zu sein. Deshalb zücke ich mein Handy, drehe mich umständlich auf den Rücken und mache es mir gemütlich. Unter mir raschelt es undefinierbar, weshalb ich mich irritiert auf die Seite rolle. Teilweise von einem Kopfkissen verdeckt, lugt ein zerknittertes Blatt Papier hervor, das ich nun herausziehe.

Stirnrunzelnd beginne ich, die wenigen Worte zu lesen, die anscheinend von einem Computerausdruck stammen.

. . .

Sofort setze ich mich im Bett auf. Mein Herz galoppiert in meiner Brust und panisch beginnen meine weit aufgerissenen Augen, das Zimmer abzusuchen. Wer hat diesen Zettel hierhergelegt? Wie ist er in mein Zimmer gekommen? Wo ist Pikachu? Woher weiß irgendjemand, dass ich Nachforschungen anstelle?

Das Zimmer ist genauso leer wie seit meiner Ankunft und ich finde natürlich keine Antwort auf meine vielen Fragen.

Deshalb drücke ich mich langsam vom Bett hoch. Auf Zehenspitzen und mit wild pochendem Herzen schleiche ich zur Badezimmertür. Vorsichtig öffne ich diese einen Spalt und spähe hinein. Sofort fällt mir das gelbe Stofftier auf, das im Waschbecken sitzt. Ansonsten sieht es hier aus wie immer.

Die Tür schlägt hart gegen die Fliesen des Badezimmers, als ich sie viel zu heftig aufstoße und mit schnellen Schritten den Raum betrete.

Den lauten Knall ignoriere ich und widme mich stattdessen meinem Pikachu. Vor Entsetzen keuchend strecke ich meine Hand nach ihm aus. In einem seiner beiden Augen steckt die Spitze meiner Nagelschere, die offensichtlich auch zum Aufschlitzen des Plüschtiers verwendet wurde. Sein flauschiges Innenleben liegt nämlich im Waschbecken und auf dem Boden verteilt. Ratlos greife ich mir eine Handvoll des weißen Füllmaterials und lasse es durch meine Finger gleiten.

Wer hat das getan? Wo war Maxime? Hoffentlich war ihm nichts passiert! Vielleicht war er in diesem Zimmer auf den Täter getroffen! Gott sei Dank bin ich nicht früher zurückgekommen! Was wäre passiert, wenn ich den Fremden überrascht hätte?

Eines ist klar: Hier droht mir jemand und meint es verdammt ernst. Vielleicht bin ich dem Geheimnis bei *Bunham & Richardson* tatsächlich zu nahe gekommen.

Doch da hat sich jemand die falsche Gegnerin ausgesucht. Ich werde mich sicher nicht einschüchtern lassen! Nicht von einem blöden Zettel, nicht von einem zerstückelten Plüschtier und auch nicht von irgendwelchen nächtlichen Begegnungen mit angsteinflößenden Typen!

Entschlossen nehme ich mir die Überreste von Pikachu, ziehe grimmig meine Nagelschere aus dessen Auge und beginne damit, die Stoffteile in den Mülleimer zu werfen.

Ich muss mit meinen Recherchen in Zukunft einfach vorsichtiger sein. Keine persönlichen Treffen mehr, keine Einbrüche in die Firma. Wie gut, dass ich meine digitalen Dokumente von Deans Computer noch habe. Damit würde ich hoffentlich noch mehr herausfinden können. Auch wenn es bedeutet, dass ich Maxime tiefer in die Sache hineinziehen muss. Ich brauche nämlich dringend jemanden, der Zugriff auf Banken und Konten hat, und da wäre *er* mir sicher eine große Hilfe.

Als ich den Deckel des Mülleimers schließe und mich im Geiste von meinem Pikachu verabschiede, werde ich wehmütig. Seit Dean ihn mir damals in mein

Bett gelegt hatte, war er zu einem treuen Begleiter geworden. Einem Begleiter, der meine Gedanken oft zu Dean schweifen ließ und mir dabei ein Lächeln ins Gesicht zaubern konnte.

In einem letzten Akt des Trotzes bewege ich mich zurück zum Bett, nehme mein Handy und schreibe Dean eine Nachricht. Es ist nur ein kurzes *Hey*, aber trotzdem fühle ich mich besser. So, als ob ich diesem Fremden keine Macht über mich und meine Handlungen geben würde. Natürlich hat Dean mich immer noch blockiert und kann die Nachricht nicht sehen. Trotzdem tat dieses letzte Aufbäumen meiner Seele gut.

Den Zettel zerknülle ich fest in meiner Hand und will ihn gerade in den Papierkorb werfen, als sich die Zimmertür öffnet. Sofort ist mein Körper wieder in Alarmbereitschaft, und ich hebe beide Arme, um mich gegebenenfalls verteidigen zu können.

„Maxime?", begrüße ich meinen besten Freund verwundert.

„Äh, ja", antwortet er mir irritiert. „Hast du jemand anderen erwartet?" Er streift seine Lederschuhe von den Füßen, knöpft sein Jackett auf und hängt es seelenruhig über einen Bügel in der Garderobe.

Ich lache hilflos auf. „Nein, natürlich nicht." Dann beschließe ich spontan, Maxime einzuweihen. Ich müsste ihn ja ohnehin noch wegen seiner Verbindungen zu den Banken über alles aufklären. Vielleicht wäre er kooperativer, wenn er wüsste, dass mich andere Optionen in Gefahr bringen könnten.

Nachdem ich den Zettel mit den drohenden Worten

wieder auseinandergefaltet, diesen Maxime gezeigt und ihm abschließend noch einen Blick auf Pikachus Leiche gewährt hatte, nimmt er mich fest in seine Arme.

„Ach, Lu“, seufzt er, während ich meinen Kopf in seine Halsbeuge grabe. Ich atme den vertrauten Duft seines herben Aftershaves ein und verliere mich in der Geborgenheit seiner Umklammerung.

„Ich lasse mir das nicht gefallen“, presse ich dumpf hervor. Meine Stimme ist wackelig von der unterdrückten Wut und den Tränen.

„Lu ...“ Maximes Stimme ist eindringlich und seine Arme schließen sich fester um meinen Oberkörper. „Du kannst das nicht ignorieren! Hier ist jemand in unser Zimmer eingebrochen! Wer weiß, zu was er noch in der Lage ist!“

Trotzig dränge ich den Kloß in meinem Hals zurück. „Hier hereinzukommen, war sicher keine Kunst. Einmal jemanden vom Reinigungspersonal bestochen und schon ist man im Zimmer. Dazu braucht es kein großartiges kriminelles Netzwerk“, erkläre ich stoisch.

„Das nicht“, erwidert Maxime. „Aber herauszufinden, was du mit Dean Richardson und dieser ganzen Firma zu schaffen hast, dafür durchaus!“

Sanft löst er seine Umarmung, legt seine Hände auf meine Schultern und hält mich eine Armlänge von sich entfernt. Mit beschwörendem Blick fixiert er mich. „Halte dich von diesen Leuten fern! Ich will nicht, dass dir etwas passiert!“

Seit Maxime und ich uns kennen, hat er nur wenige Male in diesem nachdrücklichen Tonfall mit mir gesprochen, der keine Widerrede duldet. Umso deutlicher wird mir jetzt, wie ernst ihm die Angelegenheit ist.

„Okay“, lenke ich leise ein.

Schnell vergrabe ich mein Gesicht an Maximes Schulter. Er soll nicht sehen, wie sehr mich die Tatsache ängstigt, dass ich Dean Richardson nie wieder treffen darf.

KAPITEL EINUNDZWANZIG

Lucia

22. MAI – ZERMATT, SCHWEIZ

Hastig zupfe ich den Kragen meines Blazers zurecht, bevor ich die Tür zum Konferenzraum in Zermatt öffne. Ich bin definitiv zu spät und ich hasse alles daran. Ich will nicht unorganisiert wirken oder den Eindruck erwecken, nicht engagiert zu sein!

Mein Vater wäre von meiner Unpünktlichkeit ebenso wenig begeistert, wie ich es aktuell bin. Und das, obwohl der überzogene Videocall mit ihm der Grund dafür ist, weshalb ich mich jetzt in dieser unangenehmen Situation befinde.

Schnell setze ich eine undurchdringliche Miene auf, die jedem Kleinkind zu verstehen gäbe, dass mein Zuspätkommen ausschließlich triftige Gründe haben kann.

Als ich grüßend den Raum betrete und mein Blick

über die versammelten Herren schweift, die sich bereits am länglichen Tisch eingefunden haben und mich mustern, bleibt mir jäh das Herz stehen. Genau gegenüber der Tür, die verglaste Außenwand im Rücken, sitzt Dean Richardson und durchbohrt mich mit einem abschätzigen Blick.

Ich weiß, dass ich gut darin bin, meine Gefühle zu verbergen. Doch in diesem Moment gelingt es mir nicht, meinen professionellen, gleichgültigen Gesichtsausdruck beizubehalten. *So gut* bin ich dann doch nicht. Schockiert bleibe ich mitten in der Tür stehen und starre Dean fassungslos an.

Er zieht nur leicht eine Augenbraue nach oben und scheint mich weiterhin mit seinen dunklen Augen bei lebendigem Leib aufspießen zu wollen.

Ein Räuspern reißt mich schließlich aus meinem Bann, und ich werfe Thomas, dem Urheber des Geräuschs, einen schnellen Blick zu.

Dann löse ich mich aus meiner Starre und gehe zu dem letzten freien Stuhl am Tisch. Der einzige noch leere Platz ist direkt vor mir und damit genau gegenüber von Dean. Ein panisches Kribbeln beginnt, meinen kompletten Körper zu überziehen. Ich bin mir sicher, dass das schlimmste Meeting aller Zeiten vor mir liegt.

Nachdem ich mich gesetzt und mit bedächtigem Luftholen meine viel zu schnelle Atmung wieder in den Griff bekommen habe, klappe ich meinen Laptop auf und verstecke mich halb hinter dem Bildschirm.

Was zum Teufel macht Dean hier? Ich habe ihn seit über zwei Monaten nicht gesehen! Zwei Monate!!! Ich war auf den meisten Meetings persönlich anwesend und in nahezu jedem Videocall dabei. Aber er war nie da! Es waren immer Thomas, Frederic und manchmal sogar Philipp mit von der Partie. Aber von Dean habe ich weder etwas gesehen, geschweige denn gehört. Es war, als ob er gar nicht existieren würde!

Unser Indonesien-Projekt ist mittlerweile fast abgeschlossen, und ich habe die letzten Wochen ausschließlich damit verbracht, diese Unternehmung auf Kurs zu halten. Dabei konnte ich mich wunderbar von Dean ablenken und ich dachte irgendwie, dass ich langsam über ihn hinweg sein könnte.

Gott, wie naiv ich war. Urplötzlich taucht er wieder auf, schneit in mein Leben, und mir wird schmerzhaft bewusst, dass all meine Hoffnungen eine billige Illusion waren. Denn ich bin definitiv *nicht* über ihn hinweg.

Vorsichtig und mit wild pochendem Herzen spähe ich über den oberen Rand meines Computers zur anderen Tischseite. Deans Blick ist auf Jonathan Finkelstein gerichtet, der gerade die Einführung zu unserem potenziell neuen Projekt zum Besten gibt.

Deans Haare sind etwas kürzer als bei unserer letzten Begegnung. Vermutlich war er beim Friseur. Trotzdem sind sie noch lang genug, dass einige schwarze Wellen die langen Wimpern seiner Augen streifen. Als mein Blick tiefer wandert, nimmt meine Irritation zu. Dean trägt einen Anzug. Nicht den, den er beim Treffen auf Bali anhatte. Dieses Mal ist das Jackett schwarz und darunter erkenne ich ein ebenso schwarzes Hemd. Der Stoff an der Schulter spannt gefährlich, als Dean einen Arm auf dem Tisch ablegt und weiterhin stur nach vorne blickt.

O nein, jetzt bitte nicht an Deans Muskeln denken! Zu spät. Meine Erinnerung wandert zu seiner entblößten Haut, seinem sonnengebräunten Oberkörper und unseren Küssen auf dem Sofa, und mir schießt die Röte in die Wangen, als ich meine Gedanken weiterwandern lasse. Nein, nein, nein. Kann bitte jemand dieses Gedankenkarussell anhalten? In meiner Verzweiflung erscheint mir die Idee, mir kurzerhand eine der Wasserflaschen, die in der Tischmitte stehen, über den Kopf zu kippen, als eine gute Option. Was absolut unauffällig wäre. Nicht. Ich atme viel zu laut und heftig ein, um meinen Herzschlag zu normalisieren.

Ja, in meiner verblassten Erinnerung war Dean äußerst attraktiv, aber dass er so unglaublich anziehend auf mich wirkt, das hatte ich erfolgreich verdrängen können. Toll, dass mich diese Erkenntnis jetzt wie ein D-Zug überrollt und mir jeglichen klaren Gedanken raubt.

Schnell verstecke ich mich wieder hinter dem Monitor meines Laptops und atme abermals tief durch. Ich muss mich beruhigen. Und ich muss mich konzentrieren. Keine Ahnung, was Jonathan die letzten fünfzehn Minuten eigentlich erzählt hat.

Meine Gefühle verhalten sich so, als ob es die letzten acht Wochen des Verdrängens niemals gegeben hätte. Diese Achterbahnfahrt aus Anziehung und Schuldgefühlen gibt mir gerade den Rest, und ich sehe keine andere Lösung, als mich für kurze Zeit der kompletten Situation zu entziehen.

Eine Entschuldigung murmelnd erhebe ich mich mit roten Wangen und stürze auf die Tür zu.

Beide Hände am marmornen Waschbecken abgestützt, beginne ich, mich zu sammeln. Ich muss die Lage rational betrachten. Eigentlich sollte ich mich sowieso von Dean fernhalten. Die Pikachu-Drohung geistert immer noch in meinem Hinterkopf herum. Seit diesem Tag hatte ich weder das erneute Gefühl ,verfolgt zu werden, noch weitere Briefe erhalten. Das könnte allerdings daran liegen, dass ich mich seit genau diesem Tag brav von Dean und seiner Firma ferngehalten hatte. Deshalb sollte ich es eigentlich nicht riskieren, auf ihn zuzugehen. Auch wenn ich gerade nichts lieber tun würde. Ich will mit ihm sprechen und vor allem muss ich mich noch einmal persönlich bei ihm entschuldigen. Die einfache Textnachricht, nach deren Empfang er mich blockiert hatte, reicht definitiv nicht aus, um für meinen Verrat Abbitte zu leisten.

Was könnte ich also tun? Hilfe suchend blicke ich mein Spiegelbild an, das mir ratlos entgegenblickt. Zügig streife ich zwei einzelne Härchen glatt, die widerspenstig aus meinem strengen Zopf ausgebrochen sind. Dann kann ich mir selbst dabei zusehen, wie ich meinen Blick, meinen gesamten Ausdruck zu einer nichtssagenden Maske korrigiere. Ich werde gar nichts tun. Denn ich bin hier, um einen Job zu erledigen, und genau damit beginne ich nun endlich.

Kaum trete ich aus der Toilettentür, wird mein Vorsatz seiner ersten harten Probe unterzogen. Denn dort steht, ein Bein lässig an der Wand hinter sich abgestützt und die Arme vor der Brust verschränkt, Dean Richardson. Der Ausdruck in seinen Augen ist weiterhin abschätzig, doch es hat sich eine kleine Prise Besorgnis hinzugeschlichen.

Obwohl mein Herz sofort damit beginnt, aus meiner Brust galoppieren zu wollen, schaffe ich es auf wundersame Weise, meinen Blick von Dean abzuwenden und mich stoisch in Richtung des Konferenzraums zu bewegen. Keine zwei Meter weiter murmelt mir eine fiese Gedankenstimme zu, dass ich gerade *die* Gelegenheit sausen lasse, um mit Dean Klartext zu sprechen. Gott, meine Sprunghaftigkeit könnte es mit jedem Känguru aufnehmen. Langsam drehe ich mich also zu ihm um und muss feststellen, dass er noch in exakt derselben Position an der exakt gleichen Stelle steht. Lediglich seine dunklen Augen sind mir gefolgt, die mich weiterhin düster fixieren.

„Dean", beginne ich mit kratziger Stimme, während ich vorsichtig auf ihn zugehe.

Ruckartig drehe ich mich zur Tür des Konferenzraums, als diese geräuschvoll aufschwingt. „Könntet ihr dieses Gespräch auf später verschieben? Wir würden gerne fortfahren!", herrscht uns Thomas ungeduldig an.

Ertappt kehre ich Dean den Rücken zu, eile sofort zu meinem Platz zurück und gebe mir größte Mühe, einen möglichst unbeteiligten Gesichtsausdruck zur Schau zu stellen.

Überraschenderweise schaffe ich es danach, mich irgendwie auf die Inhalte der Besprechung zu konzentrieren. Die ersten Marktanalysen werden vorgestellt, und gemeinsam beginnen wir, eine Strategie für die neuen Hotelkomplexe hier in Zermatt zu entwickeln. Ich bin milde überrascht, dass Dean Vorschläge einbringt und diese sogar ziemlich gut sind. Das hat nichts mit dem Dean zu tun, der auf Bali sein oberflächliches Geschwätz als Fachwissen verkaufen wollte. Keiner meiner Blicke wandert zu Dean hinüber, und auch er vermeidet es, mich anzusehen. Ich kommentiere keinen einzigen seiner Vorschläge und schaue stur auf meinen Laptop.

Doch dieses Verhalten beruht auf Gegenseitigkeit, denn Dean ignoriert mich radikal. Sein Verhalten macht mich langsam wütend. Wie soll ich mich bei ihm entschuldigen, wenn er mir keine Gelegenheit dazu gibt? Und was sollte das vorhin vor den Toiletten? Warum war er mir nachgegangen? Nur, um mich noch intensiver finster anstarren zu können?

Und wie soll ich ihm bitte sagen, dass ich denke, denjenigen gefunden zu haben, der sich sein Geld unter den Nagel reißt? Ja, die Treffen mit Thomas und Frederic waren in dieser Hinsicht nicht sehr ergiebig. Die Unterlagen von Deans Rechner hatte ich jedoch an Maxime weitergegeben, der mir bei einigen Transaktionen tiefere Einblicke verschaffen konnte. Und so bin ich sehr wahrscheinlich auf des Rätsels Lösung gestoßen, die mich mehr überrascht, als sie sollte.

Jetzt stehe ich allerdings vor zwei weiteren riesigen Problemen. Erstens will Dean nicht mit mir sprechen. Wie soll ich ihm also jemals die Infos zukommen lassen? Und zweitens schwebt immer noch die vermaledeite Drohung im Raum. Wenn ich Dean zu einem Gespräch überreden könnte, dann darf es niemand, aber wirklich niemand, erfahren.

Im Laufe des Vormittages beruhigt sich mein nervöser Kreislauf etwas, und ich wage es sogar mehrfach, einen kurzen Blick auf Dean zu werfen.

Mein Körper wiegt sich nur kurz in trügerischer Sicherheit, denn als die Mittagspause angekündigt wird und die Runde sich aufzulösen beginnt, da stehe ich schlagartig kurz vor einem Nervenzusammenbruch. Mein Puls rast, meine Hände werden feucht und ich trinke zügig große Schlucke aus meinem Wasserglas, um die Trockenheit in meiner Kehle zu vertreiben.

Jetzt wäre die Gelegenheit, um mit Dean zu sprechen, was mir mehr Angst macht, als es sollte. Doch der hat sich bereits erhoben und schlendert neben Thomas durch die Tür, ohne mich eines Blickes zu würdigen.

Bevor ich mich entscheiden kann, ob ich Dean trotz der Drohung und meinen Ängsten anspreche, vibriert mein privates Smartphone in meiner Rocktasche. Umständlich ziehe ich das Gerät heraus. Nicht zum ersten Mal ärgere ich mich über diesen engen Bleistiftrock, der nun wirklich kein geeignetes Kleidungsstück ist, um Handys oder sonstige Gegenstände sinnvoll aufzubewahren.

Natürlich ist es Maxime, der mich aus meiner Überlegung reißt. Ich hatte ihm bei meinem Toilettenausflug kurz geschrieben, dass Dean unerwartet bei dem Meeting aufgetaucht war. Und jetzt möchte Maxime wissen, ob ich Dean bereits in die Sache eingeweiht habe. Genervt schnaube ich laut. Nein, denn so einfach macht *der* mir die Sache natürlich nicht.

237

dean

22. MAI – ZERMATT, SCHWEIZ

Die Mittagspause verbringe ich mit Thomas und zwei weiteren älteren Herren beim Lunch auf der Hotelterrasse. Während sich die drei angeregt unterhalten, genieße ich das milde Wetter und die Frühlingsstimmung, die Ende Mai in der Luft liegt.

In South Heads neigt sich der Herbst bereits seinem Ende zu und der Winter steht vor der Tür. Obwohl ich jeder Jahreszeit etwas Positives abgewinnen kann, belegt der Herbst bei einem fiktiven Ranking definitiv den letzten Platz. Deshalb bin ich mit meinem aktuellen Aufenthaltsort mehr als zufrieden.

In den letzten beiden Monaten musste mein Schlüsselbeinbruch vollständig verheilen, weshalb ich nicht surfen konnte, und ans Skateboarden war nur bedingt zu denken. Deshalb hatte ich viel zu viel freie Zeit und diese habe ich tatsächlich genutzt, um mich für die Geschäfte von *Bunham & Richardson* zu erwärmen.

Die Vorstellung, dass ich so wenig Ahnung von allem hatte, dass man mich über Jahre hinweg ohne Weiteres um Millionen von Dollar erleichtern konnte, fand ich beschämend.

Trotzdem geht meine Begeisterung für die Firma nur so weit, wie ich spucken kann. Die langweiligen Hotelkomplexe interessieren mich weiterhin weniger als der sprichwörtliche Sack Reis in China. Doch als mich Thomas in die Planung von Spielplätzen, Skateparks und Schwimmlagunen miteinbezogen hat, da spürte ich das erste Mal so etwas wie Freude an der Arbeit.

Deshalb will ich mich weiterhin um den Teil der Bauprojekte kümmern, der sich mit der Freizeitgestaltung unserer Hotelgäste beschäftigt. Freizeit und ich – das ist mit Sicherheit eine gute Kombination, resümiere ich leise grinsend vor mich hin.

Nach dem Lunch gehen wir gemächlich zurück in Richtung des Konferenzraums. Im Anzug ist es mir mittlerweile viel zu warm, und ich wünschte, dass ich mal wieder auf jegliche Regeln der Etikette geschissen hätte. Aber irgendwie habe ich dieses Kleidungsstück, das mich ähnlich wie bei Dr. Jekyll und Mr. Hyde in die seriöse Version von mir verwandelt, mittlerweile zumindest akzeptiert.

Am Ende des Ganges erspähe ich Lucia, die bereits die Tür zum Konferenzraum öffnet. Gott, ich hätte wirklich gedacht, dass diese zwei Monate ausgereicht hätten, um mich von meinen Gefühlen für sie zu befreien.

Ich wusste ganz genau, dass sie heute ebenfalls dabei sein würde. Thomas hatte es mir frühzeitig mitgeteilt. Und mir war klar, dass ich sie kalt erwischen würde, wenn sie mich an diesem Tisch nach so langer Zeit zum ersten Mal wieder sehen würde.

Fast habe ich ein schlechtes Gewissen darüber, *wie* gut mein Plan funktioniert hat. Dass Lucia Clément einmal die Gesichtszüge so dermaßen entgleisen würden, das hätte ich nämlich nicht erwartet. Erfreulich, dass ihre Selbstbeherrschung und ihr Perfektionismus nicht unendlich groß sind.

Trotzdem tat sie mir fast schon leid, als sie schließlich mit hochrotem Kopf aus dem Raum geflüchtet ist. Dass dieses Mitleid so weit reichen würde, dass ich ihr hinterhergehen musste, um zu überprüfen, ob sie okay war, war allerdings nicht geplant.

Und es war ebenso wenig geplant, dass *mich* ihre Anwesenheit nicht kalt lassen würde. Dass mir bei ihrem Anblick, selbst nach so langer Zeit der Funkstille und des Ignorierens, ein aufgeregter Schauer über den Rücken läuft und ein sehnsuchtsvolles Ziehen meine Eingeweide verkrampft.

Das Meeting plätschert seit mehreren Stunden gemächlich vor sich hin. In dieser Zeit habe ich Ms. Clément geflissentlich ignoriert und mich zu Tode gelangweilt. Das ändert sich schlagartig, als Lucia plötzlich einen leisen Fluch ausstößt, ihren Stuhl zurückschiebt und anschließend mit dem Kopf voran unter der Tischplatte verschwindet.

Die Vorstellung, dass sich nun ihr kleiner Körper mit dem verführerischen Mund und den weichen Händen nur wenige Zentimeter von meinem besten Stück entfernt befindet, macht mich in dieser Sekunde mehr als nervös. Sofort schießt mir das Blut sturmflutartig zwischen die Beine und meine Stoffhose beginnt, sich unangenehm eng anzufühlen. Unruhig rutsche ich auf meinem Platz umher, was meiner schlagartigen Erregung absolut keine Linderung verschafft.

Als Lucia wenige Sekunden später unter dem Tisch hervorkommt, ihr verloren gegangenes Smartphone entschuldigend erhoben, beruhigt mich das kein bisschen. Mein Herz pumpt weiterhin in einem viel zu schnellen, zügellosen Rhythmus, und die Erregung wandelt sich langsam in Schmerz, da diese beschissene Hose wirklich viel, viel zu eng ist. Ein Blick auf Lucias volle Lippen, die sich zu einem wissenden Lächeln verzogen haben, geben mir den Rest.

Mit Schwung klappe ich meinen Laptop zu. Dann erhebe ich mich so, dass ich mit dem Computer in der Hand die immense Ausbeulung in meiner Anzughose verdecke, und murmele etwas von *einem Termin*. Jetzt ist es an mir, diesen Konferenzraum fluchtartig zu verlassen, und ich stürze förmlich zur Tür hinaus. Immerhin wird mich bei dem aktuellen Tagesordnungspunkt niemand vermissen.

• • •

Shit, was war das gerade? Tief durchatmend lehne ich mich an die kühle Fliesenwand des Toilettenvorraums, der eher einem Spa-Bereich ähnelt. Hier gibt es flauschige Handtücher, goldene Designelemente und natürlich diese komischen Holzstäbchen, die einen penetrant blumigen Raumduft verströmen.

Den Laptop habe ich beim Hereinkommen achtlos auf dem eleganten, schwarzen Waschtisch aus Marmor abgelegt und mit einem Handgriff meinen Schwanz in eine weniger schmerzhafte Position gerückt. Erleichtert atme ich abermals tief ein.

Diese Erleichterung kam allerdings etwas vorschnell, denn genau in diesem Moment schwingt die Tür auf und Lucia schiebt sich in den Raum. Sie mustert mich mit hochgezogenen Augenbrauen, einen Mundwinkel wissend nach oben gezogen.

„Das ist die Männertoilette", bringe ich knurrend hervor, ohne mich auch nur einen Millimeter zu bewegen.

„Ist mir bewusst", kommt es schnippisch aus Lucias viel zu perfekt geschwungenem Mund. Sie dreht sich um, verlässt den Raum allerdings nicht. Im Gegenteil, das kurz darauf ertönende metallische Klacken der Türverriegelung offenbart mir, dass sie definitiv vorhat, zu bleiben.

„Ich will nicht mit dir reden", stelle ich klar. Irritiert fixiere ich Lucias stahlgraue Augen. Welchen Plan verfolgt sie? Ohne unsere Blicke abreißen zu lassen, entledigt sie sich entschlossen ihres Blazers und kommt geradewegs auf mich zu. Das schwarze Stück Stoff liegt vergessen auf dem gefliesten Boden und ich lasse meinen Blick über ihre Augen und ihre Lippen zu ihrer hellen Satinbluse wandern, an deren Knöpfen sie herumzufummeln beginnt.

Okay, *jetzt* kann ich mir lebhaft vorstellen, welche Absichten sie hat. Keuchend atme ich ein und eine Welle aus purer Erregung peitscht augenblicklich durch meinen Körper. Gleichzeitig fühle ich grenzenlose Hilflosigkeit. Nichts und niemand könnte mich jetzt davon abhalten, etwas extrem Dummes zu tun. Mein Verstand weiß, dass diese Frau nicht gut für mich ist. Dass sie mich hinterhältig betrogen hat und ich nie wieder ein Wort mit ihr wechseln, geschweige denn Körperflüssigkeiten austauschen sollte. Aber mein Herz, und besonders mein Schwanz, ignorieren diese Tatsache gekonnt.

Als Lucia den letzten Knopf ihrer Bluse öffnet, die nun weit geöffnet den Blick auf ihren dünnen zartrosa BH freigibt, balle ich meine Hände zu Fäusten, damit ich sie auf keinen Fall anfasse.

Sie bleibt keine zwei Zentimeter vor mir stehen, hebt zielstrebig ihre Arme und streift mir in einer fließenden Bewegung das Jackett von den Schultern. Es rutscht geräuschlos zu Boden. Ich hingegen kann nur mit Mühe ein lautes Keuchen unterdrücken, weil mir die federleichte Berührung ihrer Hände durch Mark und Bein fährt.

Ein wenig erinnert mich die Situation an unseren ersten Kuss hier in Zermatt. Der, der im Winter unter dem strengen Blick der gruseligen Silhouetten von Hirschgeweihen so schnell eskaliert ist. Nur dieses Mal sind unsere Rollen vertauscht, denn Lucia gibt den Kurs vor und ich bin leider mehr als gewillt, ihr blind zu folgen.

Unsere Blicke bleiben ineinander verhakt, während Lucia gemächlich die Knöpfe meines Hemds öffnet. Um ehrlich zu sein, braucht sie dafür viel zu lange, und gleichzeitig ist sie viel zu schnell. Denn ich sollte die Reißleine ziehen, ich sollte das hier nicht zulassen, geschweige denn genießen.

Eventuell täusche ich mich, doch ich glaube, ein leichtes Zittern ihrer Finger wahrzunehmen. Vielleicht ist sie doch nicht so forsch, wie sie sich gerade zu geben versucht.

Diese Überlegung fügt meinen Mauern des Widerstands sofort tiefe Risse zu. Ich will nicht, dass sie sich ungewollt fühlt. Meine geballten Fäuste lockern sich und wie ferngesteuert schiebe ich beide Hände rechts und links auf Lucias nackte Taille. In dem Moment, in dem ich ihre weiche Haut unter meinen Fingerkuppen spüre, sirren tausende kleine Stromstöße durch meine Blutbahn. Ich genieße dieses elektrisierende Gefühl und weiß genau, dass sich das hier in die völlig falsche Richtung entwickelt. Trotzdem wandern meine Finger sanft an ihren Rücken und mit leichtem Druck schiebe ich Lucia noch näher zu mir.

Mein Hemd fällt in dem Moment zu Boden, in dem ihr perfekter Körper endlich gegen meinen stößt. Unter ihren langen Wimpern sieht sie mit aufgeregtem und gleichzeitig entschlossenem Blick zu mir nach oben. Dabei sind unsere Münder nur durch einen Lufthauch voneinander getrennt und mir ist völlig klar, dass dies nun der Moment ist, in dem ich sie zum Teufel jagen muss.

Doch diese Frau hat andere Pläne. Der nächste Augenblick ist ein Schock für mich, und absolut nichts auf dieser Welt hätte mich darauf vorbereiten können. Lucia überbrückt den Abstand zwischen uns zielstrebig und lässt unsere Lippen in einem harten Kuss kollidieren. Die Intensität der Erregung, die diese kleine Berührung durch meinen Körper schickt, lässt mich schockiert aufkeuchen. Im nächsten Moment tastet ihre Zunge auch schon über meine Unterlippe, und ich öffne sofort meinen Mund und nehme sie gierig in mich auf. Ihr süßer Geschmack betört mich. Das Gefühl ihrer warmen, weichen Zunge, die meine umspielt, lässt mich hilflos aufstöhnen. Ja, ich habe meine aussichtslose Mission aufgegeben. Niemals könnte ich dieser Frau widerstehen. Du bekommst deinen Willen, Lucia Clément, und damit steht es dann wohl drei zu null für dich.

Nachdem ich meine Bedenken nun allesamt über Bord geworfen habe, folgt ihnen meine Zurückhaltung auf dem Fuß.

Nun ist es an Lucia, leise in meinen Mund zu keuchen, als meine Küsse drängender werden und ich meine Hände zielstrebig über ihre Brüste wandern lasse. Mit den Fingern umspiele ich ihre harten Brustwarzen, genieße ihr ergebenes Stöhnen und den Druck, den ihr Körper gegen mein bestes Stück ausübt. Wie in einem Rausch versuche ich fiebrig, ihren Rock noch oben zu zerren, muss mich diesem viel zu engen Stück Stoff aber bald geschlagen geben.

Lucia erkennt das Problem sofort, nimmt ihre Hände von meiner Brust und öffnet mit einer energischen Bewegung den Reißverschluss an der Rückseite ihres Bleistiftrocks. Er fällt leise raschelnd zu Boden. Während sie mit ihren Pumps noch aus dem Kleiderhaufen steigt, fixiere ich bereits ihre Unterwäsche. Es ist kein Pikachu, aber ein dümmlich dreinblickendes Karpador, das sich knallorange von ihrem hellblauen Baumwollslip abhebt.

Keine Ahnung, was mit mir nicht stimmt, aber dieses Detail gibt mir vollends den Rest. Völlig berauscht von unseren Küssen, ihrem Körper an meinem, ihren Händen, die über meinen Nacken streichen, beginne ich, mich selbst zu verlieren. Zielsicher streiche ich mit den Fingern hart über ihren Slip und finde sofort die Stelle, die sie zum Erzittern bringt.

„Dean." Das erste Wort aus ihrem Mund, seit sie die Tür hinter sich verschlossen hat, kommt rau und flehend aus ihrer Kehle.

Meine Finger zwischen ihren Schenkeln steigern ihre Intensität, meine Zunge dringt weich und fordernd in Lucias Mund ein, während meine zweite Hand ihre Brustwarze sanft umspielt.

„Dean." Dieses Mal schreit sie meinen Namen fast. Sie keucht ihn laut und fordert mich damit auf, ihr noch viel mehr als das hier zu geben.

Dann liegen ihre Hände an meinem Hosenbund. Geschickt öffnet sie den Gürtel und lässt dieses lästige Kleidungsstück zu Boden fallen. Im nächsten Moment reiben ihre Hände über meine Boxershorts. Die gesamte Länge meines Schafts nach oben und dann wieder zurück. Der Druck, der dabei zwischen meinen Beinen anschwillt, wird dadurch nahezu unerträglich.

Lucia scheint es nicht unähnlich zu ergehen. Mehrfach stöhnt sie laut auf und haucht mit kratziger Stimme meinen Namen in unsere verbundenen Münder. Ich liebe es, dass sie sich nicht mehr zurückhält. Dass sie sich hier mit mir fallen lässt, und mir damit zeigt, wie sehr sie es genießt und mir vertraut.

Ihre Hände um meinen Schwanz werden schneller und trotzdem ist da dieser Gedanke, der durch den Nebel aus Lust und Leidenschaft unerbittlich zu mir durchdringen möchte. Die Tatsache, dass zwischen uns absolut *kein* Vertrauen herrscht, kommt verstohlen aus dem hintersten Eck meines Verstandes nach vorne gekrochen.

Aber ich muss ihr nicht vertrauen. Ich will sie hiermit nur ausnutzen. Ich will sie benutzen, so wie sie mich benutzt hat. Und genau jetzt will ich mich in ihr verlieren. Ich will, dass sie das hier genauso liebt, wie ich. Ich will, dass sie *mich* genau so liebt, wie *ich sie*.

Zutiefst erschrocken über meine eigenen, fliegenden Gedankengänge unterbreche ich unseren Kuss.

„Ich habe keine Kondome", stammele ich schließlich auf ihren fragenden Blick hin. Glücklicherweise bin ich um keine Ausrede verlegen.

Lucias Bewegungen werden gemächlicher, doch sie stoppt ihre erbarmungslose Massage nicht. „Ich hätte welche", bringt sie schließlich atemlos hervor.

Kurz überlege ich. „Vor zwei Monaten habe ich mir bei dem Skate-Contest das Schlüsselbein gebrochen. Deshalb werde ich dich nicht lange halten können", erkläre ich bedauernd. Bei meinen bisherigen Intermezzos waren die technischen Feinheiten des *Wies* und *Wos* noch nie einer Diskussion wert gewesen. Wahrscheinlich komme ich mir deshalb gerade so unglaublich dämlich vor. Aber ganz ehrlich, in diesem Raum bleibt uns keine andere Möglichkeit, als es im Stehen zu tun. Ich will sie vögeln, keine Frage. Aber ich will dabei auf keinen Fall meinen frisch verheilten Knochen wieder auseinandernehmen, weshalb ich gerade in einem echten Zwiespalt lande.

„Okay." Lucia lässt von meinem Schwanz ab, der sofort protestierend zu pochen beginnt, und streift mit einer federleichten Berührung über meine beiden Schlüsselbeine. Vermutlich fühlt sie die Unebenheit auf meiner rechten Seite, die sich um den verheilten Bruch gebildet hat. „Wir können in mein Zimmer gehen", bietet sie mir schließlich an.

Langsam kommt mir die ganze Situation merkwürdig vor. Warum hatte Lucia überhaupt Kondome zu einem Meeting mitgenommen?

„Hast du das hier geplant? Denkst du, das macht alles wieder gut?", frage ich geradeheraus, meine Hände wieder zu Fäusten geballt.

„Dean." Ein weiteres Mal kommt mein Name aus ihrem Mund, aber jetzt klingt er flehend. Die Hände hat sie beschwichtigend nach oben gereckt.

Langsam schüttele ich den Kopf. Ich kann es nicht fassen. Sie hat mich schon wieder manipuliert.

„Ich wollte mich bei dir entschuldigen. Persönlich. Und du hast mir keine andere Gelegenheit geboten, bei der ich mit dir sprechen könnte."

Ihre stahlgrauen Augen fixieren mich eindringlich und meine Abneigung schmilzt dahin, als ich sehe, wie sich diese mit Tränen füllen. Das harte, unnachgiebige Grau verwandelt sich in glitzerndes, flüssiges Silber, und ich bin weder in der Lage, irgendetwas zu entgegnen, noch meinen Blick von diesen wunderschönen Augen abzuwenden.

„Dean, es tut mir *so* leid!" Lucias Stimme klingt zittrig, was in mir sofort den Beschützerinstinkt weckt. Ich will sie umarmen, sie halten. Doch in einem Akt unmenschlicher Selbstbeherrschung behalte ich meine Hände bei mir.

„Ich weiß, dass es falsch war. Ich wünschte, ich hätte das damals einfach nicht getan! Ich bereue es in jeder Sekunde meines Lebens! Du bist mir wichtig und ..." Das Ende ihres Satzes geht in einem leisen Schniefen unter.

Erschrocken beobachte ich die einzelne Träne, die sich aus Lucias Augenwinkel gelöst hat und sich nun ihren Weg nach unten bahnt. Ihre Augen schimmern noch immer in diesem wunderschönen Quecksilber-Glanz, als sich meine Finger verselbstständigen und die Träne von Lucias Wange wischen, bevor sie deren Mundwinkel erreicht.

Ja, ich bin wütend, dass sie sich zu dieser Aktion hier herabgelassen hat. Gleichzeitig ist mir klar, dass es tatsächlich keinen anderen Weg gegeben hätte, um zu mir vorzudringen.

Vorsichtig beuge ich mich zu ihr hinunter und drücke ihr einen schnellen Kuss auf die Stelle, an der eben noch die Träne war. „Okay", kommt es rau aus meiner Kehle. Meine Lippen kribbeln von diesem flüchtigen Kontakt und ich weiß selbst nicht genau, was ich mit diesem kleinen Wort der Zustimmung eigentlich ausdrücken will. Okay, ich verstehe dich. Okay, ich verzeihe dir. Okay, ich bin dir also wichtig. Oder doch: Okay, aber das interessiert mich alles nicht.

Entschlossen zieht Lucia ihre Schultern nach oben und tupft vorsichtig mit den Fingern unter ihren Augen entlang. Damit entfernt sie das letzte Quäntchen Tränenflüssigkeit, ohne ihr Make-up zu ruinieren.

Sie räuspert sich. „Man sollte uns nicht zusammen sehen." Dann beginnt sie damit, die Knöpfe ihrer Bluse wieder zu schließen.

„Warum?", frage ich verdutzt und bücke mich, um meine Hose zurück über meinen Hintern zu ziehen. Die Stimmung kann man eindeutig als sorgfältig gekillt bezeichnen.

Während ich den Gürtel schließe, blickt sich Lucia suchend um, entdeckt ihren Rock und fährt damit fort, sich anzuziehen. „Jemand hat mich verfolgt und ist in mein Hotelzimmer eingebrochen. Er hat mir einen Zettel hinterlassen. Mit der Ansage, dass ich mich von dir fernhalten soll", kommt es schnell aus ihrem Mund.

Das Gesagte muss ich zunächst einmal sacken lassen. „Und dann versuchst du, mich auf einer *öffentlichen Toilette* zu verführen?", entgegne ich irritiert.

Unerwarteterweise lacht sie hell auf. „Ja, das war mit Sicherheit nicht die schlauste aller Ideen. Aber du redest gerade mit mir. Das war es mir wert."

„Hm", kommentiere ich ihre Ehrlichkeit, während ich die letzten Knöpfe meines Hemdes schließe.

„Dann gehe ich mal besser." Nach einem prüfenden Blick in den Spiegel und einem schnellen Strich über ihre Haare schließt Lucia die Tür auf. Das laute Klacken verdeutlicht mir, dass wir unsere kleine private Blase nun endgültig verlassen werden.

„Es tut mir wirklich leid", flüstert Lucia noch mal, bevor sie mir einen letzten, silbern glänzenden Blick zuwirft und sich rasch durch die Tür nach draußen schiebt.

„Ich fliege heute Abend noch zurück", rufe ich ihr hinterher. Keine Ahnung, ob sie es überhaupt gehört hat und warum ich diese Information für erwähnenswert halte. Dann lasse ich mich heftig gegen die Wand sinken.

Gott, wie lange soll ich mir noch einreden, dass sie mir nichts mehr bedeutet? Das hat doch alles keinen Sinn! Aber vertrauen werde ich ihr *nie wieder* können. Wo soll das also hinführen?

dean

24. MAI – GOLD COAST, AUSTRALIEN

Seit geschätzt zwanzig Minuten navigiere ich nun schon durch das Menü, das mir die neuesten Blockbuster schmackhaft machen soll. Allerdings scheitere ich bei dem Versuch, einfach nur einen Film für die nächsten zwei Stunden meines Fluges auszuwählen, grandios. Nein, ich kann mich einfach nicht entscheiden.

Genauso wenig bin ich in der Lage, mir ein passendes Getränk für diesen Flug auszusuchen. Soll ich mich mit Alkohol – einem Gin Tonic – oder mit Koffein – Cola Zero – volllaufen lassen? Nach diesem Tag muss ich mich schließlich irgendeinem Laster hingeben.

Und schon wandern meine Gedanken zurück zu Lucia. Sie ist unumstößlich ebenfalls als mein Laster zu bezeichnen. Als meine Obsession. Ich weiß, dass sie mich wahnsinnig macht. Und dass ich trotz allem etwas für sie empfinde.

Aber ich kann mich nicht entscheiden, wie ich damit umgehen soll. Verzeihe ich ihr und laufe damit Gefahr, dass sie mich bei der nächsten Gelegenheit wieder hintergeht? Oder behalte ich meine Strategie bei und verbanne sie vorsichtshalber sofort aus meinem Leben?

Nach dem, was gestern in dieser Toilette zwischen uns passiert ist, würden die meisten meiner Körperteile zu Option eins tendieren. Lediglich mein Gehirn weigert sich, seine Zustimmung zu geben und schreit vehement nach Lösung Nummer zwei. Ein echtes Dilemma und eine weitere Entscheidung, die ich weder treffen kann noch will.

Ich nippe gerade an einem Bier, als Thomas plötzlich neben mir auftaucht. Fragend blicke ich von meinem Handy auf und bin gleichzeitig äußerst dankbar, dass er mich aus meinem dämlichen Candy-Crush-Sumpf zieht.

Thomas beugt sich zu mir nach unten. „Dean, ich muss dringend mit dir sprechen. Eventuell wäre es besser, wenn du nicht sofort nach der Landung nach South Heads zurückfährst, sondern zunächst mit mir in die Firma kommst." Seine Stimme ist eindringlich und bestimmt. Selbst wenn ich andere Pläne hätte, würde ich es jetzt nicht wagen, ihm zu widersprechen.

Ich nicke ergeben. „Ja, das sollte möglich sein“, entgegne ich ernst.

Thomas richtet sich wieder auf, klopft mit seiner Hand zweimal auf die Rückenlehne meines Sitzes und macht sich auf den Weg zurück zu seinem Platz.

Keine Ahnung, was er von mir will. Hat er ein Problem damit, dass ich das Meeting frühzeitig verlassen habe? Wenn er wüsste, dass ich fast in meiner Hose gekommen wäre, dann würde er mein Verschwinden mit Sicherheit anders bewerten. Oder habe ich unsere Vorschläge nicht so präsentiert, wie er es gerne gehabt hätte? Eigentlich dachte ich, dass ich mich halbwegs gut verkauft hätte. Generell war Thomas bisher sehr nachsichtig mit mir. Ich hoffe inständig, dass ich diesen Bonus nicht verspielt habe und er mir nun die Leviten lesen wird.

Nach über 24 Stunden, einem Umstieg, weiteren Candy-Crush-Daddeleien, mehreren Bier-Bestellungen und einem halbwegs erholsamen Schlaf steige ich endlich in Coolangatta aus dem Flugzeug aus. Der kleinere Flughafen liegt südlich der Gold Coast und ist eine echte Alternative zum Brisbane Airport, da von dort die Fahrtzeit zum Firmensitz von *Bunham & Richardson* erheblich kürzer ist. Lediglich die schlechtere Auswahl an internationalen Verbindungen lässt uns oft auf Flüge von und nach Brizzy zurückgreifen.

Wie schon im Flieger schweifen meine Gedanken zurück nach Zermatt. Dort sollte es bereits Abend sein. Was Lucia wohl gerade macht? Meine Gedanken noch in der Schweiz, steige ich wie mechanisch neben Thomas in die schwarze Limousine, die sein Fahrer direkt vor dem Ankunftsbereich des Flughafens geparkt hat.

Während Thomas unablässig und hektisch auf seinem Smartphone tippt, genieße ich dank der Zeitverschiebung erneut einen wunderschönen Sonnenaufgang. Es gibt tatsächlich nichts Schöneres. Kaum habe ich diesen Gedanken zu Ende gedacht, als sich auch schon die Erinnerung an Lucias Augen in mein Bewusstsein stiehlt. Diese Mischung aus hartem Stahlgrau und flüssigem Silber. Die es mit jedem Sonnenaufgang dieser Welt aufnehmen kann. Fuck. Frustriert streife ich mir durch meine vom Schlaf zerzausten Haare.

Mit einem kurzen Kopfnicken begrüßen Thomas und ich unisono den Concierge und fahren wenig später mit dem Fahrstuhl in die 72. Etage. Thomas steigt energisch aus dem Aufzug und hält zielstrebig auf mein Büro zu.

Als er mir die Tür aufhält und ich hindurchgehe, wird mir bewusst, wie lange ich schon nicht mehr hier war. Das letzte Mal war, als ich Lucia meinen Arbeitsplatz angeboten hatte. Und selbst damals habe ich mich im Türrahmen stehend umgedreht und keinen Fuß in dieses vermaledeite Büro gesetzt, das früher mal Dad gehört hat.

Jetzt hat es überhaupt nichts mehr mit dem Raum

gemein, den er sich damals so liebevoll und mit allerlei persönlichen Gegenständen eingerichtet hatte. Ich bleibe wenige Meter hinter der Tür stehen. Bereit, jederzeit zurück auf den Gang zu stürmen.

„Thomas, was ist eigentlich los?", frage ich schließlich, weil mir die Anspannung zu viel zu werden droht.

„Gleich, Dean." Er wirft mir nur einen kurzen Blick zu und hält sich in der nächsten Sekunde sein Smartphone ans Ohr. „Bist du hier?", schnarrt er geschäftsmäßig. „Wir sind in Nicholas' Büro, bis gleich." Thomas tippt auf das Display und lässt sein Handy zurück in die Hosentasche gleiten.

„Wer kommt noch?", frage ich. Ein leichtes Zittern in meiner Stimme verrät meine Nervosität. Außerdem ist mir nicht entgangen, dass zwar mein Name an der Tür steht, dieser Raum in Thomas' Vorstellung jedoch immer noch Dad zu gehören scheint.

„Philipp sollte gleich hier sein", beantwortet Thomas meine Frage und schlendert auf die breite Glasfront zu, die einen gigantischen Ausblick auf die Küste und die noch tiefstehende Sonne bietet.

Philipp also. Diese Information hilft mir nicht im Geringsten weiter. Dieser Typ ist ein einziges Fragezeichen für mich. Wenn ich genau darüber nachdenke, dann habe ich nur Kontakt mit ihm, wenn ich etwas brauche.

Nachdem mein Assistent Frederic meinen Job macht und ich quasi *keinen* Job, bleibt mir offiziell niemand, der meine Flüge bucht, Hotels reserviert und den ganzen organisatorischen Kram für mich erledigt. Dafür muss dann immer Philipp herhalten.

Thomas hat mir seinen Assistenten dafür angeboten, und zum ersten Mal wird mir bewusst, dass dieses für mich so selbstverständliche und bequeme Arrangement für Philipp einen Arsch voll zusätzlicher Arbeit bedeuten muss.

Gerade als ich beginne, deswegen ein schlechtes Gewissen zu entwickeln, betritt besagter Philipp auch schon den Raum, begrüßt uns beide knapp und stellt sich dann neben mich.

Obwohl es so früh am Morgen ist, wirkt Thomas' Assistent frisch und ausgeschlafen. Die dunkelblonden Haare trägt er sorgfältig zurückgegelt, sein weißes Hemd ist makellos und knitterfrei, und die hochgekrempelten Ärmel geben den Blick auf zahlreiche Tattoos auf seinen sehnigen Unterarmen frei. Er strahlt eine sportliche Agilität aus, die so gar nicht zu meinem Wissen passen will, dass er langsam auf die fünfzig Lebensjahre zusteuert.

Die Tür fällt mit einem sanften Klicken ins Schloss, und Thomas wendet sich zu uns beiden um.

Er atmet tief ein, dann blickt er mir mit ernstem Ausdruck in die Augen. „Dean, es geht um deine Konten. Jemand hat sich daran zu schaffen gemacht. Ich habe es auch erst vor Kurzem herausgefunden."

Verdutzt erwidere ich seinen Blick. Das hatte ich nicht erwartet. Im gleichen Moment frage ich mich, wie Thomas an diese Information gekommen ist. Ob er es selbst herausgefunden hat oder ob er vielleicht Hilfe von Lucia hatte, bleibt unklar.

„Ich sehe, du bist nicht sonderlich überrascht." Wenn ihn meine nicht vorhandene Irritation stutzig macht, dann zeigt er es mit keiner Regung. Stoisch mustert Thomas mich.

„Nein. Das ...", stottere ich hilflos herum. Ich will ihm nicht verraten, dass Lucia mich bereits auf diesen Umstand hingewiesen hat. Denn dann muss ich ebenso preisgeben, dass sie sich verbotenerweise Zugang zu meinem Rechner verschafft hat, um zunächst selbst an die Informationen zu gelangen. Und das könnte böse für sie ausgehen.

Interessant, dass ich sie nun vor Thomas schützen will. Für eine Tat, für die *ich* sie bis vor Kurzem noch dem sprichwörtlichen Hai zum Fraß vorgeworfen hätte.

Die Flucht nach vorne scheint mir ein guter Ausweg zu sein. Forschend mustere ich also Philipp, der weiterhin stur aus dem Fenster starrt. Ist er es letztendlich gewesen? Hat Thomas ihn deswegen hierher zitiert?

„Wer war es?", frage ich an Thomas gewandt. Meine Stimme klingt kalt. Als ob ich denjenigen sofort durch das Fenster mit der wunderschönen Aussicht stoßen könnte. Diese wäre mit der entstandenen blutigen Fleischmasse auf dem Asphalt dann sicher weniger ansehnlich. Eine klare Warnung an Philipp.

In diesem Moment öffnet sich die Bürotür und Frederic kommt, mit einem gemurmelten Morgengruß auf den Lippen, herein. Ein weiteres Mal frage ich mich, wie man um diese gottlose Uhrzeit zu solch einem akkuraten Aussehen fähig ist. Frederic trägt die grauen Haare zur voluminösen Tolle frisiert, ist frisch rasiert und führt einen seiner maßgeschneiderten Anzüge aus, der seinem korrekten Auftreten den letzten Schliff verleiht.

Thomas mustert ihn kurz. „Gut, dass du endlich da bist." In seiner Stimme schwingt Verärgerung mit. „Wir haben nämlich ein kleines Problem."

Aus seiner Aktentasche zieht er mehrere Dokumente, geht auf meinen Arbeitsplatz zu und breitet die eng bedruckten DIN A4 Seiten auf dem Schreibtisch aus. Frederic, Philipp und ich treten gleichzeitig an den Tisch heran und wir vier mustern einvernehmlich die Ausdrucke.

Mein Blick wird allerdings bald von dem ehemals hellgelben Post-it mit meinen hingekritzelten Log-in-Daten angezogen. Es hängt windschief an meinem Monitor, weil der Kleber seine besten Zeiten schon hinter sich hat, und sticht mir provozierend in die Augen. Dieser Einladung ist Lucia also gefolgt. Zugegebenermaßen war diese nicht sehr subtil.

Mir wird bewusst, dass den anderen drei Herren dieses Stückchen Papier ebenfalls nicht entgehen kann. Vermutlich bekomme ich in wenigen Sekunden eine Blitz-Schulung zum Thema Datenschutz reingedrückt.

„Was sagt ihr dazu?", fragt Thomas schließlich in die Runde.

Ich sage gar nichts, weil ich nämlich gar nichts verstehe. Frederic und Philipp hingegen studieren die Dokumente und scheinen zeitgleich etwas zu entdecken, da sich ihre Gesichtsfarbe synchron von einem gesunden Rosé in ein blasses Weiß verwandelt.

Philipp sieht erst Thomas, dann mich und letztendlich Frederic an. Der hebt abwehrend beide Hände und tritt rückwärts den Weg in Richtung Tür an, was einem Schuldeingeständnis gleichkommt.

„Du?", kommt es ungläubig aus meinem Mund.

Frederic schüttelt nur den Kopf, die Arme noch immer erhoben, die Tür bereits im Rücken. Dann zischt er. „Ich habe mir nur genommen, was mir zusteht!" Seine Augen funkeln mich angriffslustig an. „Nicholas hätte niemals gewollt, dass aus seinem Sohn ein faules Stück Dreck wird, das nur nimmt und nimmt und nimmt, ohne jemals einen Finger dafür krumm zu machen."

Meine Gesichtszüge sind vor Wut über seine viel zu wahren Worte verzerrt, als ich zielstrebig auf Frederic zugehe. Ja, ich nehme mir alles, was mir ohne viel Aufwand in den Schoß fällt. Schande über mich. Aber wie kann er behaupten zu wissen, was mein Vater gewollt hätte oder eben nicht.

„Du kanntest ihn kein bisschen", fahre ich Frederic harsch an, als sich meine Hand fest um den Kragen seines Anzugs schließt. Mein unnachgiebiger Griff drückt ihn gegen die Tür, durch die er vermutlich gerade verschwinden wollte. Frederics Gesichtsfarbe verändert sich schlagartig zu einem wütenden Rot und eine Ader an seiner Schläfe tritt pulsierend hervor. Den Versuch, sich aus meinem Griff zu befreien, gibt er bereits nach wenigen Sekunden auf. Daraufhin nimmt er beide Hände nach oben und sieht Hilfe suchend über meine Schulter zu Philipp und Thomas.

Letzterer bleibt erstaunlich sachlich. „Dean, lass ihn los", weist er mich ruhig an. Hastig werfe ich einen

Blick über meine Schulter und verdrehe beim Anblick von Thomas' gelassener Miene die Augen. Philipp hingegen scheint unsere Auseinandersetzung eher interessant als bedenklich zu finden und beobachtet uns neugierig.

Eigentlich wollte ich diesem Arschloch Frederic gerade die Fresse polieren. Aber die beiden Herren hinter mir und mein *wieder* intaktes Schlüsselbein scheinen dazu eine andere Meinung zu haben. Also lockere ich den Griff und bemerke mit Genugtuung, dass einige Nähte des Anzugkragens die Bekanntschaft mit meinen bloßen Händen nicht überlebt haben. Mit einem winzigen Schritt nach hinten bringe ich etwas Abstand zwischen uns, lasse Frederic aber keine Sekunde aus meinen vor Wut funkelnden Augen.

Thomas scheint sich auf uns zubewegt zu haben, denn seine Stimme ertönt nun direkt hinter mir, als er sich an Frederic wendet. „Philipp wird dir deine Entlassungspapiere senden. Da du das Ganze mit Sicherheit nicht an die große Glocke hängen willst, kann ich dir weder eine Abfindung noch sonst eine Gefälligkeit anbieten."

Frederic atmet tief ein und scheint etwas erwidern zu wollen, doch Thomas spricht unbeirrt weiter. „Wir werden selbstverständlich die fehlende Summe ermitteln. Sobald uns die Zahlen vorliegen, hast du dreißig Tage Zeit, um die Rückzahlung an Dean zu veranlassen. Mit Zinsen, versteht sich."

Das Spektrum von Frederics Gesichtsfarbe ist offensichtlich sehr breit, denn nun erstrahlt sein Teint in einem kränklichen Mintgrün. Er schluckt sichtbar. Sein offenstehender Mund verdeutlicht, wie er nach Worten sucht, aber augenscheinlich keine findet.

Thomas kennt kein Erbarmen und fährt ungerührt fort. „Wenn du die Kohle schon investiert hast, dann sollte die Rückzahlung in Immobilien, Autos, Geldanlagen oder Ähnliches ebenso möglich sein." Ein kurzer Blick zu Thomas verrät mir, dass sich dieser unnachgiebige, herrische Zug um seinen Mund gebildet hat, der jeglichen Widerspruch und jegliche Debatte bereits im Keim zu ersticken vermag.

Den kurzen Moment, den ich Frederic aus den Augen gelassen habe, nutzt er sofort aus. Er reißt die Tür meines Büros auf und rennt auf den Gang hinaus, als ob eine Horde wildgewordener Dingos hinter ihm her wäre. Sofort sprinte ich ihm hinterher und ignoriere dabei die Rufe von Philipp und Thomas, die mich zurückhalten wollen.

Wenige Meter weiter muss ich über Frederics lächerlichen Fluchtversucht fast lachen. Er steht direkt vor mir und hämmert wie besessen auf den Knopf, der ihm eine Fahrstuhl-Kabine in den 72. Stock schicken soll.

„Also die Feuertreppe hättest du zumindest *versuchen* können. So ist das Ganze schon sehr antiklimatisch", weise ich ihn gespielt empört zurecht, als ich mich zwischen ihm und den rettenden, silberglänzenden Türen aufbaue.

Frederic betrachtet mich mit einer Mischung aus Furcht, Abscheu und Resignation.

Um größte Selbstbeherrschung bemüht, fahre ich ihn schließlich an. „Du hast Lucia Angst gemacht.“

Tatsächlich finde ich die Tatsache, dass er Lucia bedroht hat, circa eintausend Mal schlimmer als den Fakt, dass er mir eine riesige Menge Geld gestohlen hat.

„Was?“, fragt er tonlos.

„Streite es nicht ab! Lucia hat es mir erzählt.“ Ich versuche, ruhig zu bleiben, doch meine Hände beginnen bei diesem Thema unkontrolliert zu zittern und ich muss sie zu Fäusten ballen.

„Ich habe mit deiner kleinen Freundin nichts zu schaffen. Keine Ahnung, wovon du redest.“ Frederic klingt vielmehr wütend als ertappt.

Diese Tatsache sorgt dafür, dass ich vor unterdrückter Aggressivität fast platzen könnte. Die Kiefer fest zusammengepresst knurre ich ihn leise zischend an. „Hör auf zu lügen! Wenn ich dich noch einmal in ihrer Nähe sehe, dann wirst du es für immer bitterlich bereuen!“

Eines muss man Frederic lassen. Selbst jetzt, im Augenblick seiner totalen Vernichtung, bleibt er erstaunlich gelassen. „Schau an, das Prinzchen hat nun doch etwas gefunden, für das er von seinem hohen Ross steigt. Warte nur, bis sie erkennt, dass du zu nichts zu gebrauchen bist.“ Den Mund vor Spott und Hohn maskenhaft verzogen, drängt er sich an mir vorbei durch die offene Tür des Fahrstuhls.

Ich könnte ihn aufhalten, sehe aber keinen Sinn darin. Die Aufzugtür hat sich noch nicht geschlossen, als ich mich bereits auf den Weg zurück in mein Büro mache. Allerdings nicht, ohne Frederic über meine Schulter den ausgestreckten Mittelfinger zu zeigen.

„Wie hast du es herausgefunden?", konfrontiere ich Thomas in dem Moment, in dem ich eintrete.

Der setzt sich erst einmal in meinen bequemen Drehsessel und schlägt die Beine übereinander. Dann mustert er mich. „Lucia Clément hat mich in Zermatt angesprochen. Sie hat etwas in der Richtung angedeutet. Hat von Ungereimtheiten bei *Clément Buildings* gesprochen und erwähnt, dass Frederic in ihrer Recherche aufgetaucht ist. Sie meinte, ich solle ein gewisses Konto genauer überprüfen lassen." Er beginnt, mit beiden Zeigefingern auf meiner schwarzen Schreibtischplatte zu trommeln, während ich ihn weiterhin stumm anstarre. Eine schöne Lügengeschichte, die Lucia ihm da aufgetischt hat. Aber anscheinend konnte sie ihn damit überzeugen.

„Unsere Kontakte bei der Bank haben sich letzte Nacht bereits darum gekümmert. Nachdem sie jetzt wussten, wonach sie suchten sollten, war das Geheimnis schnell gelüftet."

Ich nicke erleichtert. „Danke dir, Thomas. Dann fahre ich jetzt zurück nach South Heads." Ja, ich bin froh, dass sich der Fall nun erledigt hat. Aber dieser Fakt wird mich nicht davon abhalten, mein Leben so weiterzuleben wie bisher. Natürlich mit dem Zugeständnis, Thomas in kleineren Planungsvorhaben zukünftig zu unterstützen. Aber jetzt will ich nichts lieber, als dieses verhasste Büro zu verlassen und in meine vertraute Umgebung zurückzukehren.

Als ich den Raum schon fast verlassen habe, ruft mir Thomas in genervtem Ton nach. „Und nimm dein dämliches Post-it mit, Junge!" Okay, er hat wohl doch eine ziemlich präzise Vorstellung davon, *wie* Lucia an diese Informationen gekommen ist. Shit.

KAPITEL VIERUNDZWANZIG

Lucia

24. MAI – ZERMATT, SCHWEIZ

Viel zu spät habe ich mich von meinem Laptop losreißen können. Aber die Planung für die baldige Eröffnung unseres Indonesien-Projekts nimmt – wie so oft – um einiges mehr an Zeit und Ressourcen in Anspruch als ursprünglich gedacht. Immerhin für ein kurzes Workout und eine erholsame Dusche hatte der Tag noch genügend Stunden.

Als ich endlich zur Ruhe komme, setze ich mich auf mein Bett, verschlinge die Beine zu einem bequemen Schneidersitz und angele mir das Smartphone vom Nachttisch. Währenddessen kann ich durch die breite Fensterfront die letzten Sonnenstrahlen beobachten, die die Berge in eine Mischung aus lila- und roséfarbenen Leuchtstreifen tauchen.

Zum wiederholten Mal schweifen meine Gedanken zu Dean, den ich vor gut 48 Stunden noch ohne

Weiteres zu mir in dieses Zimmer eingeladen hatte. Keine Ahnung, ob ich nun traurig oder erfreut darüber sein soll, dass wir nie hier oben angekommen sind.

Außerdem frage ich mich, ob Thomas bereits mit Dean gesprochen hat. Ob er mittlerweile ebenfalls weiß, dass es Frederic war, der ihn so schamlos ausgenommen hat.

Kurz überlege ich, ob ich ihm eine E-Mail schreiben soll, doch dann öffne ich – mehr aus Gewohnheit – unseren Chat in der Nachrichtenapp.

Erstaunt ziehe ich die Luft heftig durch die Nase ein, als mir die Abwesenheit des mir mittlerweile so vertrauten, hellgrauen Profilbilds ins Auge fällt. Ich kann es kaum fassen und betrachte das neue, alte Foto, auf dem Dean mit dem Skateboard hoch über der Halfpipe zu fliegen scheint.

Dieser Moment fühlt sich wie das Entdecken eines wertvollen Schatzes an, der mir jederzeit wieder entrissen werden könnte. Mein Herz beginnt sofort, in einem unsteten Rhythmus zu galoppieren. Mit fahrigen Fingern wische ich über das Display, um den gerade wiederentdeckten Weg der Kommunikation sofort zu nutzen.

Das erste Gefühl der unbändigen Freude wird von einem dumpfen Drücken in der Brustgegend abgelöst, als ich die letzten Zeilen unserer Konversation lese. Nicht, dass ich sie mittlerweile nicht auswendig können würde. Denn der Moment, in dem er mich so endgültig und konsequent aus seinem Leben getilgt hatte, hat sich wie ein Brandzeichen in die dünne Haut meines Herzens gefressen.

Bevor ich auch nur überlegen kann, wie ich unsere Unterhaltung starten könnte, sehe ich auch schon, dass Dean bereits etwas schreibt.

Die nächsten Sekunden ziehen sich wie Kaugummi, in denen ich es nicht wage, mich zu bewegen oder zu blinzeln. Reglos wie eine Statue verharre ich auf dem Bett und hypnotisiere mein Handy, während mein Puls ungeahnte Sphären erreicht.

„Wie schwer kann das sein?", knurre ich ungeduldig. Natürlich wohl wissend, dass ich selbst mindestens eine Stunde in den perfekten Eröffnungssatz investiert hätte.

Als die langersehnte Nachricht endlich auf meinem Display auftaucht, entspricht sie natürlich absolut nicht der Vorstellung, der ich mich in den letzten Minuten hingegeben hatte. Zugegeben, ich war in meiner Illusion in eine hochromantische und völlig unrealistische Traumwelt abgetaucht.

Nüchtern betrachtet kann ich Dean definitiv zugutehalten, dass er mir am Ende gedankt hat. Wenn auch ohne Satzzeichen, Emoji oder Ähnlichem. Aber sich für die Tat zu bedanken, wegen der er vor über zwei Monaten noch den Kontakt zu mir abgebrochen hat, ist vermutlich mehr, als ich mir jemals hätte erträumen können.

Und weil ich heute besonders mutig bin und im Grunde sowieso nichts zu verlieren habe, schicke ich hastig eine zweite Nachricht hinterher.

Ich sehe, wie Dean schreibt und schreibt und schreibt. Mittlerweile sind allerdings zehn Minuten vergangen, in denen es keines seiner Worte bis auf die andere Seite des Erdballs zu mir geschafft hat. Hoffentlich ringt er nur um Worte und nicht um eine Entscheidung.

Weil ich weiß, wie viel schwerer es ist, jemandem unangenehme Neuigkeiten ins Gesicht zu sagen, als sie in einer unpersönlichen Nachricht zu überbringen, entschließe ich mich zu einem weiteren radikalen Schritt.

Wieder spielen wir das gleiche Spiel. Er schreibt. Er schreibt und löscht, schreibt erneut und sendet absolut nichts ab.

Langsam verliere ich die Geduld. Natürlich nur, weil ich eine unbändige Angst davor verspüre, dass er mich ein weiteres Mal zurückstoßen wird.

Hastig berühre ich das kleine Kamerasymbol, das einen Videoanruf initiiert. Fast graut mir vor meiner eigenen Courage.

Schnell streiche ich mir meine Haare glatt und realisiere zu spät, dass ich bereits mein Schlafshirt trage. Auf dem prangt ein ausgewaschenes Glutexo mit aggressivem Gesichtsausdruck, das kleine Feuerbälle über meinen gesamten Oberkörper schießt. Oh, shit.

Von meinem Handydisplay blickt mir in der einen Sekunde mein Spiegelbild entgegen, dem das Entsetzen über diesen Fauxpas deutlich ins Gesicht geschrieben steht. In der nächsten Sekunde verschiebt es sich klein in die untere Ecke, um Platz für einen zerzaust wirkenden Dean im Vollformat zu schaffen.

„Hey", begrüße ich ihn überrumpelt.

„Hey", kommt es kratzig aus Deans Mund. Die dunklen Haare sind wild und verstrubbelt. Sein weißes

Shirt hebt sich deutlich von der Dunkelheit ab, in die der Raum getaucht ist. Ich meine, die Konturen seiner Skateboards zu erkennen, die an der Wand hinter ihm hängen.

„Bist du gut zu Hause angekommen?“, frage ich zunächst. Ich will mich nicht sofort auf gefährliches Terrain bewegen.

Dean nickt. „Gestern Abend. Ein Fahrer hat mich von der Gold Coast hierher gebracht.“ Er gähnt herzhaft und streift mit den Fingern durch seine schwarzen Wellen.

„Wie spät ist es bei dir?“, fällt es mir siedend heiß ein.

Dean dreht seinen Kopf kurz zur Seite. „Fast halb sieben.“

„Oh“, kann ich darauf nur erwidern. Es ist mir unangenehm, dass ich diese immense Zeitverschiebung zwischen Zermatt und Sydney nicht bedacht habe. „Das tut mir leid“, stottere ich unsicher.

„Hör auf, dich ständig zu entschuldigen“, entgegnet Dean unwirsch. Es ist klar, dass er sich damit insbesondere auf meine vorherige Nachricht bezieht. Lediglich der sanfte Ausdruck in seinen Augen lässt seine Worte weniger hart erscheinen. Und eigentlich hat er mit dem Texten angefangen. Er muss also sowieso wach gewesen sein.

„Okay. Entschuldigung“, gebe ich zurück. Sofort schlage ich mir mit der Hand auf den Mund, weil ich das verbotene Wort ein weiteres Mal benutzt habe.

Dean lacht glücklicherweise schallend auf. Dann kommt sein Gesicht der Handykamera plötzlich ganz nah. Sein Blick wandert aufmerksam über das Bild, das ich ihm einmal um den halben Erdball sende.

„Ist das mein guter Freund Glutexo, der mich bei unserem letzten Match so niederschmetternd vernichtet hat?", fragt er mit einem Grinsen in den Mundwinkeln.

Einem ersten Impuls folgend, verdecke ich das Pokémon zunächst mit meinen beiden Händen. Dann lasse ich diese wieder sinken und bekenne Farbe. „Glutexo, darf ich dir Dean vorstellen? Den vermutlich schlechtesten Pokémontrainer beider Hemisphären." Dabei deute ich auf Dean, der nun in lautstarkes Gelächter ausbricht.

Liebend gerne würde ich mich für immer in diesem sorglosen Geplänkel verlieren. Mit Dean lachen und das bisschen Unbeschwertheit, das in diesem Moment zwischen uns herrscht, für immer festhalten.

Ich hole tief Luft. Augenblicklich bildet sich eine steile Falte zwischen Deans Augenbrauen. Er weiß, dass ich drauf und dran bin, unangenehmere Themen anzusprechen.

„Dean ..." Ich muss den Blick abwenden und betrachte stattdessen meine Finger, die sich in meinem Schoß verknotet haben.

„Lucia, nicht." Seine Stimme ist flehend. Vermutlich hätte er sich, genau wie ich, noch ein wenig länger in dem warmen Gefühl gesuhlt, das uns die letzten Minuten so angenehm einhüllte.

Die Augen immer noch auf meine Hände gerichtet, beginne ich mein Geständnis mit leisen, aber deutlichen Worten. „Im Winter in Zermatt. Da hast du mich kalt erwischt", beginne ich stockend. „Ich war völlig elektrisiert von unserer Begegnung und konnte dieses Gefühl gleichzeitig nicht einordnen. Ich war überfordert und hilflos und habe mich deshalb auf die eine Sache konzentriert, bei der ich mich auskenne. Das, worin ich erfolgreich bin." Je länger mein Monolog andauert, umso schneller spreche ich. Mittlerweile überschlägt sich meine Stimme und die Worte verheddern sich.

„Ich habe mir eingeredet, dass ich nur mit dir Zeit verbringen will, weil es gut für die Firma, gut für meine Karriere sein könnte. Dabei habe ich erfolgreich verdrängt, dass ich mich in dem Moment, in dem wir uns das erste Mal geküsst ..."

Als meine Zimmertür abrupt aufschwingt, vergesse ich das Ende meines Satzes und keuche stattdessen erschrocken auf.

„Maxime", rufe ich empört und lege mir die Hand auf die Brust, unter der mein Herz um sein Leben pumpt.

„Oh! Sorry. Ich wollte dich nicht erschrecken! Eigentlich wollte ich dich nur fragen, ob du vielleicht Lust auf eine Folge *Bridgerton* hast?" Ungeniert wirft er sich neben mich auf das Bett und verschränkt seine Arme im Nacken.

„Boah, Maxime." Genervt boxe ich ihm gegen die Schulter. „Ich telefoniere." Ich habe meinen besten Freund wirklich gerne. Aber ich bin ebenso froh, wenn er morgen früh für einige Wochen nach Frankfurt verschwindet.

Maxime setzt sich auf, mustert eingehend mein

Display und winkt einem grimmig dreinblickenden Dean kurz zu. „Hi!“, begrüßt er ihn kurz. „Na, dann lasse ich euch mal den neuesten Firmenbetrugs-Gossip austauschen“, erklärt er gönnerhaft, während er mir den Arm um die Schulter legt und kurz freundschaftlich zudrückt.

Danach schwingt er die Beine aus dem Bett und verschwindet so schnell aus dem Zimmer, wie er hereingeschneit war.

Dean räuspert sich. „Er weiß davon?“ Seiner Stimmlage kann ich ein weiteres Mal nicht entnehmen, was er von der Sache hält. Sein Gesichtsausdruck sieht allerdings bedenklich angepisst aus.

„Ich würde mich auch *dafür* entschuldigen, aber jemand hat mir gesagt, dass ich das unterlassen soll.“ Dann atme ich tief durch. „Ohne Maxime wäre ich nie auf Frederic gekommen. Er hat mir mit seinen Kontakten bei der Bank geholfen, um das Konto zweifellos einer Person zuzuordnen. Frederic.“

Dean nickt bedächtig. „Ich habe Frederic zur Rede gestellt.“ Dann schnaubt er verärgert. „Er war sich keines Unrechts bewusst. Vielmehr hatte ich den Eindruck, dass er es als verdienten Ausgleich für mein unkooperatives Verhalten empfand.“ Nun verdreht er die Augen.

„Welche Ausrede hat er genutzt, um seine Drohung gegen mich zu rechtfertigen?“, frage ich schneidend. Dean presst die Lippen zusammen. Er setzt zu einer Antwort an, als ich vehement weiterspreche. „Er hat jemanden in mein Zimmer einbrechen und mein Pikachu regelrecht zerstückeln lassen!“

Dean reißt die Augen auf. „Er hat was?" Stimmt, von der Attacke auf mein Kuscheltier hatte ich ihm gar nicht erzählt.

„Keine Ahnung, was er sich davon erhofft hat. Aber ja, Pikachu weilt seit einiger Zeit im Pokémon-Himmel."

Die tiefe Falte zwischen Deans Augenbrauen hebt sich dunkel von seinem Gesicht ab. Die Augen grimmig verengt, presst er die Lippen zu einem harten Strich zusammen. „Er hat es abgestritten", erklärt mir Dean tonlos. „Ich habe ihn mehrfach darauf angesprochen. Er behauptet, dass er damit nichts zu tun hat."

Kurz lasse ich diese Nachricht in meine Gehirnwindungen sinken. „Das kann nicht sein. Wer sollte denn sonst ein Interesse daran haben, mich von deiner Firma fernzuhalten?" Frederic ist die einzige überzeugende Möglichkeit. Nur sie ergibt Sinn.

Wir versinken beide in unseren Gedanken und grübeln über dieses scheinbar unlösbare Rätsel.

„Hast du heute in einer Woche schon etwas vor?", frage ich nach mehreren Minuten der absoluten Stille. Die Gedanken an Pikachu, die Bedrohung und alle meine Unsicherheiten habe ich dafür erfolgreich verdrängt.

Dean wirkt überrumpelt. „Vermutlich nicht. Warum?"

„Die offizielle Eröffnungsfeier unseres ersten Indonesien-Projekts steht an. Ich würde dich gerne einladen. Als mein Gast." Ich lächle vorsichtig in die Kamera und streiche mir nervös über die Haare.

Dean imitiert meine Geste. Ich beobachte seine schlanken Finger, die durch die schwarzen Wellen streichen. Dann nickt er langsam. „Ja, das fände ich schön", kommt es etwas heiser aus seiner Kehle.

„Dann schicke ich dir alle Details per Mail." Mir entgeht nicht, wie geschäftsmäßig sich mein Tonfall plötzlich anhört. Ich räuspere mich. „Ich fände es auch sehr schön", füge ich leise hinzu und bin darauf bedacht, nicht wie die Businessversion von mir zu klingen.

Nach unserem Telefonat fühle ich mich so glücklich und erleichtert, wie seit Ewigkeiten nicht mehr. Wir werden uns bald wiedersehen, und irgendwann wird er mir verzeihen. Zumindest sind wir auf einem guten Weg dorthin. Und durch Frederics Auffliegen existiert kein Grund, weshalb ich mich von Dean fernhalten sollte.

Als ob Maxime durch die Wand hindurch gehört hätte, dass ich nicht mehr telefoniere, platzt er eine Minute später ein weiteres Mal in mein Zimmer.

Immer, wenn er mich in Zermatt besucht, dann wohnt er in dem Gästezimmer, das sich direkt nebenan befindet. Praktischerweise ist für meine gesamte Familie ein komplettes Stockwerk dieses Hotels dauerhaft reserviert. Neben meiner kleinen, aber feinen Suite habe ich deshalb einen ähnlich großen Raum für Gäste zur freien Verfügung.

Wie vorhin wirft er sich auch bei diesem Besuch

besitzergreifend auf mein Bett, wofür er einen kurzen verärgerten Blick von mir erntet.

„Du und dieser Typ." Maximes Worte klingen gedehnt. „Läuft da wieder etwas?" Jetzt höre ich einen finsteren Unterton in seiner Frage.

Beschwichtigend hebe ich beide Hände und schaue über meine Schulter zu ihm. „Nein. Du musst also nicht den besorgten besten Freund mimen. Ich habe die Sache im Griff."

„Okay, okay." Jetzt ist es an ihm, die Hände ergeben nach oben zu recken. Trotzdem kann er das Ganze nicht auf sich beruhen lassen. „Wenn dir also Mr. Rich seine besonderen Qualitäten nicht mehr zur Verfügung stellt und du dennoch einen gewissen Bedarf verspüren solltest, dann weißt du ja, dass ich nur eine Tür weiter wohne." Feixend setzt er sich auf und schlingt beide Arme von hinten um meinen Oberkörper. Da ich dabei im Schneidersitz sitze, bin ich durch seine Umklammerung komplett bewegungsunfähig. Ich kann mich der übertriebenen Küsse, die er mir auf den Hinterkopf und den Halsansatz setzt, also nur mit Geschrei erwehren.

„Maxime! Hör auf!" Obwohl ich mich dringend aus der Falle befreien will, muss ich laut lachen.

Es folgt ein weiterer fester Druck seiner Lippen auf mein Ohr. Bevor ich mich ein weiteres Mal beschweren kann, wird der nächste Kuss merkwürdig vorsichtig, und er flüstert ernst. „Jederzeit Lucia, jederzeit."

Ungehalten beginne ich, mich vehement aus seinen Armen zu kämpfen. Maxime lässt mich sofort los. „Hör auf damit!" Meine Stimme hat jegliche belustigte Klangfärbung verloren. Es ist mein bitterer Ernst, als ich meinen besten Freund böse anfunkele und von dem Bett aufspringe. „Das ist kein Spaß! Sag so etwas nie mehr, hörst du? Nie mehr!" Die letzten Worte unterstreiche ich mit einem aufgebrachten Fuchteln meiner Hände, die nun in Richtung Zimmertür deuten. „Am besten du gehst jetzt", fahre ich ihn kalt an. Er kämpft sich aus dem Bett hoch und stolpert rückwärts zur Tür, während ich ihn mit meinem eiskalten Blick am liebsten aufspießen würde.

KAPITEL FÜNFUNDZWANZIG

2. JUNI – BALI, INDONESIEN

Ich will wirklich nicht wie ein verzogener Snob klingen. Aber ich bereue es sehr, keinen Privatjet für meinen Flug nach Bali organisiert zu haben. Ja, ein Linienflug kann auch in Ordnung sein. Aber nur bis zu dem Punkt, an dem man keine zwei Stunden Verspätung oder grölende Sauftouristen in Kauf nehmen muss.

Beides hatte mir meine Anreise nämlich gründlich vermiest. Und was noch viel schlimmer ist: Es hat mich Zeit mit Lucia gekostet. Denn nun trudele ich ziemlich sicher als letzter Gast auf der Eröffnungsfeier ein und habe keine Möglichkeit, Lucia vor dem offiziellen Teil zu sehen.

Als ich auf den großen, dekorativen Pflanzenbogen zugehe, der den Eingangsbereich markiert, fallen mir sofort die kunstvoll zwischen Palmen und Bambusgestrüpp gespannten Lichterketten ins Auge. Sie erzeugen ein warmes, goldenes Licht, das die bereits dunkle Umgebung in ein magisches Glühen taucht.

Am Tor angekommen, fragt mich eine hübsche, junge Frau mit einem Tablet nach meinem Namen, den ich ihr sogleich nenne. Nach kurzem Suchen findet sie mich auf ihrer Liste, markiert mit ihrem Stift etwas und lächelt mich dann breit an. „Viel Spaß, Mr. Richardson." Eine ebenso hübsche Brünette reicht mir eine Champagnerflöte und gibt mir mit einer einladenden Geste zu verstehen, dass ich eintreten darf.

Die beiden mustern mich ungeniert, was in ihrer Jobbeschreibung mit Sicherheit nicht gestanden haben dürfte.

Vielleicht bin ich ein weiteres Mal nicht angemessen gekleidet. Ich habe mich bei der Auswahl meiner Kleidung für eine Mischung aus meinen beiden Persönlichkeiten entschieden. Zur dunklen Jeans trage ich meine neusten Sneakers und – trotz der Temperaturen - ein schwarzes, langärmeliges Hemd.

Warum Leute überhaupt kurzärmelige Hemden tragen, ja, warum sie überhaupt erfunden wurden, ist mir nämlich ein großes Rätsel. Es gibt vermutlich niemanden auf dieser Welt, an dem dieses Kleidungsstück gut aussehen könnte. Außer bei Busfahrern natürlich. Aber da gehört dieser modische Fauxpas ja zur Standard-Berufskleidung.

Als ich schließlich einen kurzen Weg, der von kleinen Laternen ausgeleuchtet wird, zurückgelegt habe, bestätigt sich meine Vermutung. Ja, die Party ist schon in vollem Gange.

Vor mir scheint sich ein kleinerer Festplatz zu befinden, an dessen Rand ich einen DJ ausmache, der entspannende Loungemusik auflegt.

Die meisten Gäste tragen elegante Sommerkleider oder Anzüge und halten die gleiche Champagnerflöte in den Händen, die auch ich umklammere.

Rund um den Platz sehe ich geschmackvoll gestaltete, hübsche Bungalows mit Pools, die in einem zarten Hellblau zu leuchten scheinen.

Suchend schweift mein Blick über die Gäste und bald kann ich Edgar Clément und sogar seine Frau Amanda ausmachen.

Amanda scheint eine ähnliche Einstellung zur Firma ihrer Familie zu haben, wie ich sie vertrete. Bei Businessmeetings ist sie nämlich nie anzutreffen. Dafür lässt sie die vergnüglicheren Veranstaltungen, wie auch die Party heute, nur selten aus.

In ihren Gesichtszügen erkenne ich eine deutliche Ähnlichkeit zu Lucia. Den vollen Mund hat diese auf jeden Fall von ihrer Mutter geerbt und das professionelle Lächeln von ihr gelernt. Nur Lucias stahlgraue Augen finde ich in keinem der elterlichen Gesichter wieder. Irgendwie bin ich froh darüber, dass diese für mich einzigartig bleiben.

Die Musik wird leiser, die Beleuchtung synchron zu winzigen Lichtpünktchen gedimmt und ein einzelner Scheinwerfer richtet sich auf Edgar Clément, der die geballte Aufmerksamkeit aller Anwesenden sichtlich genießt.

Mit jovialem Lächeln und ausladender Körpersprache begrüßt er seine Gäste und erklärt uns das

Konzept der einzelnen Bungalows. Alle sind ähnlich luxuriös eingerichtet, doch jeder Einzelne besitzt ein Alleinstellungsmerkmal, das ihn von den anderen abhebt. Um diesen Punkt zu unterstreichen, widmen sich die einzelnen Häuser auch heute unterschiedlichen Themen. Beispielsweise beherbergt der Bungalow mit dem exklusiven Whirlpool für den heutigen Abend eine Champagnerbar und der mit den Hängematten bietet frisch geerntete Kokosnüsse zum Trinken an.

Edgars weitere Ausführungen werden für mich zu einem sonoren Hintergrundgeräusch, als Lucia neben ihre Eltern in das Scheinwerferlicht tritt. Kurz wird applaudiert. Vielleicht hat sich Edgar bei seiner Tochter für ihre Arbeit an dem Projekt bedankt.

Lucia lächelt das gleiche Lächeln, das auch im Gesicht ihrer Mutter klebt, in die Gästeschar. Als ihr Blick über mich hinwegschweift und ich sie mit einem hochgezogenen Mundwinkel begrüße, erkenne ich an dem kurzen Aufblitzen in ihren Augen eine winzige Gefühlsregung. Fast muss ich über ihre unverschämt perfekte Professionalität lachen.

Im nächsten Moment hebt Edgar seine Champagnerflöte, die Gäste folgen und auch ich recke mein Glas nach oben. Mit gefestigter Miene, aber ohne ihren Blick aus meinem zu befreien, prostet Lucia in die Menge. Dann trinken wir einen Schluck, das Licht wird heller, die Musik lauter und der Scheinwerfer verschwindet.

Jetzt ist der Moment gekommen, mir ein weiteres Mal gut zuzureden. Die letzten Stunden und Tage hatte ich genügend Zeit, um über meine vertrackte Situation in grüblerischen Gedanken zu versinken.

Lucia und ich haben uns geküsst. Dann haben wir uns besser kennengelernt, und ich dachte wirklich, dass aus uns beiden etwas Gutes werden könnte. Doch dann gestand sie mir ihren Betrug, woraufhin wir uns zwei Monate konsequent ignoriert hatten. Dass sie versuchte, mich auf einer Toilette zu verführen brach schließlich das Eis, woraufhin ich weich geworden bin und ihr in einem Anflug von Wahnsinn Textnachrichten sendete. Diese führten dazu, dass ich heute hier stehe und darauf warte, sie endlich für mich allein zu haben.

Wie abgrundtief dumm eigentlich. Ja, Lucia und ich haben uns ausgesprochen. Aber kann ich ihr vertrauen? Vermutlich nicht. Will ich sie trotzdem? Ja, auf jeden Fall. Ja und nochmals ja.

Also beschwichtige ich den Teil meiner selbst, der mich wütend anschreit, weil ich auf dieser Party aufgetaucht bin, und kämpfe mich in Richtung Lucia durch.

Nicht fern von der Stelle, an der ich sie ausmache, entdecke ich ein gemütlich aussehendes Loungesofa aus hellem Teakholz mit weißen Polstern. Entspannt lasse ich mich in die tiefen Kissen gleiten und lehne mich zurück, um Lucia in voller Aktion zu beobachten.

Ihr gewinnendes Lächeln verrutscht kein Stück, als sie mit den verschiedensten Leuten anstößt, Small Talk betreibt und die ein oder andere Visitenkarte austauscht. Es ist faszinierend zu sehen, wie sie sowohl Damen als auch Herren mit ihrem Charme um den kleinen Finger wickelt.

Und wieder wird mir bewusst, dass wir unterschiedlicher nicht sein könnten. Diese Oberflächlichkeit, die sie erträgt und selbst lebt, könnte ich nicht aushalten. Aber deshalb steht sie dort vorne im Scheinwerferlicht und ich sitze abseits auf einem gemütlichen Sofa.

„Schön, dass Sie es einrichten konnten, Mr. Richardson." Lucia hat sich schließlich von ihren Pflichten losreißen können. Jetzt steht sie vor mir, ein leichtes, aber elegantes Sommerkleid umspielt ihren perfekten Körper, und auf ihren Lippen liegt ein freches Grinsen. Ich bin froh, dass es nicht das gleiche Lächeln ist, mit dem sie gerade hunderte andere Männer und Frauen bedacht hat.

Sofort fühle ich mich wie jemand Besonderes. Entsetzt stelle ich fest, dass sie mich mit nur einer kleinen Geste ebenso geschickt für sich gewonnen hat wie die Menge vorher. Ich sollte wirklich besser auf mein Herz aufpassen.

„Danke für die Einladung, Ms. Clément", erwidere ich mit einem leicht hochgezogenen Mundwinkel und proste ihr mit meinem fast unangetasteten Begrüßungsdrink zu.

„Du bist immer noch bei Champagner?", fragt sie mich entgeistert. „Ich dachte, du hättest dich schon längst im Gin-Tonic-Bungalow häuslich eingerichtet!"

„Mir war nicht klar, dass er existiert", erwidere ich entschuldigend. Wobei ich sowieso meinen Beobachtungsposten für keinen G & T auf dieser Welt verlassen hätte.

„Na dann, komm mit." Lucia streckt mir ihre Hand

entgegen. Ich ergreife sie sofort und lasse mich von ihr aus den Tiefen des Sofas nach oben ziehen. Angenehme Wärme durchtränkt die Haut meiner Finger.

Leider lässt Lucia meine Hand viel zu schnell wieder los und steuert auf den verschlungenen Kieswegen zielstrebig einen weiter entfernten Bungalow an.

„Den habe ich *vielleicht* nur für dich gestaltet", erklärt sie mit einem Zwinkern, als sie über die Schulter zu mir nach hinten blickt.

Ich folge Lucia bis zur Terrasse eines kleinen Häuschens, in dessen Vorgarten mehrere Slacklines gespannt sind. „Das ist der Bungalow für die Sportliebhaber", erklärt mir Lucia lächelnd.

„Und deshalb gibt es hier Gin Tonic?", frage ich verwirrt.

„Ja." Sie nickt. „Dass zwischen den beiden Dingen in meinem Kopf inzwischen ein logischer Zusammenhang besteht, ist mit Sicherheit deine Schuld." Jetzt lacht sie herzhaft auf und ich muss schmunzeln.

Vielleicht schreckt die Klimmzugstange auf der Terrasse die anderen Gäste ab, denn an der temporären Bar steht derzeit niemand. Und das, obwohl sie wirklich einladend aussieht. Schwarzes, edles Holz wurde mit robust wirkenden beigen Stoffelemente gepaart, und hinter der Theke wartet ein adrett gekleideter junger Mann auf unsere Bestellungen.

Zügig mixt und überreicht er mir mein Lieblingsgetränk. Lucia nimmt es mir sofort aus der Hand und nippt kurz daran. „Nein. Ich kann es einfach nicht nachvollziehen. Es wird auch nicht besser, je öfter ich probiere. Das Zeug ist und bleibt scheußlich!" Mit zusammengezogenen Augenbrauen und gekräuselten Lippen streckt sie mir das Glas entgegen. Sie sieht so süß dabei aus, dass ich mir das Lachen nicht verkneifen kann.

Demonstrativ nehme ich einen großen Schluck. „Schmeckt hervorragend", gebe ich achselzuckend zurück und werfe dem Barkeeper einen kurzen, entschuldigenden Blick zu.

Dann bewegen wir uns gemächlich von der grell beleuchteten Theke in Richtung des kleinen Pools, der zu diesem Bungalow gehört. Dieser wird von kleinen, schwimmenden Kerzen in ein sanft flackerndes, gelbliches Licht getaucht.

Ich ziehe meine Schuhe aus und stülpe die Beine meiner Jeans nach oben. Dann setze ich mich an den Rand des Pools und lasse meine nackten Füße in das kühle Nass hängen.

Lucia beäugt mich zunächst skeptisch. Dann seufzt sie, streift sich die Sandalen ab und lässt sich kurzerhand neben mir nieder. Ihre rosa lackierten Zehen dippen vorsichtig in das Wasser, während sie ihre Unterschenkel langsam vor und zurück schwingt. Die dabei entstehenden leichten Wellen schwappen fast geräuschlos gegen die Poolwände und tränken den Saum meiner hochgekrempelten Jeans.

„Lief es gut?", frage ich schließlich, nachdem Lucia keine Anstalten macht, etwas zu sagen.

Sie lächelt verhalten. „Ja. Ich denke, wir haben alles maximal gut hinbekommen." Sie seufzt. „Natürlich sind Kleinigkeiten vorgekommen, die so nicht geplant waren. Aber ich denke, das ist nicht großartig ins Gewicht gefallen.“

„Also, mir scheint hier alles perfekt zu sein“, antworte ich wahrheitsgemäß.

Sie schenkt mir ein dankbares Lächeln. „Danke, dass du gekommen bist.“ Lucias Blick findet endlich den meinen und sofort breitet sich dieses flaue, verheißungsvolle Gefühl in meiner Magengegend aus.

Wie automatisch rutscht mein Körper näher in ihre Richtung. Unsere Schenkel berühren sich bereits, als ich meinen Gin Tonic resolut abstelle und mit meiner nun freien Hand nach ihrer greife.

Unsere verschlungenen Hände lege ich auf meinem Oberschenkel ab und streiche sanft mit dem Daumen über ihren Handrücken. Diese kleine Berührung schickt bereits wohlige Schauer durch meine Nervenbahnen und ich fühle, wie Lucia neben mir erzittert.

„Ist dir kalt?“, frage ich mit rauer Stimme.

„Nein“, lacht sie leise.

Dann spricht keiner von uns beiden. Im Hintergrund hören wir die Loungemusik, die wegen der Entfernung zum Festplatz nur als leises Hintergrundrauschen wahrnehmbar ist. Ansonsten durchbricht nur noch das leise Plätschern des Wassers zu unseren Füßen die Stille.

Unsere Hände sind weiterhin fest verknotet. Wir versuchen beide, das, was wir nicht zu sagen vermögen, durch die Bewegungen unserer Finger zu vermitteln. Ich streiche ununterbrochen mit dem Daumen über ihre weiche Haut. Wie um ihr zu zeigen, dass alles okay ist. Und sie drückt meine Hand fast schon schmerzhaft, so, als ob sie mich nie mehr loslassen wollte.

„Wie lief es mit Frederic?", fragt Lucia schließlich.

Ich erzähle ihr von dem Treffen mit Thomas, Frederic und Philipp und lasse kein Detail aus.

Und dann erzählt mir Lucia, wie sie sich damals in meinen Rechner eingeloggt hat, welche Daten sie gespeichert hat und wie sie auf den Betrug aufmerksam geworden ist. Während der ganzen Zeit starren wir beide auf die kleinen Lichter der Kerzen, die auf dem Pool ziellos umhertreiben. Doch unsere Hände behalten ihre Bewegungen bei. Sie sagen *Es ist okay* und *Ich lasse dich nicht mehr los*.

Sie erzählt mehr. Von Gesprächen mit Thomas und Frederic, und mit zittriger Stimme davon, dass sie noch mal in mein Büro wollte. Dass sie tatsächlich bereits vor der Tür im 72. Stock stand und dann aber fast aufgeflogen wäre.

Kurz halte ich in meiner Bewegung inne und schließe die Augen. Ich atme tief ein. Dabei bohren sich ihre Fingernägel schmerzhaft fest in meine Hand. *Geh nicht weg.*

Ich weiß, dass sie das nur für mich getan hat. Also nimmt mein Daumen seine Bewegung erneut auf und ich spüre förmlich, wie Lucias angespannter Körper neben mir wieder lockerer wird.

Dann erzählt sie von einem Typen am Strand, der ihr zu nah gekommen ist, von dem ständig präsenten Gefühl, verfolgt zu werden, von dem Zettel auf ihrem Bett und von dem zerstückelten Pikachu in ihrem Badezimmer. Jetzt ist es an mir, ihre Hand fest zu drücken. *Ich passe auf dich auf.*

Danach reden wir. Über alles und nichts. Über das Skateboarden, ihre Projekte, meine Pläne, unsere Väter, unsere Freunde. Wir reden so lange, dass sich meine Hand vom vielen Drücken bereits taub anfühlt.

Im Osten taucht langsam ein zarter, orangener Schimmer auf, der den Himmel in diffuses, helles Licht zu tauchen beginnt. Die Sterne scheinen langsam vom Himmel zu verschwinden und die Stille wird von dem einsetzenden Gesang der Vögel durchbrochen, die den neuen Tag begrüßen. Wir haben uns so lange dem anderen offenbart, dass die Sonne bereits aufgeht.

Behutsam löse ich meine Finger von Lucia und stehe ungelenk auf. Durch das lange Sitzen sind meine Gliedmaßen steif geworden, und ich strecke mich zunächst ausgiebig.

„Ich gehe schwimmen", erkläre ich dann und werfe Lucia einen herausfordernden Blick zu.

Sie sieht skeptisch aus, erhebt sich aber ebenso.

Sofort beginne ich damit, meine Hose zu öffnen. Als ich sie mir schwungvoll von den Beinen streifen will, zischt mich Lucia von der Seite an. „Bist du verrückt? Du kannst doch hier nicht in Unterwäsche herumrennen! Wenn dich jemand sieht!"

Ich lache nur lauthals auf und schiebe die schwarze Jeans bereits über meine Knöchel, als sie mir beide Hände auf den Unterarm legt und mich kurzerhand in Richtung Wasser schubst.

Doch sie hat nicht mit meinen hervorragenden Reflexen gerechnet. Statt wie geplant in Jeans und ohne zur Schau gestellter Boxershorts baden zu gehen, umschlinge ich im Fallen mit beiden Armen Lucias Taille und ziehe sie dadurch mit mir ins Verderben. Also in den Pool.

Ein lautes Platschen durchbricht die morgendliche Idylle, als wir beide auf der Wasseroberfläche aufschlagen. Überrascht stelle ich fest, dass die Temperatur angenehm warm ist.

Dann tauche ich prustend auf und streife mir mit den Händen die nassen Haare aus den Augen. Feine Tropfen bahnen sich ihren Weg über mein Gesicht, während ich Lucia dabei beobachte, wie sie ebenfalls ihren Kopf aus dem Wasser streckt.

Ihre Augen sind geschlossen, als sie sich mit beiden Händen die Haare nach hinten streift und hart durch die Nase ausatmet.

Dann öffnet sie ihre Lider und funkelt mich entsetzt an.

„Und das ist jetzt besser?", frage ich trocken.

Genervt verdreht Lucia die Augen. „Das wirst du bereuen." Nachdem sie mit ihrem verschmierten Make-up einem süßen Pandabären nicht unähnlich sieht, kann ich sie leider nicht wirklich ernst nehmen.

Mit zwei schnellen Schwimmzügen ist Lucia am Rand des Pools angekommen und stemmt sich aus dem Wasser. Sie setzt sich an die gleiche Stelle, an der wir vorher noch nebeneinandersaßen, und lässt ihre Füße wieder in das Wasser hängen.

Während ich beobachte, wie sie sich in die Haare fasst und diese auswringt, vergesse ich völlig, mich ebenfalls zum Beckenrand zu begeben. Vielleicht liegt es auch an dem durchtränkten hellen Sommerkleid, das Lucia nun wie eine zweite Haut am Körper klebt und mich keinen klaren Gedanken mehr fassen lässt.

Ich schlucke hart und greife nach meiner Hose, die neben mir im Wasser treibt. Dann schwimme ich ebenfalls an den Rand und werfe die schwere Jeans mit einem lauten Klatschen auf die steinerne Einfassung.

Im nächsten Moment stoße ich mich wieder ab und schwimme mit zwei perfekten Zügen in Rückenlage zurück in die Mitte des Pools. Lucia wischt sich unsicher mit den Fingern über ihre schwarzen Wangen.

„Du siehst umwerfend aus", beruhige ich sie.

Sie nickt abgehackt, lächelt vorsichtig und verschränkt die Finger in ihrem Schoß.

Der Sonnenaufgang taucht die Szenerie in ein unwirkliches, orangefarbenes Licht. „Ich liebe Sonnenaufgänge", gestehe ich unvermittelt, während ich mich auf dem Rücken liegend treiben lasse und die Worte mehr in den Himmel spreche als an Lucia gewandt.

„Warum eigentlich? Die meisten Leute stehen doch auf Sonnenuntergänge, oder?", antwortet sie mir dennoch nach einigen langen Sekunden. Vielleicht hat sie sich in dieser Zeit dazu entschieden, mir meine Poolattacke zu verzeihen.

Ich zucke mit den Achseln und muss im selben Moment aufpassen, dass ich durch die Bewegung nicht abtauche. „Wer mag schon Untergänge? Ich will nicht, dass schöne Dinge vergehen. Aber ich mag es, wenn Dinge neu sind. Wenn der Tag neu ist, wenn etwas unbeschrieben ist und quasi alles passieren kann." Ich seufze. „Das finde ich spannend. Diese Möglichkeiten, die man hätte."

Lucia sagt lange nichts. Doch dann räuspert sie sich. „Manchmal müssen Dinge untergehen, damit etwas Neues daraus entstehen kann."

Vielleicht haben wir ja beide recht, kommt es mir in den Sinn. Nicht nur damit. Auch mit dem, dass Lucia etwas getan hat, das sie hinter sich lassen will. Und damit, dass daraus etwas Neues und Gutes entstehen könnte.

Gemächlich drehe ich mich und schwimme zum Beckenrand. „Und vielleicht liegt es an meinem Vater", gestehe ich leise. „Der Sonnenaufgang war die einzige Zeit des Tages, an der mein Dad Zeit für *mich* hatte. Wir haben jeden Tag zusammen gefrühstückt, bevor er in aller Herrgottsfrühe in sein Büro abgehauen ist - bei Sonnenaufgang."

Lucia sitzt immer noch an der gleichen Stelle und mustert mich. „Danke, dass du mir das erzählt hast", flüstert sie fast tonlos.

Anstatt mich neben ihr aus dem Wasser zu hieven, halte ich direkt vor ihr an.

Sie beäugt mich mit großen, skeptischen Augen, während ich meine Hände vorsichtig auf ihren nackten Knien ablege.

Tropfen perlen aus meinen Haaren und Wimpern auf mein Gesicht. Mit der Zungenspitze fange ich einige davon in meinem Mundwinkel auf.

Lucia seufzt auf. Dieses kleine Geräusch fährt mir

wie ein Blitzschlag durch meine Nervenbahnen und augenblicklich flutet pure Erregung meinen Körper.

Meine Daumen drücken sich wie automatisch in die zarte Haut von Lucias Oberschenkeln, während ich meinen Blick nicht von ihrem lösen kann. Darin wirbelt ein Emotions-Strudel aus Leidenschaft und Skepsis.

Dann rücke ich näher an Lucia heran. So nah, dass ich zwischen ihren gespreizten Schenkeln stehe und mein harter Schwanz sich gegen die Poolwand presst. Ob dieser Druck nun eine Erleichterung oder eine Verschärfung des Leids darstellt, vermag ich nicht einzuordnen.

Die größte Qual verursache ich mir definitiv selbst. Denn ich lasse meine Finger aufreibend langsam an der Innenseite von Lucias Beinen nach oben wandern. Eigentlich hätte ich mir für dieses Maß an Selbstbeherrschung einen Orden verdient.

„Dean", fleht mich Lucia mit rauer Stimme an. Die Absicht hinter ihrer Aufforderung kann ich nicht deuten. Soll ich aufhören oder weitermachen?

Meine Hände sind bereits unter dem nassen Saum ihres Kleides verschwunden, als ich kurz vorm Ziel innehalte. Das warme Morgenlicht taucht Lucias Silhouette in einen goldenen Rahmen. Fasziniert betrachte ich die Kombination aus diesem Schein und ihren silbergrauen Augen.

„Dean", keucht sie auffordernd. Oh. Ich vermute, dass ich *nun* weiß, was sie möchte. Trotzdem ziehe ich fragend eine Augenbraue nach oben und schenke ihr ein kleines, herausforderndes Grinsen.

„Bitte", entgegnet sie mir daraufhin halb bettelnd und halb entnervt.

Ich lächle wissend. Mit den Händen drücke ich ihre Knie weit nach außen und beginne langsam damit, Küsse auf ihrem Oberschenkel zu platzieren. Gemächlich wandere ich dabei in Richtung ihres orange leuchtenden Slips. Mit Sicherheit ist ein Pokémon darauf abgebildet und ich will unbedingt herausfinden, welches.

KAPITEL SECHSUNDZWANZIG

Lucia

3. JUNI – BALI, INDONESIEN

Deans Finger graben sich fest in die Muskeln meiner Oberschenkel, während seine Lippen zarte Küsse auf die weiche Haut setzen. Der Kontrast des Drucks zu der federleichten, sensiblen Berührung verursacht mir eine kribbelnde Gänsehaut und schießt Blitze reiner Erregung durch mein Nervensystem. Heftig einatmend muss ich mich mit den Händen hinter meinem Rücken aufstützen.

Ich hasse es, dass ich ihm hilflos ausgeliefert bin. Und noch mehr hasse ich, dass er der einzige Mensch ist, vor dem ich mich derartig schutzlos zeigen will. Wie konnte er so zielsicher die Lücken in meinem ausgeklügelten Schutzpanzer finden? Ich bin wirklich verloren. In Erwartung des Kontakts von seinen Lippen auf meiner heißen Mitte, seufze ich ein weiteres Mal ergeben auf.

Doch Dean lächelt anzüglich und küsst mich stattdessen auf den Saum meines Höschens. Empört werfe ich den Kopf in den Nacken und knurre leise, was ihm nur ein tiefes Lachen entlockt.

Dabei trifft mein Blick auf das verlassene Glas Gin Tonic, das Dean vor gefühlt einhundert Jahren dort abgestellt hat. Siedend heiß fällt mir ein, wo wir uns befinden, und mein Herz beginnt in derselben Sekunde noch heftiger gegen meine Rippen zu trommeln.

Meine Augen wandern sofort suchend über die Poollandschaft zur Terrasse und zu der dortigen Bar. Entweder der junge Mann hat bereits Feierabend, was angesichts der frühen Morgenstunde nachvollziehbar wäre, oder er hat sich diskret verzogen, denn die Bar ist glücklicherweise unbesetzt.

Sofort entspanne ich mich wieder, lehne mich nach vorne und vergrabe meine Finger in Deans feuchten Haaren. In meine Miene lege ich all das Selbstbewusstsein, das ich in dieser Situation aufbringen kann und ziehe ihn vorsichtig, aber sicher an den Haaren näher zu mir. So nah, dass ich seinen warmen Atem spüre, der über meine Mitte streicht, während seine braunen Iriden vor Verlangen fast schwarz wirken.

Ein lautes Räuspern lässt mich erschrocken herumfahren und augenblicklich ziehe ich meine Hände aus Deans nassen Wellen.

„Hey, Lu! Hey, Lus Fickfreund!" Maxime schlendert lässig über den verschlungenen Kiesweg auf uns zu. Er trägt den eleganten Leinenanzug, den er für die Eröffnungsfeier ausgewählt hatte. Folglich ist er ebenso seit gestern Abend auf den Beinen.

Selbstverständlich hatte ich auch meinen besten Freund zu dieser Party eingeladen, ihn aber relativ bald aus den Augen verloren. Eigentlich dachte ich, dass er mittlerweile mit einem der vielen heißen Mädels, die sich auf einer Veranstaltung wie dieser die Klinke in die Hand geben, bereits nähere Bekanntschaft geschlossen hätte.

Im Gegensatz zu mir hat sich Dean keinen Millimeter bewegt. Seine Hände umschlingen meine Oberschenkel weiterhin besitzergreifend. Lediglich der Blick, mit dem er nun Maxime misstrauisch mustert, hat sich aus meinem befreien können.

Meine Augen wandern nach oben zu meinem besten Freund, der mittlerweile neben mir steht und den ich nun irritiert anstarre.

Er lässt sich davon nicht beirren. „Sag deinem Fickfreund, dass er besser ein Stück zurücktreten soll. Sehr unhöflich dieses Verhalten." Maxime presst die Lippen zu dünnen Strichen zusammen, während er uns weiterhin genau mustert.

Schon wieder dieses Wort. Keine Ahnung, was Maxime damit bezweckt. Und wenn hier jemand unhöfliches Verhalten an den Tag legt, dann ja wohl er. Vermutlich hat er zu viel getrunken und zeigt sich deshalb von seiner schlechtesten Seite.

Die gesamte Situation ist mir unglaublich peinlich. Zunächst die Tatsache, dass Deans Kopf nur Zentimeter von meiner empfindsamsten Stelle entfernt ist. Und dazu noch mein bester Freund, der absichtlich einen sehr intimen Moment stört und sich obendrein respektlos und beleidigend verhält.

Dean knurrt leise. „Der Fickfreund geht nirgendwo hin, mein Lieber." Um seine Aussage zu unterstreichen, fährt er mit seiner vollen Unterlippe über die zarte Haut meines Innenschenkels. Der Stromschlag, der deswegen durch meine Adern zischt, kommt so unerwartet, dass ich leise aufkeuchen muss. In Deans Gesicht sehe ich einen zufriedenen Ausdruck, während Maxime die Augen zu bösartigen Schlitzen verengt.

Langsam bekomme ich den Eindruck, dass es hier nicht um mich geht. Vielmehr scheine ich zum Hauptpreis eines Tauziehens zwischen zwei erbitterten Rivalen geworden zu sein.

Entschieden löse ich mich aus Deans Griff, hebe meine Beine aus dem Wasser und stehe auf.

Sofort zieht sich auch Dean an den Beckenrand und steht wenige Sekunden später neben mir.

Von außen betrachtet müssen wir ein skurriles Bild abgeben. Maxime in seinem schicken Anzug, ich in einem durchnässten Kleid mit ruiniertem Make-up und Dean in nassem Hemd und Boxershorts.

„Was tust du da?", fragt mich Maxime eindringlich und ignoriert Dean geflissentlich, der beschwichtigend eine Hand auf meinen Unterarm legt.

„Was tust *du*?", fauche ich ihn unerwartet heftig an.

Er zuckt nur lässig die Schultern. „Dich vor einer Dummheit bewahren, schätze ich", antwortet er nonchalant.

„Das würde ich gerne selbst beurteilen, danke", gebe ich bissig zurück. Dean mustert unseren Schlagabtausch derweilen interessiert und mit angespannt zusammengezogenen Augenbrauen.

„Ich befürchte, du hast den Fokus ein wenig aus den Augen verloren", redet Maxime mit Missbilligung in der Stimme weiter und ignoriert meinen Einwurf komplett. „Wolltest du nicht *seine* Firma ruinieren, damit *deine* noch mehr Kohle macht?" Fragend zieht er beide Augenbrauen nach oben und neigt den Kopf leicht schräg.

Wütend funkele ich ihn an. „Nein. Das war nie der Plan", gebe ich eisig zurück. Zumindest nicht so direkt. Und wenn, dann war er das nur für wenige Stunden meines Lebens.

Maximes Ausdruck verdüstert sich. Dean ignoriere ich in diesem Augenblick konsequent. Zu groß ist die Angst davor, was ich in seiner Miene lesen könnte.

Lediglich die leichte Berührung seiner Hand auf meinem Arm versichert mir, dass er *an* meiner Seite steht. Hoffentlich ist er noch *auf* meiner Seite.

„Wenn du es nicht tust, dann ziehe ich es durch", eröffnet mir Maxime ernst.

„Was?", krächze ich unverständlich.

„Dein Vater ist mit Sicherheit an den Daten von *Bunham & Richardson* interessiert. Selbst wenn du zu weich bist, um daraus Profit zu schlagen, bin ich mir sicher, dass *er* diese Chance zu nutzen weiß."

„Das wagst du nicht", gebe ich tonlos zurück. Maxime würde nichts gegen meinen Willen tun, da bin ich mir sicher. Zumindest war ich das einmal. Jetzt mischt sich ein Quäntchen Zweifel unter meine jahrelang aufgebaute Gewissheit.

„Oh, ich würde so einiges tun, damit du *den da* endlich aus deinem Leben streichst." Die Augen zu wutverzerrten Schlitzen verengt, nickt er in Richtung Dean. Seine Stimme klingt bitter, ja fast schon hasserfüllt.

„Du warst das", kommt Dean mir meiner Antwort zuvor.

Sowohl Maxime als auch ich sehen ihn nun fragend an.

„Du hast sie bedroht", ergänzt Dean gefährlich leise. Seine Hand hat sich fester um meinen Unterarm geschlossen, und er mustert Maxime mit einem Blick, als ob er ihn töten wollte.

Der hebt beschwichtigend beide Arme und tritt einen Schritt zurück. Entgeistert sehe ich ihn an und warte darauf, dass er es abstreitet. Die Sekunden vergehen, aber nichts dergleichen kommt aus Maximes Mund.

„Du?", krächze ich verwirrt.

Er sieht mich nur mit einem um Verständnis heischenden Blick an.

Welches ich natürlich nicht aufbringe. „Warum?" Meine Frage klingt hart und kalt. Ich habe endlich die abgeklärte Version meiner selbst gefunden und lasse sie nun in ihrer geballten Macht auf Maxime los.

Dean schnaubt. „Er steht auf dich."

Kurz sehe ich zu ihm hinüber. Er starrt weiterhin mit einem feindseligen Ausdruck zu Maxime.

Der lässt in dieser Sekunde seine Fassade fallen und ein verzweifelter Ausdruck tritt in seine Augen. „Ich musste dich nie teilen, Lu", bringt er mit zitternder

Stimme hervor. „Und dann kommt dieser Wichser. Und plötzlich gibt es da jemanden, der dir etwas bedeutet. Den du küssen, mit dem du *mehr* sein willst. Da musste ich handeln. Du gehörst doch zu mir. *Wir* gehören zusammen!" Die Vehemenz in seiner Stimme verrät mir, dass er zu einhundert Prozent daran glaubt, das Richtige getan zu haben.

Völlig überfordert mit der Situation verlässt der erste Gedanke, der mir in den Kopf schießt, meinen Mund. „Aber, da waren doch ständig diese anderen Frauen."

Maxime schnaubt. „Ich habe doch nur darauf gewartet, dass du endlich erkennst, dass wir das perfekte Paar abgeben würden!" Er klingt verärgert. Als ob das sonnenklar wäre.

„Maxime, ich ..." Die Situation überfordert mich maßlos. Mein bester Freund, der Mensch, dem ich seit Jahren uneingeschränkt vertraue, hat mich so massiv hintergangen, wie es in meinem ganzen Leben noch niemand getan hat.

„Sorry. Ich kann das gerade nicht", erkläre ich schließlich.

„Es ist vermutlich besser, wenn du jetzt gehst", ergänzt Dean schroff.

Maxime wirft mir einen flehenden Blick aus seinen von Tränen getrübten Augen zu. „Wir wären das perfekte Paar, Lu."

Dann scheint er aufzugeben, denn er dreht sich langsam um und geht, mit hängenden Schultern, den kleinen Weg in Richtung Hauptplatz zurück.

. . .

Kaum ist er außer Sichtweite, werfe ich mich an Deans Brust. Der schlingt seine Arme sofort eng um mich und hält mich einfach nur fest. Die Leere, die sich angesichts Maximes Betrugs in mir ausbreitet, fühlt sich erdrückend und seltsam schwer an.

Zwei einsame Tränen kullern aus meinen Augenwinkeln über meine Wangen, während ich meinen Kopf in Deans Halsbeuge vergrabe. Mein bereits angetrocknetes Kleid saugt sich wieder mit der Nässe aus Deans Hemd voll, doch es könnte mir nicht egaler sein.

Wie lange hat Maxime wohl schon Gefühle für mich? Warum hat er nie mit mir darüber gesprochen? In welcher Welt dachte er, dass er mich für sich gewinnen könnte, wenn er mir droht und mich verfolgen lässt? Wahnsinn, wie man sich in einem Menschen täuschen kann.

Sanft streichen Deans Hände in großen Kreisen über meinen Rücken und schaffen es dadurch, mich ein wenig zu beruhigen.

Nach einer Ewigkeit wird Deans Griff lockerer. Er beugt seinen Kopf nach hinten und sieht mir in die bestimmt total verquollenen Augen. „Alles okay?", fragt er schließlich leise.

Ich schnaube.

„Blöde Frage. Natürlich ist nichts okay", verbessert sich Dean und nimmt das sanfte Streicheln seiner Hände wieder auf.

Kurze Zeit später lockert er seinen Griff ein weiteres Mal und sieht mir in die Augen. Schuldgefühle spiegeln sich in dem dunklen Zartbitterton.

„Lucia." Er seufzt bedauernd. „Ich weiß, es ist ein

ganz schlechter Zeitpunkt, aber ich muss in wenigen Minuten los."

Fast muss ich über Deans zugleich schuldigen und hilflosen Gesichtsausdruck lachen. „Ich weiß", murmele ich leise und kann trotzdem meine Hände nicht von seinem Körper lösen.

Als wir gestern über Deans Skatekarriere sprachen, hatte er mir zunächst von seinem Unfall und der Verletzung beim Vorentscheid berichtet. Damit war er für die Finalrunde eigentlich ausgeschieden. Da zwei der qualifizierten Fahrer nun doch nicht antreten konnten - einer hatte sich das Sprunggelenk gebrochen, der andere familiäre Gründe -, durften zwei weitere Teilnehmer einspringen.

Weil Deans Ride, bis auf den Sturz, anscheinend ziemlich gut lief, war er einer der beiden Nachrücker. Er war Feuer und Flamme deswegen und ich freute mich ebenfalls unglaublich für ihn.

Allerdings muss Dean aus diesem Grund heute sehr früh abreisen, damit er morgen rechtzeitig, und halbwegs ausgeruht, zur Competition in Sydney am Start stehen kann.

Ein plötzliches, kratziges Vibrieren lässt uns beide mit den Augen nach der Geräuschquelle suchen. Auf der steinernen Pooleinfassung werden wir fündig. Dort liegt Deans Handy, das er vor seiner geplanten Badeaktion dort abgelegt haben muss, und eine eingehende Nachricht blinkt auf.

Einen weiteren entschuldigenden Blick später hat sich Dean aus meinen Armen gelöst und das Smartphone aufgenommen. „Mein Fahrer ist hier“, erklärt er mir nach der Musterung des Displays tonlos.

Dann tritt er wieder einen Schritt auf mich zu. „Soll ich hierbleiben?“ Er klingt aufrichtig, aber mir ist klar, dass ich ihm jetzt auf keinen Fall im Weg stehen darf.

„Nein. Bitte geh“, bringe ich um einiges selbstbewusster hervor, als ich mich eigentlich fühle. Die Situation erinnert mich viel zu sehr an unseren ersten gemeinsamen Abend in Zermatt. An die Après-Ski-Party, die Dean ebenfalls wegen eines Heimfluges überstürzt verlassen musste.

„Du könntest mitkommen“, bietet er mir leise einen Ausweg an.

Kurz überlege ich. Doch ich kann nicht. „Das klingt mehr als verlockend“, lächle ich vorsichtig. „Aber es gibt einige Dinge, die ich hier noch klären muss. Mit Maxime. Und mit meinem Vater.“ Ich seufze. „Sonst wird das alles ein unschönes Ende nehmen.“ Bedauernd verziehe ich die Mundwinkel.

Das gleiche Gefühl lese ich in Deans Gesicht, als er langsam seine Hose aufhebt und hineinsteigt. Wir haben uns entschieden. Er fährt und ich bleibe.

KAPITEL SIEBENUNDZWANZIG

Lucia

3. JUNI – BALI, INDONESIEN

Mein Biorhythmus ist den ganzen Tag schon total durcheinander. Kein Wunder, denn das letzte Mal, dass ich eine Nacht durchgemacht habe, war auf einer Übernachtungsparty im zarten Alter von sechzehn Jahren.

Dass ich mich gleich nach Deans Abreise ins Bett gelegt und bis zum frühen Nachmittag geschlafen hatte, sorgte glücklicherweise dafür, dass ich mich jetzt topfit fühle.

Allerdings ist, wie gesagt, meine innere Uhr völlig aus dem Gleichgewicht geraten. Deshalb verspüre ich gerade eher das Bedürfnis nach einem süßen Frühstück als nach einem deftigen Abendessen. Zu diesem bin ich aber in wenigen Minuten mit meinem Vater verabredet, weshalb ich nun akribisch gestylt auf das kleine Restaurant im Herzen unserer neuen Bungalow-Anlage zugehe.

Sobald ich die wenigen Holzstufen zum Eingangsbereich erklommen habe, zeigt mir ein netter Kellner meinen Platz. Das Restaurant besitzt statt Wänden nur einige wenige Stützpfeiler aus Bambus, sodass man sowohl die frische Luft als auch den Ausblick auf die Umgebung während des Essens genießen kann.

Mein Vater ist noch nicht eingetroffen, weshalb ich mich setze. Sofort beginnen meine Finger, mit dem Schilfrohr zu spielen, das zu kunstvollen Tisch-Untersetzern geflochten wurde. Ich kann nicht leugnen, dass ich nervös bin. Zu viel hängt von diesem Gespräch ab. Die Drohung von Maxime muss ich ernst nehmen. Ich kenne ihn lang genug, um zu wissen, dass er nicht blufft. Und darüber muss ich mit meinem Vater sprechen.

Keine Ahnung, wo sich mein bester Freund den ganzen Tag herumgetrieben hat. Wobei, ist er überhaupt noch mein bester Freund? Er hat mir einen Typen auf den Hals gehetzt, mich vermutlich verfolgen lassen, mir einen Drohbrief in das Bett gelegt, mein Pikachu zerfetzt und erpresst mich nun. Wahrscheinlich sind das genügend Gründe, um ihm den Titel eines Freundes aberkennen zu müssen.

Von dem dumpfen Gefühl, das sich bei diesem Gedanken in mir ausbreitet, wird mir schlecht. Wahrscheinlich hatte ich die längste Zeit einen besten Freund. Diese Erkenntnis trifft mich unerwartet und wie ein harter Faustschlag in die Magengegend.

Durch meine vielen Internatswechsel und die Tatsache, dass meine Familie seit Jahren in temporären Unterkünften lebt, die über die gesamte Welt verteilt sind, habe ich immer nur oberflächliche Freundschaften geschlossen, von denen viele bereits im Sand verlaufen sind. Ohne Maxime habe ich niemanden. Diese Feststellung lässt mich zitternd einatmen.

Also, wo ist Maxime eigentlich? Geplant war, dass er übermorgen mit uns allen abreist. Vielleicht zieht er es durch. Das wäre dreist. Aber eventuell hat er genügend Anstand und verlässt die Insel früher. Dass ich meinen besten Freund bereits jetzt übermäßig vermisse, verdränge ich erfolgreich.

Wegen der hervorragenden Aussicht von hier oben erspähe ich meinen Vater bereits lange vor seiner Ankunft am Restaurant. Er sieht gut aus. Ausgeschlafen und glücklich. Natürlich trägt er eine seiner schicken Leinenhosen zu einem blütenweißen Hemd, das seit Jahren ein wenig zu sehr um die Mitte spannt. Sein mittlerweile ergrautes Haar ist akkurat in einem alterslosen Schwarz gefärbt, und er hat sich frisch rasiert.

Als mein Dad an den Tisch herantritt, stehe ich auf und begrüße ihn mit einer herzlichen Umarmung.

Er drückt mir einen dicken Schmatzer auf die Wange und setzt sich mir gegenüber.

Während er sich die Serviette umständlich auf dem Schoß platziert, beginnt er bereits das Gespräch. „Wie fandest du die Feier gestern?“

„Gut! Es hat alles funktioniert, oder?“ Ein klein wenig plagt mich das schlechte Gewissen, weil ich mich im Laufe des Abends aus dem Staub gemacht hatte.

„Ja." Er nickt bestätigend mit dem Kopf. „Ich habe dich nur irgendwann aus den Augen verloren?", fügt er hinzu und lässt es wie eine Frage klingen.

Ich winde mich in meinem Rattansessel. „Da hatte ich noch etwas mit einem Partner zu erledigen", versuche ich, mich aus der Affäre zu ziehen.

„So, so", schmunzelt mein Vater. Kleine Lachfältchen graben sich in die weiche Haut neben seinen Augen. Okay, er weiß darüber vermutlich mehr, als mir lieb ist.

Doch leider habe ich dieses Essen nicht initiiert, um mit Dad über mein Liebesleben zu sprechen. Zumindest nicht ausschließlich. „Wir haben ein kleines Problemchen mit diesem Partner", gebe ich zu.

Jetzt ist sein Blick alarmiert. „Warum?", fragt er und mustert mich aus zusammengekniffenen Lidern.

Dann hole ich tief Luft und sammele mich kurz. „Alles, was ich dir jetzt erzähle, muss unter uns bleiben, okay?"

Dads skeptischer Blick spricht Bände, doch mit einer leichten Kopfbewegung fordert er mich auf, weiterzusprechen.

„Vielleicht habe ich mir im Februar, als ich für einige Tage an der Gold Coast war, mehr oder weniger illegal Firmenunterlagen von *Bunham & Richardson* besorgt."

Dad mustert mich ernst. „Bist du erwischt worden?"

„Nein!", rufe ich entgeistert.

Die Erleichterung über diese Antwort ist meinem Vater sofort anzusehen.

„Aber ich habe die Daten nicht verwendet. Ich habe Dean Richardson einen Monat später sogar erzählt, was ich getan habe“, rede ich weiter.

Jetzt lese ich pures Entsetzen in Vaters Miene. „Bist du noch ganz bei Trost? Zeigt er dich an?“

Ich schüttele den Kopf. „Nein!“ Dads vor Schreck geweitete Augen normalisieren sich langsam.

„Er war nicht begeistert, ja. Aber ich bereue es wirklich und will keinen Vorteil daraus ziehen. Das hat für ihn ausgereicht.“

Jetzt sieht mich mein Vater mehr interessiert als schockiert an. „Warum willst du die Informationen denn nicht verwenden?“

Er gießt sich etwas aus der Wasserflasche in sein Glas. Mit einer nach oben gezogenen Augenbraue fragt er mich, ob ich auch etwas möchte. Zur Antwort schiebe ich ihm mein Glas entgegen.

Nach einem Schluck Wasser fährt er fort. „Dein Geschäftssinn ist grandios. Da könnten sich andere ein Beispiel an dir nehmen.“

Ich seufze. Das Lob streichelt meine Seele und doch habe ich es für eine Tat bekommen, die ich mittlerweile bitterlich bereue. „Du verstehst das nicht“, versuche ich, mich zu erklären. „Nein, ich will damit nichts mehr zu tun haben. Ich würde das alles am liebsten vergessen.“

Wieder mustert mich mein Vater interessiert. „Aber warum? Geschäft ist Geschäft!“ Er zuckt lässig mit den Schultern.

„Dad …“ Ich befürchte, dass ich mit der halben Wahrheit hier keinen Erfolg haben werde. Deshalb gehe ich aufs Ganze. Den Blick halte ich auf meine Finger gesenkt, die immer noch mit dem Schilfgras spielen. „Dean bedeutet mir etwas“, gestehe ich leise.

Dad mustert mich skeptisch. „Hat er dich um den kleinen Finger gewickelt, damit du ihm seine Existenz nicht unter dem Hintern wegziehst?“

„Nein. Ich ... Bitte, Dad. Versprich mir, dass wir nichts gegen *Bunham & Richardson* unternehmen. Ich bin für jede Zusammenarbeit offen ...“

„Ja, das kann ich mir vorstellen“, fällt er mir ins Wort und verdreht die Augen.

Doch ich lasse mich nicht beirren. „... aber ich will nichts tun, das ihnen schadet.“

Er nimmt einen großen Schluck von seinem Wasser, dann sieht er mich eindringlich über den Tisch hinweg an. „Bist du dir sicher, dass er dich liebt?“

Perplex schaue ich ihn an. Natürlich nicht. Welchen Anlass hätte mir Dean gegeben, dass ich so etwas denken könnte.

Als ich darauf nichts zu sagen habe, fährt er fort. „Überlege es dir gut. Es ist eine einmalige Chance, für die du hart gekämpft hast.“

Diese Worte treffen mich. Ist Dean das wirklich wert? Was ist, wenn Vater recht hat und er mich um den kleinen Finger gewickelt hat?

Aber ich will das Richtige tun. „Dean ist mir wichtiger als das Geschäft“, bringe ich schließlich mit fester Stimme hervor.

Dads Blick ruht auf mir. „Es ist deine Sache, wie du damit umgehst. Du hast die Initiative ergriffen, du kannst es so zu Ende bringen, wie es dir sinnvoll erscheint. Es ist dein Projekt, du bist erwachsen und ich werde mich nicht einmischen.“

Mir fällt ein riesiger Stein vom Herzen und kurz bin ich versucht, aufzuspringen und meinem Vater um den Hals zu fallen. Ich belasse es bei einem bedeutungsvollen „Danke“ und drücke mit meiner Hand kurz die seine.

Nachdem der Kellner bereits zum dritten Mal an unseren Tisch kommt und wir noch immer nicht gewählt hatten, greifen wir beide endlich zur Speisekarte.

„Ach ja“, werfe ich ein. „Falls Maxime dich darauf ansprechen sollte: Mit ihm rede ich nicht mehr. Der ist Vergangenheit“, informiere ich meinen Dad, während ich nebenbei die Speisekarte lese.

„Warum?“, fragt er irritiert. „Ich dachte, er ist dein bester Freund.“

Ich schnalze mit der Zunge. „Er hat etwas Unverzeihliches getan und versucht jetzt auch noch, mich zu erpressen. Also bitte, lass dich erst gar nicht auf ein Gespräch mit ihm ein, falls er zu dir kommen sollte.“

Kopfschüttelnd verschwindet sein Blick hinter der Speisekarte. „Du weißt hoffentlich *wirklich*, was du tust“, seufzt er leise.

Das hoffe ich allerdings auch.

dean

4. JUNI – SYDNEY, AUSTRALIEN

Laute Musik und summendes Stimmengewirr empfangen mich, als ich das Veranstaltungsgelände am Bondi Beach betrete.

Alles sieht so ähnlich aus, wie beim Vorentscheid vor knapp drei Monaten. Und doch wirkt die Aufmachung um einen Hauch professioneller. Kein Wunder, denn dieses Wochenende versammelt sich hier die Crème de la Crème der Skateboardwelt, um heute im Park- und morgen im Street-Wettbewerb sowohl einen Weltmeister als auch eine Weltmeisterin zu küren.

Wie krass eigentlich, dass ich mich tatsächlich für dieses Event qualifizieren konnte. Dass ich die Möglichkeit hätte, mich nach diesem Tag Park-Skate-Weltmeister zu nennen. Auch wenn ich weiß, dass dieser Gedanke utopisch ist, besteht die theoretische Chance.

Bereits nach wenigen Metern begegne ich

bekannten Gesichtern: Freunden und Konkurrenten, die ich die letzten Jahre auf Veranstaltungen dieser Art kennen und schätzen gelernt habe.

Wir begrüßen uns kurz, halten Small Talk, wobei ich mehr als einmal mein verheiltes Schlüsselbein präsentieren muss, und wünschen uns einen guten Ride.

Als ich den Vorjahressieger Keegan Walmer erspähe, lasse ich es mir nicht nehmen, ihn – ganz der Fanboy, der ich nun mal bin – nach einem Selfie zu fragen.

Mit Matthew Davidson verquatsche ich mich an dem Stand mit Energydrinks, wo wir uns beide mehrere eisgekühlte Dosen dieses legalen Aufputschmittels reinziehen. Matthew ist ein Sydney-Local, und wir treffen uns bereits seit vielen Jahren auf den unterschiedlichsten Contests hier in der Gegend.

Mit der Zeit entwickelten wir uns von flüchtigen Bekannten zu echten Freunden. Dass er sich ebenfalls für das Finale heute qualifiziert hat, freut mich unglaublich für ihn.

Mit Matthew nutze ich die Zeit, die den Athletinnen und Athleten zur Vorbereitung gegeben wird, und probiere mit ihm einige leichte Tricks auf den verschiedenen Hindernissen. Ansonsten genießen wir einfach eine gute Zeit zusammen.

Dann beginnen die Qualifikationsrides. Jeder muss zwei Läufe absolvieren, wobei jeder Lauf 45 Sekunden dauert.

Schon bei meinem ersten merke ich, wie unglaublich locker ich heute auf dem Board stehe. Der Zwang, der mich bei der letzten Competition noch eingeschränkt hat, ist vollständig von mir abgefallen.

Mittlerweile ist es mir egal, ob ich bei diesem Event Preisgeld abräume oder eben nicht. Dadurch, dass ich mich in den letzten Wochen in Vaters Firma eingebracht habe und sogar Spaß daran fand, habe ich mir selbst ein Empfinden von Selbstwirksamkeit gegeben. Es ist nicht egal, was ich tue, denn ich bewirke damit Gutes.

Und ich erhalte die Kohle nicht mehr nur dafür, dass ich Nicholas Richardsons Sohn bin, sondern für meine eigene Leistung. Das ist wirklich ein gutes Gefühl!

Ein noch besseres Feeling ist es allerdings, zu skaten um des Skatens willen. Einfach Spaß haben und die Sache fließen lassen.

Beide meiner Rides laufen vermutlich deshalb richtig, richtig gut - und das, obwohl ich mich nicht mehr an den 720 heranwage. Statt die vollständigen zwei Drehungen zu versuchen, beschränke ich mich auf die eineinhalbfache Variante und stehe in beiden Läufen den 540 souverän.

Trotzdem bin ich mehr als überrascht, als mein Name unter den Top Acht auftaucht, die in das Finale einziehen dürfen.

„Glückwunsch, Alter", schreit mir Matthew förmlich ins Ohr, während er mir mit einigen festen Schulterklopfern zu meiner Leistung gratuliert.

„Sorry, dass du es nicht gepackt hast." Matthew hat

den Einzug ins Finale um einige wenige Punkte verpasst. „Du hättest es verdient." Sein Lauf war wirklich gut, aber vielleicht mit zu vielen sicheren und zu wenig aufsehenerregenden Tricks gespickt.

Die ganze Zeit fühlt sich alles völlig surreal und so gegensätzlich zu meinem letzten Erlebnis in diesem Skatepark an, dass ich mir mehrmals versichern muss, nicht zu träumen.

Kurz vor dem Finalride kickt die Nervosität dann doch. Dadurch, dass ich mich als Achter und damit Letzter für die Endrunde qualifiziert habe, muss ich jetzt als Erster aller Finalisten in den Park.

Mein Puls geht so heftig, dass man meine pochende Halsschlagader schon von Weitem sehen könnte. Wieder und wieder wische ich mir meine Hände an meinen Shorts ab, bevor ich zum hundertsten Mal den Sitz meiner Schoner und meines Helms kontrolliere. Gewissenhaft schnüre ich mir zum Schluss die Schuhe fest an die Füße und muss mehrmals tief durchatmen, während ich an der Startposition auf mein Signal warte.

In dem Moment, in dem das tiefe Hupen ertönt, werden alle Gedanken und Ängste aus meinem Hirn geblasen. Es gibt nur noch das Skateboard und mich. Als ich die Quarterpipe hinunterrase, weiß ich einfach, dass das hier gut werden wird.

So nervig die Einschränkungen der letzten Monate auch waren und der nutzlose Arm, den ich wochenlang in einer Schonhaltung mit mir herumgeschleppt habe, mich gestört hat, meine Balance hat dadurch ein neues

Level erreicht. Ich stehe viel ruhiger und souveräner auf dem Brett als je zuvor.

Die Idee, als letzten Trick statt dem *540* doch den *720* zu springen, schießt mir wenige Sekunden vor dem entscheidenden Absprung durch den Kopf. Seit meinem Unfall und dem daraus resultierenden Bruch habe ich diesen Sprung kein einziges Mal mehr gewagt. Und doch bin ich mir plötzlich sicher, dass es eine gute Idee wäre, ihn zu versuchen. Also setze ich alles auf eine Karte und springe.

Die Landung ist nicht so sauber, wie ich es mir gewünscht hätte, aber *holy shit*, ich habe gerade einen *720* gestanden. Völlig außer mir reiße ich meine beiden Arme nach oben, als die Crowd in lauten Jubel ausbricht, und ich beginne zu realisieren, dass ich gerade wirklich einen *fucking 720* performed habe.

Fassungslos reiße ich mir den Helm und die Beanie vom Kopf und starre entgeistert auf die Anzeigetafel mit den Wertungen. Die Zahl ist viel zu hoch. Doch als mir erst Matthew und danach sogar Keegan Walmer enthusiastisch auf den Rücken klopfen und mich beglückwünschen, da rastet die Realität endlich in meinem Bewusstsein ein. Ich habe es wirklich geschafft! Und das auch noch auf einem internationalen Contest. Holy shit!

Die Läufe der restlichen sieben Fahrer beobachte ich gespannt, kann mir das dümmliche Grinsen dabei aber nicht verkneifen. Wie geil lief dieser letzte Ride bitte? Egal, welchen Platz ich letztendlich machen werde, dieses abnorme Glücksgefühl, das sich wie warmer, flüssiger Honig in meinem Körper ausbreitet, kann mir niemand mehr nehmen.

Zur Siegerehrung versammeln sich alle acht Finalteilnehmer vor der Haupttribüne. Dort wurde ein kleines Podest aufgebaut, um das sich bereits die Zuschauer und Reporter scharen.

Allen Teilnehmern wurde sofort nach dem Lauf ihre Punktzahl angezeigt, sodass ich genau weiß, auf welcher Position ich gelandet bin. Und dass es besser gelaufen ist, als ich jemals erwartet hätte.

Ich befinde mich seit dem Ende meines Rides in einem Tunnel aus surrealen Empfindungen und befürchte jede Sekunde, aus diesem wahnsinnigen Traum aufzuwachen. Doch es passiert nicht.

Als schließlich mein Name aufgerufen wird und ich unter lautem Geschrei auf das kleine Podium mit der Zahl drei steige, habe ich es ehrlicherweise immer noch nicht ganz begriffen. Auch nicht in dem Moment, in dem mir der legendäre Tony Hawk meine Trophäe überreicht und mir die Hand schüttelt.

Mein Geist scheint sich von meinem Körper gelöst zu haben und schwebt in irgendwelchen Sphären über mir, sodass ich alles nur wie von sehr weit weg wahrnehme: den Applaus, die rufenden Reporter und die ausgelassene Menge.

Fest umklammere ich das Deck, das mir gerade überreicht wurde, und mustere die große Drei, die die Unterseite ziert. Tony Hawk grinst mich an, als ob er genau wüsste, was in mir vorgeht. Die Berührung des

Holzes fühlt sich echt an, real, und ich beginne, ein klein wenig zu glauben, dass das hier wirklich passiert.

Dann ist es an mir, laut zu klatschen und zu johlen, denn die ersten beiden Plätze werden aufgerufen und erhalten als Trophäe ebenfalls ein Deck mit speziellem Print auf der Unterseite. Keegan Walmer hat es auch dieses Jahr geschafft, den Sieg mit nach Hause zu nehmen, obwohl es zum Zweitplatzierten richtig knapp war.

Für das Siegerfoto lehne ich mich zu Keegan und halte, wie die anderen beiden, meinen Siegerpreis nach oben. Wir lachen ausgelassen, während uns Reporter und Zuschauer mit ihren Kameras und Handys tausendfach ablichten. Gott, dieser Moment könnte echt ewig dauern.

Doch irgendwann geht auch der schönste Augenblick zu Ende, und wir springen alle drei synchron von unserem kleinen Podest.

Dann greife ich nach dem symbolischen, übergroßen Scheck, auf dem das Preisgeld von 10.000 Dollar notiert ist, der vor meinem Podiumsplatz platziert wurde. Das sind, im Vergleich zu meinem Vermögen, natürlich nur Peanuts. Trotzdem fühle ich mich durch diese Errungenschaft im Moment so reich wie noch nie.

Gerade als ich mich durch die Menge zum Bereich bewegen will, in dem die Teilnehmer ihre Sachen ablegen können, sehe ich sie.

Mein Herz beschleunigt sofort auf maximale Auslastung, und ungläubig blinzele ich in die Menge. Doch, sie ist es wirklich! Mitten unter den Zuschauern steht Lucia Clément. Ihren gebundenen Pferdeschwanz hat sie durch die Öffnung eines schwarzen Caps gezogen, auf dem vorne ein knallorangenes Pokémon prangt. Und ihr Mund grinst mich so breit und glücklich an, dass ich sofort das Gefühl habe, den Boden unter den Füßen zu verlieren.

Mein Bedürfnis, so schnell wie möglich zu ihr zu gelangen, wird leider von den Zuschauern und Athleten, die mir gratulieren, die Hände schütteln und ein Selfie mit mir machen wollen, vollständig ignoriert.

Und so lache ich in unterschiedlichste Kameras und pose mit Fans und Freunden. Ein Auge bleibt dabei immer auf Lucia gerichtet, aus Angst, dass sie wie eine Illusion plötzlich verschwindet. Doch jedes Mal, wenn sich unsere Blicke treffen, lächelt sie und zwinkert mir verschwörerisch zu.

Als ich nach einem gefühlten Jahrhundert endlich bei ihr eintreffe, bin ich ungewohnt unsicher, denn ich habe keine Ahnung, wie ich sie begrüßen soll. Normalerweise mache ich mir darüber keine Gedanken; ich tue immer, was *ich* will. Aber jetzt überlege ich ernsthaft, was *Lucia* von mir erwartet.

Letztendlich entscheide ich mich für eine kurze, aber heftige Umarmung, die mich sofort die vielen neugierigen Zuschauer um uns herum verfluchen lässt. Wie gerne wäre ich jetzt mit Lucia allein, um diesen Körperkontakt weiter zu vertiefen.

„Was machst du hier?", begrüße ich sie endlich lachend. Meine freie Hand gleitet sogleich an ihrem Ellbogen nach unten, bis ich unsere Finger miteinander verschränken kann. Warm, weich und vertraut.

Sie schmunzelt und hebt die Augenbrauen in einem gespielten Ausdruck von Skepsis. „Ich hatte mir eine nettere Begrüßung erhofft.“

Wieder kann ich mir das Grinsen nicht verkneifen. An unseren Händen ziehe ich Lucia langsam mit mir durch die Menge.

„Entschuldige bitte! Aber ich meine das ernst. Was ist mit deinem Vater? Du wolltest doch mit ihm sprechen und *nicht* hierherkommen!“

Lucia seufzt leise. „Ach, komm schon. Ich will jetzt wirklich nicht über das Geschäft reden, lass uns lieber deinen Sieg feiern!“

„Es ist nur ein dritter Platz“, korrigiere ich sie beschwichtigend.

„*Nur* würde ich das nicht gerade nennen.“ Sie lacht ungläubig. „Ich habe mir schon gedacht, dass du gut sein würdest. Aber um ehrlich zu sein, hast du mich sogar außerordentlich beeindruckt.“ Wie um das Gesagte zu bestätigen, drückt sie meine Hand fester.

Ich weiß nicht, was sich besser anfühlt: dieser dritte Platz oder das Gefühl, Lucia ernsthaft imponiert zu haben. „Du hast meinen Lauf gesehen?“, frage ich trotzdem nach.

Sie lacht laut auf. „Ich bin irgendwann während der zweiten Qualifikationsrunde angekommen. Deinen Lauf konnte ich auch noch sehen, und natürlich das Finale mit diesem krassen Sprung am Ende.“

Wow. Sie muss sich lange in der Menge versteckt gehalten haben.

„Das war ein *720*. Beim letzten Versuch, den zu zeigen, ist das hier passiert.“ Mit der Hand greife ich mir an den Kragen meines Shirts und ziehe den Ausschnitt über mein Schlüsselbein nach unten. Äußerlich ist nichts mehr zu sehen, weshalb ich den Stoff schnell loslasse und sofort wieder Lucias Hand ergreife.

„Wahnsinn, dass du dich unter den Umständen überwunden hast, es noch mal zu versuchen“, sagt sie mit einem nachdenklichen Unterton.

„Ja, manche Dinge sind es wert, ein Risiko einzugehen“, entgegne ich leichthin. Und das, obwohl mir sehr wohl bewusst ist, dass wir gerade nicht *nur* über meine Tricks in der Halfpipe sprechen.

Lucia bleibt stehen und dreht sich zu mir. Wir sind schon fast am Ende der Zuschauerarena angekommen und nur noch wenige Meter vom Teilnehmerbereich entfernt.

Sie lächelt leicht und das verunsichert mich schon wieder. „Ist alles okay?“, frage ich sie.

„Ja, klar! Komm, lass uns deinen Sieg feiern!“

„Es ist nur ein dritter Platz!“, erinnere ich sie nochmals. Doch ihr Enthusiasmus ist ansteckend.

Nachdem ich mich beeilt habe, das Deck und den Scheck abzulegen und mir einen Hoodie überzuziehen, lasse ich schnell den abgesperrten Bereich hinter mir und bin zurück bei Lucia.

Die nimmt sofort meine Hand und zieht mich auf den provisorischen, aber bereits gut gefüllten Dancefloor. Teile des Skateparks wurden dafür mit bunten Scheinwerfern angestrahlt, und aus den rundherum aufgestellten Lautsprechern dröhnt übertrieben lauter Pop-Punk. Es ist gerade einmal später Nachmittag, weshalb die Sonne zwar tief steht, aber das künstliche, farbenfrohe Licht fast noch nicht zur Geltung kommt.

Das hält allerdings niemanden davon ab, sich zu *Blink 182* und *The Offspring* ordentlich zu verausgaben.

Lucia und ich halten uns an den Händen, während wir wild springen und laut die Lyrics von *Self Esteem* mitsingen.

Ja, wir haben Spaß, und ich liebe es, wie ausgelassen sie mit mir feiert. So viel ungehemmte Freude hätte ich ihr damals in Zermatt niemals zugetraut. Aber ehrlich gesagt hätte ich auch nichts dagegen, wenn wir das Event verlassen und den Rest des Tages einfach nur zu zweit verbringen würden.

Gerade als ich ihr das vorschlagen möchte, stellt sie sich auf die Zehenspitzen und streckt sich zu mir nach oben. Ihr warmer Atem streift meine Ohrmuschel, als sie spricht. „Vielleicht können wir es auch noch mal versuchen", kommt es unsicher aus ihrem Mund. Das Kribbeln, das sich deswegen in mir ausbreitet, fühlt sich intensiv und doch erstaunlich zart an.

Meine Hände landen sofort an ihren Hüften - eine Berührung, nach der ich mich seit dem Moment gesehnt habe, in dem ich sie in diesen heißen Sportleggings entdeckte.

Den Impuls, meine Lippen sofort auf ihre zu legen, kann ich nur mit äußerster Willenskraft unterdrücken. Ja, ich will es auch noch mal mit ihr versuchen. Doch bevor ich diesen Schritt gehe, muss ich etwas wissen. „Ist alles in Ordnung mit deinem Vater?", frage ich Lucia.

Die zieht die Augenbrauen bis zum Ansatz ihres

Caps nach oben. „Hast du Angst um dich oder die Firma?", fragt sie provokant.

Ich seufze. „Nichts von beidem. Ich wollte eigentlich nur wissen, wie es *dir* mit der Sache geht."

Sie verzieht den Mund. Dann packt sie eine meiner Hände und zerrt mich an den Rand des Geschehens. Angesichts der nun schwächer hörbaren Musik müssen wir uns immerhin nicht mehr anschreien.

Sie atmet tief ein und mustert mich intensiv aus ihren grauen Augen. „Es ist alles okay. Ich habe mit Dad gesprochen und er wird nichts unternehmen, selbst wenn Maxime auf ihn zukommt." Ihr Tonfall ist aufrichtig und beschwichtigend.

„Was ist mit Maxime?", bohre ich trotzdem weiter.

Ihr Blick verdüstert sich sofort. „Ich habe ihn seit diesem *Gespräch* nicht mehr gesehen." Bei dem Wort *Gespräch* malt Lucia mit ihren Zeige- und Mittelfingern Anführungsstriche in die Luft. Ihr Gesichtsausdruck wirkt dabei sowohl traurig als auch maßlos enttäuscht.

In mir hingegen steigert sich die Euphorie über ihre Worte zu einem jubilierenden Inferno. Lucia hat sich *für mich* und *gegen* ihren langjährigen besten Freund und gegen einen Karrierevorteil entschieden.

Die Erleichterung in mir ist fast greifbar, als ich mich wieder an Lucia wende. „Das tut mir leid für dich." Ich atme ein. „Wollen wir gehen?"

„Wohin?", fragt sie halb verdutzt, halb gespannt.

„Nach Hause, also nach South Heads, wäre schön", biete ich ihr an. Ich habe keine Ahnung, wie lange Lucia hierbleiben kann, aber sie nickt auf meinen Vorschlag hin. Plötzlich kann es uns beiden nicht schnell genug gehen, diese Veranstaltung hier zu verlassen.

Fünfzehn Minuten später steigen wir auch schon in meinen Truck. Mein Skateboard, mein Equipment, die Preise und Lucias Tasche liegen achtlos auf der Rückbank verstreut, während sie auf dem Beifahrersitz neben mir Platz nimmt.

Zu Beginn unserer Fahrt unterhalten wir uns noch angeregt über die Skate-Competition, und ich erkläre Lucia die Namen der verschiedensten Tricks. Doch nach ungefähr zehn Minuten sinkt Lucias Kopf bereits gegen die Scheibe, ihre Augen sind geschlossen, und ihr Atem geht gleichmäßig.

Als ich die Gänsehaut auf ihren nackten Armen entdecke, schnappe ich mir einen zweiten Hoodie von der Rückbank und lege ihn ihr fürsorglich auf den Oberkörper. Bei den knapp 15 °C, die Anfang Juni an der Ostküste herrschen und den Winteranfang einläuten, braucht es für einen angenehmen Autoschlaf auf jeden Fall eine Decke. Dieser Gedanke hat sicher nichts damit zu tun, dass ich gerne einen Hoodie hätte, der nach *ihr* riecht.

Ich mustere Lucia, wie sie entspannt am Fenster lehnt. Den Mund leicht geöffnet, die Cap mit Glutexo darauf ein wenig schief auf dem Kopf. Sie sieht so jung und unschuldig aus - und erschöpft. Die kurzfristige Reise hierher muss anstrengend für sie gewesen sein. Und doch bin ich unbeschreiblich froh, dass sie diese Strapazen auf sich genommen hat.

lucia

4. JUNI – SOUTH HEADS, AUSTRALIEN

Eine unerwartete Berührung an meinem Oberarm lässt mich aus meinem angenehmen, traumlosen Schlaf aufschrecken. Kurz blinzele ich orientierungslos gegen die tiefstehende Sonne an, bis ich erkenne, dass ich in Deans Truck sitze. Meinen Kopf immer noch an die kühle Scheibe gelehnt, sehe ich ihn fragend an.

„Wir sind gleich da. Dachte, du willst vielleicht noch einen Blick auf den Strand werfen", kommt es von meiner rechten Seite. Dean sitzt am Steuer seines Trucks, die Hand immer noch auf der entblößten Haut meines Arms. Einer seiner Hoodies liegt halb auf meinem Oberkörper und halb auf meinem Schoß. Wahrscheinlich hatte er mich damit zugedeckt.

„Wie lange habe ich geschlafen?", frage ich verdutzt.

„Eine gute Stunde, denke ich. Wir sind gut durchge-
kommen“, erklärt er.

„Du hast noch drei Querstraßen“, ergänzt er dann.

Weil ich in der Dämmerung und mit dem Schatten
über meinen Augen kaum etwas erkennen kann, streife
ich mir die Cap vom Kopf, schüttele meinen Zopf aus
und blicke ihn dann nochmals fragend an.

„Noch zwei“, meint er nun drängender.

„Der Strand?“, frage ich begriffsstutzig.

„Jep“, gibt er zurück und fährt nun so langsam, dass
uns eine Schildkrötenfamilie jederzeit überholen
könnte.

Pflichtbewusst sehe ich aus dem Fenster. Der feine
Sand des Strandes wird in ein unnatürlich wirkendes
orangefarbenes Licht getaucht. Vor dem hellrosa
wirkenden Meer heben sich die Konturen von Palmen
und Lifeguard-Häuschen dunkelgrau ab. Gebannt sehe
ich den winzigen Wellen zu, wie sie sanft auf die Küste
zuschwappen.

Trotz der niedrigen Geschwindigkeit erreichen wir
viel zu schnell die schmale Straße, die zu Deans
Bungalow führt und dieses spektakuläre Naturschau-
spiel aus meinem Sichtfeld verschwinden lässt.

Als wir auf das Haus zufahren, betätigt Dean eine
kleine Fernbedienung, die in der Mittelkonsole seines
Autos liegt. Ad hoc schwenkt das breite, strahlend-
weiße Holztor zur Seite, und Dean lenkt den Truck in
die Auffahrt.

Gleichzeitig öffnen wir die Türen. Doch Dean
taucht blitzschnell auf meiner Seite des Autos auf,

sodass er mir galant die Hand reichen kann und mir aus dem hohen Einstieg hilft.

„Das hätte ich vermutlich sogar selbst geschafft", merke ich an, obwohl mir diese kleine süße Geste mehr als gut gefallen hat.

„Das ist mir durchaus bewusst", neckt er mich. Er nutzt die Gelegenheit, lässt meine Hand nicht los und hält sie fest umschlossen.

Gerade als er mit der anderen die hintere Wagentür öffnet, um unser Gepäck auszuladen, schwingt die Haustür mit Karacho auf und ein genervt dreinblickender Ben kommt uns entgegengestapft.

„Ihr könnt gleich wieder umdrehen", ruft er uns trocken entgegen. Dabei wirft er beide Arme in einer hilflosen Geste in die Luft.

Dean zieht die Augenbrauen zusammen. „Schon wieder?", fragt er belustigt.

Ben nickt nur. „Küche", quetscht er zwischen den dünn zusammengepressten Lippen hervor und macht sich bereits daran, den Motorradhelm in seiner Hand über den Kopf zu ziehen.

Deans Ausdruck wirkt im nächsten Moment etwas ratlos. „Wo fährst du hin?", fragt er Ben.

Der schiebt sein verspiegeltes Visier nach oben. „Breakers wahrscheinlich. Wollt ihr mit?" Hoffentlich will er nicht ernsthaft wissen, ob wir zu dritt auf seinem Motorrad fahren möchten.

„Ne, danke. Wir finden etwas", winkt Dean ab.

Okay, danke! Das wäre mir heute ein Abenteuer zu viel gewesen.

Als Ben das Motorrad anlässt, das direkt neben Deans Truck in der Auffahrt parkt, winkt er uns kurz zu und saust gerade noch durch das weiße Tor, das sich bereits wieder zu schließen beginnt.

„Was ist los?“, frage ich irritiert.

„Ich befürchte, wir müssen die nächste Stunde - oder vielleicht besser zwei - woanders verbringen“, meint Dean belustigt.

„Gibt es ein Problem mit deinem Haus?“, frage ich erstaunt.

„Nicht *mit*, eher *im* würde ich sagen“, antwortet er mir kryptisch.

„Aha?“, entgegne ich mit fragendem Unterton.

„Mein Mitbewohner und seine Freundin schaffen es gelegentlich nicht immer zuverlässig bis in sein Zimmer, wenn man sie zu lange unbeaufsichtigt lässt.“ Jetzt grinst er breit.

„Dein Mitbewohner treibt es gerade in der Küche?“, frage ich entsetzt.

„Ja. So sieht es wohl aus.“ Er schlägt die hintere Tür seines Trucks wieder zu und führt mich zurück zur Beifahrertür. „Ich hoffe, sie wischen danach ausgiebig über die Arbeitsfläche“, kommentiert er das Ganze trocken.

Fünf Minuten später parken wir den Truck ein weiteres Mal. Ich kenne den Ort, an dem wir uns nun befinden. Wieder sprintet Dean auf meine Seite, hilft mir aus dem

Truck und hält meine Hand fest, während er sein Skateboard von der Rückbank nimmt. Dann reicht er mir den Hoodie, den ich vorher noch als Decke benutzt hatte. Die Gänsehaut auf meinen Armen verschwindet sofort, als mein Körper in dem wohlig-weichen Stoff versinkt.

„Herzlich willkommen im berühmt-berüchtigten Skatepark von South Heads", erklärt er mir euphorisch, als er mir wenig später eine schwere Metalltür aufhält.

„Ich will dir deine gute Laune auf keinen Fall nehmen, aber ich war tatsächlich schon einmal hier", erkläre ich lachend.

„Wirklich?" Diese Information scheint Dean ernsthaft zu irritieren. „Wann? Und warum? Und mit wem?", fragt er verdutzt.

Kurz bleibe ich still. „An dem Tag, als du mich ..." Ich schaffe es nicht den Satz zu beenden und setze neu an. Fast hätte ich gesagt, dass es der Tag war, an dem er mich verlassen hat. Wie theatralisch. „An dem Tag, als du zur Competition nach Sydney gefahren bist", bringe ich gepresst hervor.

Er versteht sofort. „Da bist du in einen Skatepark gegangen?" Seine Stimme trieft vor Unglauben.

„Nein." Jetzt lache ich trocken auf. „Ich bin zu einem Raid gegangen." Als ich den verständnislosen Ausdruck in seinen Augen sehe, spreche ich weiter. „Das hat was mit dem Pokémon-Spiel zu tun. Auf jeden Fall war mir nicht bewusst, dass der Raid in einem Skatepark stattfindet. Ich bin einfach durch die Tür spaziert und dann war ich da." Mit einer ausladenden Geste meiner beiden Arme versuche ich, den gesamten Skatepark einzuschließen.

„Dann kennst du dich ja schon ein wenig aus“, entgegnet Dean schelmisch.

„Ach ja. Der zweite Punkt, mit dem ich plane, deine Stimmung zu vermiesen, ist der, dass ich mit hundertprozentiger Sicherheit und auf gar keinen Fall skateboarden werde.“ Siegessicher grinse ich ihn an.

„Das werden wir noch sehen“, lässt sich Dean nicht aus dem Konzept bringen. In seinen zartbitterbraunen Augen blitzt der Schalk auf, was mich mehr beunruhigt, als es sollte.

Deans Vorstellung vom Skateboarden gestaltet sich einfacher, als ich befürchtet hatte. Er jagt mich keine Halfpipe hinunter und Tricks verlangt er auch keine von mir. Ich stehe zu Beginn lediglich mit beiden Beinen auf dem Brett und wippe meine Hüfte nach rechts und links, damit ich mich an die Bewegung gewöhne.

Die Übung mag nicht die effizienteste sein, doch Dean kann dabei genau vor mir stehen und meine beiden Hände mit seinen halten. Vermutlich ist es deshalb das einzige Manöver, das wir ausprobieren. Zu dringend müssen wir jetzt miteinander sprechen und uns dabei berühren können. Ja, diese Aufgabe ist mit Sicherheit sehr einfach, doch Dean lobt mich unentwegt, was mein sowieso schon wild schlagendes Herz zusätzlich zum Rasen bringt.

Immer wieder muss er eine meiner Hände loslassen, um den unterschiedlichsten Leuten zuzuwinken, die mich interessiert mustern. Besonders einige

Mädels, die Dean bereits begrüßt haben, beobachten uns intensiv.

„Die Frauen dort drüben scheinen nicht begeistert von meiner Anwesenheit", stelle ich unsicher fest.

Nach einem kurzen Seitenblick zuckt er nur entschuldigend die Schultern. „Ach, die wussten immer, dass das nichts Ernstes war. Jetzt sind sie vermutlich nur neugierig."

Kurz blinzele ich. Dann wird mir schlagartig kalt. „Du hast mit all diesen Mädchen geschlafen?", frage ich tonlos.

Wieder ein prüfender Blick zur Seite. „Äh. Vermutlich. Mit manchen vielleicht auch mehrmals. So genau habe ich das nicht auf dem Schirm." Sein Blick ist entschuldigend, aber nicht schuldbewusst.

Ich stoppe in der Bewegung. Leider ist es, auf einem Skateboard stehend, nicht so einfach, die Balance zu halten, weshalb mein entgeisterter Blick mit einer Spur Unsicherheit gespickt ist.

„Das ist jetzt aber kein Problem, oder?", fragt mich Dean erstaunt. „Das war alles nichts Ernstes. So was hattest du bestimmt auch schon mal, oder?" Die Frage am Ende klingt plötzlich unsicher. So, als ob ihm gerade klar werden würde, dass dieses Verhalten absolut nicht zu mir passen täte.

Skeptisch ziehe ich die Augenbrauen nach oben. Auf die Gefahr hin, mich zu blamieren, antworte ich ihm trotzdem ehrlich. „Nein, ehrlich gesagt nicht. Ich hatte bisher genau mit zwei unterschiedlichen Personen Sex, und das letzte Mal ist schon peinlich lange her. Und das, was wir beide auf deinem Sofa getan haben ..." Ich atme tief ein, weil mich die Erinnerung zu überwältigen droht. „... das habe ich vorher noch *nie* gemacht."

Bestürzt sieht mich Dean an und mustert mich stirnrunzelnd. Dann wandert sein Blick wieder zu den Mädchen und anschließend zurück zu mir. „Woah, fuck, das tut mir leid. Das war extrem unsensibel von mir." Er lässt eine meiner Hände los und streicht mit der Hand vorsichtig über meine Wange.

Dann kommt er mir ganz nah. So nah, dass ich die hellbraunen Sprenkel in seinen dunkelbraunen Iriden erkennen kann.

„Woher soll ich wissen, dass du nicht dasselbe mit mir machst? Dass du nächste Woche meinen Namen vergessen hast und nicht einmal mehr weißt, ob und wie oft wir miteinander geschlafen haben?" Die Stimme bricht mir bei den letzten Worten weg, und mein Herz pocht viel zu schnell, so viel Angst habe ich vor seiner Antwort.

„Würdest du dich noch an *mich* erinnern?", fragt er mich spitzbübisch und kommt einen weiteren Schritt auf mich zu. Jetzt habe ich keine Chance mehr, mich auch nur einen Millimeter zu bewegen; so nah steht er vor mir.

Ich schnaube laut. „Kannst du dich an unseren Videocall erinnern? Den, bei dem Maxime irgendwann in mein Zimmer geplatzt ist?"

Dean knurrt leise. „Ja, ziemlich gut sogar."

Kurz überlege ich, ob Maxime damals tatsächlich gelauscht und uns in diesem Moment gezielt unterbrochen haben könnte. Möglich wäre es.

Dann fokussiere ich mich wieder auf das Hier und Jetzt. Ich schlucke schwer und zwinge mich dazu, Dean bei meinen nächsten Worten in die Augen zu sehen. „Ich wollte dir damals eigentlich etwas sehr Wichtiges mitteilen."

Dean nickt kurz und scheint mich mit seinem intensiven Blick durchleuchten zu wollen.

Dann atme ich tief ein. Ich sage es jetzt einfach, was soll schon passieren? „Natürlich würde ich mich an dich erinnern. Wie könnte ich nicht? Ich habe mich ab dem Moment viel zu sehr für dich interessiert, als du mir das erste Mal in die Augen gesehen hast. Damals, als Thomas dich mir vorgestellt hat. Und dann war da dieser leidenschaftliche Kuss auf dem Tisch - der hat meine Welt vollends durcheinander gewirbelt."

Ich fixiere Dean. „Und mit einem Schlag war ich nicht mehr die Lucia Clément, die immer alles unter Kontrolle hat, sondern nur ein kleines Mädchen, das sich rettungslos in dich verliebt hat - und immer noch ist." Beschämt drehe ich meinen Kopf zur Seite.

Deans Finger gleiten über meine Schläfen und meine Wangen. Ich liebe dieses mittlerweile vertraute und kribbelnde Gefühl, das sich dabei in meinem gesamten Körper ausbreitet.

„Ich war schneller", erklärt er mit rauer Stimme.

Verständnislos lasse ich unsere Blicke wieder ineinander versinken.

„Der Konferenzraum. Der Moment, in dem ich dich das erste Mal gesehen habe. Als ich mit Entsetzen realisiert habe, wie weit oberhalb meiner Liga du spielst und ich dich trotzdem um jeden Preis für mich gewinnen wollte." Dean räuspert sich, doch seine Stimme bleibt kratzig. „Da habe ich mich bereits in dich verliebt, Lucia."

Seine Finger halten an meiner Schläfe inne. „Du musst dir also keine Sorgen machen. *Dich* kann und will ich niemals vergessen."

Ich stehe immer noch auf diesem dämlichen, wackeligen Skateboard, weshalb ich meine Hände fest um Deans Hals schlingen muss, um die Balance zu halten, als ich mich auf die Zehenspitzen stelle und meine Lippen ganz zart auf seine lege.

Erleichtert seufzen wir beide leise auf. Seit diesen merkwürdigen Momenten in dem Toilettenraum hatten wir uns nicht mehr geküsst, und ich habe das damit einhergehende Gefühl mehr als vermisst.

Die federleichte Berührung unserer Münder sendet einen ganzen Meteoritenschauer an kleinen Blitzen durch meinen Körper. Dean keucht auf und schlingt seine Hände fest um meine Taille. Er zieht mich eng an sich, während er den Kuss intensiviert.

Die Berührung seiner weichen Lippen fühlt sich unbegreiflich sanft an. Gleichzeitig drückt er seinen Körper in seiner ganzen, göttlichen Härte an mich. Mit den Händen in seinem Nacken versuche ich, ihn trotzdem noch näher und noch fester an mich zu pressen. Ich brauche mehr von ihm.

Vorsichtig öffne ich den Mund und treffe sofort mit meiner Zungenspitze auf die seine. Kribbelnde Erregung lässt alle meine Nerven mit einem Schlag erzittern. Dean schmeckt nach einer Mischung aus Cola und nach Dean. Das könnte meine neue Lieblingsgeschmacksrichtung werden: Cola-Dean.

Bedacht umkreisen sich unsere Zungen, wodurch sich das süße Pochen zwischen meinen Beinen zu einem schon fast schmerzhaften Ziehen entwickelt. Auf Linderung hoffend, beginne ich damit, meine Hüften an seinem offensichtlich erregten Unterleib zu reiben.

Deans Hände krallen sich tiefer in den Hoodie-Stoff, der meine Taille bedeckt, bevor er den Kuss behutsam beendet.

Sein Gesicht ist nur wenige Millimeter von meinem entfernt. Als ob er jeden Moment bereit wäre, weiterzumachen. Er atmet schwer und seine Stimme klingt dunkel und rau. „Wir sind in einem öffentlichen Skatepark. Ich denke, wir sollten das hier nicht vertiefen."

Kurz möchte ich protestieren, doch dann gewinnt meine Vernunft die Oberhand. „Fahren wir zu dir?", schlage ich atemlos und in ebenso rauem Ton vor.

Deans Blick schweift nach oben. So als ob er kurz überlegen müsste. „Okay." Er nickt. „Aber eine Sache müssen wir vorher noch erledigen."

Mit einem Grinsen im Gesicht schiebt er eines seiner Beine zwischen meine und stellt sich zu mir auf das Skateboard. Mit dem anderen Fuß schiebt er uns vorsichtig an und umfasst im selben Moment mit seinen Händen meinen Oberkörper.

„Dean! Bist du verrückt?", rufe ich entsetzt und will mich aus seinem Griff befreien.

„Wackle lieber nicht so herum", tadelt er mich grinsend. „Es wird gefährlicher, je mehr du dich sträubst", lacht er.

Sofort höre ich auf, mich zu bewegen, und beuge lediglich ein wenig die Knie. Als ich realisiere, dass wir geradewegs auf einen kleinen Abhang zurollen, werde ich jedoch sofort wieder aktiv. „Du willst doch nicht wirklich da runterfahren?", keuche ich entsetzt.

„Doch, das kriegen wir hin. Bleib locker. Geh in die Knie und halte dich an mir fest", weist mich Dean an.

„Wir tragen nicht einmal einen Helm. Ist das überhaupt erlaubt?"

Dean lacht laut auf.

„Gott, das ist so reckless!", keuche ich fassungslos, als wir gemeinsam auf seinem Board eine kurze Schräge hinunterrollen.

Natürlich hat Dean alles im Griff, und wir kommen völlig unversehrt und heil wenige Meter später zum Stehen.

„Ja, okay. Das hat zugegebenermaßen ein klitzekleines bisschen Spaß gemacht", gebe ich mit einem Augenzwinkern zu.

Dean lacht ein weiters Mal laut auf, wird dann jedoch schnell wieder ernst. „Lass uns nach Hause fahren", raunt er mir ins Ohr, steigt vom Brett und reicht mir die Hand. Ich nicke schnell und trete neben ihn. Er kickt sein Board mit einer schnellen Bewegung nach oben, klemmt es sich unter den Arm und zieht mich im selben Moment mit sich zum Ausgang. Dean scheint es ähnlich eilig zu haben wie ich.

dean

4. JUNI – SOUTH HEADS, AUSTRALIEN

Das weiße Holztor schließt sich bereits wieder, als Lucia und ich vor dem Eingang des Bungalows stehen. Ein schmerzerfüllter Ausdruck huscht über ihr Gesicht, als sie die Haustür mustert. Hoffentlich denkt sie nicht an das letzte Mal, als sie hier war. Als ich sie genau aus dieser Tür und gleichzeitig aus meinem Leben geworfen hatte.

Mit einem flüchtigen Kuss auf ihre Schläfe versuche ich, die schlechten Erinnerungen aus ihren Gedanken zu verdrängen. Dann ziehe ich den Schlüssel aus meinen Bermudas, schließe auf, und wir treten langsam ein.

Aus der Küche höre ich leises Geklapper, das eher nach Essenszubereitung als nach leidenschaftlichem Sex klingt. „Entwarnung", lache ich Lucia feixend an.

Sie kann sich ein leichtes Schmunzeln nicht verkneifen.

Beim Betreten der großen Wohnküche winkt uns Ryan mit einem Messer in der Hand zu. „Hey, Lucia!" Er wirkt im ersten Moment erstaunt, fängt sich dann aber schnell. Wie ich trägt er gemusterte Shorts und einen schwarzen Hoodie. Wenn unsere Haar- und Augenfarbe nicht so gegensätzlich wäre, könnten wir fast für Brüder gehalten werden. „Wie war dein Event?", fragt er mich, als er sich auch schon wieder zur Arbeitsplatte umdreht und dort eine Gurke schneidet.

„Dritter Platz", antworte ich ihm lässig.

„Du spinnst doch", kommt es trocken von Ryan, der mich nun prüfend mustert.

„Hab' den *720* gestanden", ergänze ich und kann mir dabei die triumphierende Miene nicht verkneifen.

„Oh, fuck, Mann! Das ist der Wahnsinn!" Ryan kommt mit schnellen Schritten auf mich zu und zieht mich in eine feste Umarmung.

„Stich mich nicht ab", klage ich belustigt. Das Messer, das sich irgendwo an meinem Rücken befinden muss, löst leichtes Unbehagen in mir aus.

Er lacht laut auf, lässt mich los und boxt mir freundschaftlich gegen die Schulter, bevor er sich wieder seinem Gemüse widmet.

Lucia mustert uns die ganze Zeit über interessiert und schweigend. „Und du warst auch auf dem Event?", spricht Ryan sie nun an, während er sich zwei Bananen aus dem Körbchen auf der Theke nimmt.

„Ja", lächelt sie ihn verunsichert an. Sie räuspert sich. „War ziemlich spannend. Und echt beeindruckend." Dabei deutet sie vielsagend auf mich.

So viel Wertschätzung für meine Skateboardfähigkeiten ist fast zu viel für mich, weshalb ich lieber das Thema wechsle. „Ich hoffe, ihr habt die Arbeitsplatte danach gereinigt", spreche ich Ryan trocken an.

Der blickt erst verwirrt drein, um im nächsten Moment dreckig zu grinsen. „Durchaus", lacht er laut. „Hat Ben euch etwa gewarnt? Oder seid ihr selbst reingeplatzt? Hab' euch gar nicht wahrgenommen. Sorry dafür. Wenn man im Tunnel ist ..." Er lacht und wirft entschuldigend seine Arme in die Höhe.

Ein wissendes Schmunzeln kann ich mir nicht verkneifen. „Ben hat uns in der Auffahrt abgefangen", kommentiere ich nur kurz.

Dann wird Ryan ernst. Er fährt sich mit der Hand durch seine blonde Surfermähne. „Vermutlich ist das nicht der gesündeste Mechanismus, um mit dieser Sache umzugehen. Aber Lina hat einen Brief aus Deutschland bekommen, und irgendwie sind wir dazu übergegangen, jeglichen Gedanken an ihren Ex mit Sex zu kompensieren." Jetzt wirkt er fast hilflos.

„Gibt wahrscheinlich ungesündere Methoden", kommt es unerwartet und trocken aus Lucias Mund.

In diesem Moment öffnet sich die Badezimmertür im angrenzenden Gang, und Lina tritt heraus. Ihre nassen Haare haben bereits dunkle Flecken auf ihrem schwarzen Oversized-Shirt hinterlassen. Linas Beine stecken in einer schwarzen Leggings, und wie Ryan ist sie barfuß. Offensichtlich hat sie sich schon perfekt an das Leben in Australien angepasst, wo man fast überall auch ohne Schuhe willkommen ist.

„Hi", begrüßen sich Lina und Lucia quasi gleichzeitig, als Ryans Freundin die Wohnküche betritt.

„Du hast einen Brief von deinem Ex bekommen?", frage ich – neugierig und unsensibel, wie ich bin – sofort nach.

Lina nimmt es mit Humor. Sie tritt hinter Ryan, umschlingt ihn kurz mit den Armen und drückt einen Kuss auf sein Schulterblatt. Dann wendet sie sich mir zu. „Nein. Es war nur die Einladung zur Gerichtsverhandlung. Der Termin ist in zwei Monaten in Deutschland."

„Kurze Pause", unterbricht uns Ryan, der vor dem gefüllten Standmixer steht und im nächsten Moment den Regler hochdreht.

Nach wenigen Sekunden ohrenbetäubenden Lärms schaltet er das Gerät aus und füllt mehrere Gläser mit einer grünen, zähflüssigen Masse.

„Smoothie?", fragt er und hält Lucia eines davon hin.

Sie nimmt es dankend an, und Ryan steckt noch schnell einen Glasstrohhalm in das Getränk. Dann reicht er Lina und mir ebenfalls einen Smoothie.

„Fliegst du hin?", fragt Lucia, den Strohhalm schon fast zwischen den Lippen.

„Ich muss." Lina schluckt unbehaglich.

„Ich komme mit", wirft Ryan beruhigend ein.

Lina nickt dankbar in seine Richtung.

Dann schlürfen wir einvernehmlich unseren Smoothie.

„Schmeckt besser, als er aussieht", bescheinige ich Ryan.

„Wie geht es eigentlich deinem Bein?", fragt Lucia an Lina gewandt.

Stimmt, der eine Tag kurz nach meinem Schlüsselbeinbruch, als Ryan wegen Linas Bein so überstürzt aufbrechen musste, war bereits nach dem denkwürdigen Auseinanderbrechen von Lucias und meinem kurzen Verhältnis. Sie kann also nicht wissen, dass das der Tag war, an dem Linas Nerven endlich wieder normal funktionierten und sie Berührungen auf ihrem Unterschenkel wieder spüren konnte.

„Alles wieder okay", antwortet Lina, was für mich wenig überraschend ist. „Die Nerven haben sich mittlerweile erholt, und seit die Empfindsamkeit zurückgekehrt ist, habe ich keine Schmerzen mehr." Sie lächelt leicht. „Jetzt macht mir das Laufen wieder mehr Spaß. Zeitweise war es echt unangenehm." Die Erinnerung an einen alten Schmerz mischt sich in ihren bedauernden Blick.

„Das ist großartig." Lucia legt kurz ihren Arm auf Linas. Ihre ehrliche Freude und Anteilnahme rühren mich unerwartet heftig.

Ryan sammelt die leeren Gläser ein und beginnt, sie in die Spülmaschine zu räumen. „Wir wollten spontan noch mit dem Truck wegfahren", kommt es gedämpft aus seiner Richtung, weil er mit dem Kopf halb in der Maschine steckt.

Ich nicke. Tatsächlich habe ich absolut kein Problem damit, den Bungalow heute Abend nur für mich und Lucia zu haben. Eine kribbelnde Vorfreude macht sich bereits in jeder meiner Zellen breit.

Eine Viertelstunde später haben Ryan und Lina den Truck bereits mit Lebensmitteln, Bettdecken und Klamotten beladen und sich von uns verabschiedet. Ehrlich gesagt, kann ich es kaum mehr erwarten, mit Lucia endlich allein zu sein.

In jener Sekunde, in der die Haustür schließlich geräuschvoll ins Schloss fällt, drehe ich mich zu Lucia um, lege meine Hände an ihre Taille und ziehe sie ungeduldig an mich.

Sie schnappt überrascht nach Luft, vergräbt jedoch im selben Augenblick ihre Hände in meinen Haaren und drückt mich enger an sich.

Wir stehen noch mitten im Gang, als unsere Körper und Münder gleichzeitig in einer fast schon schmerzhaften Heftigkeit kollidieren. Und dann küssen wir uns, als ob es das Letzte wäre, was wir jemals tun würden.

Lucias pralle Lippen auf meinen und ihre weiche Zunge, die meine sacht umspielt, lassen sofort sanfte Schauer der Erregung durch meine Nervenbahnen gleiten. Trotz des gesunden Smoothies von vorhin schmeckt sie wie immer verboten süß und verführerisch.

Eine Gänsehaut bildet sich auf meinem Hals, was das prickelnde Gefühl nur noch verstärkt. Lucias fester Körper und ihre weichen Brüste, die sich an mich pressen, lassen mein Blut schmerzhaft schnell in tiefere Gefilde rasen.

Erstickt keuche ich auf, als Lucia ihre Hände zielstrebig unter meinen Hoodie wandern lässt. Ich spüre sie klein, weich und warm auf meinem Bauch. Wie sie über die erhitzte Haut streifen, wie sie über die feinen Härchen unter dem Bauchnabel gleiten und dann, wie sie den Saum des Pullis greifen und ihn mir ungeduldig über den Kopf ziehen wollen.

Für eine Millisekunde unterbreche ich unseren Kuss, um sowohl Kapuzenpulli als auch Shirt in einem Zug auszuziehen. Achtlos werfe ich die Kleidungsstücke auf den Boden, als ich meinen Mund schon wieder auf ihren lege.

Ihre Finger betasten meine Schultern, gleiten zärtlich in meinen Nacken und über meine Brust und meinen Bauch bis hin zu meinen Rücken. Es fühlt sich an, als ob sie dabei tausende kleine, kribbelnde Blitze in meine Haut schießen würde.

Sie zieht mich näher zu sich, und ich bedauere, dass meine nackte Haut nur den Stoff ihres Hoodies berührt.

Also trete ich ein weiteres Mal einen Schritt zurück und ziehe ihr Pullover und T-Shirt in einer fließenden Bewegung über den Kopf.

Lucia schüttelt sich kurz die verirrten Haarsträhnen aus den Augen, bevor sie sich wieder an mich drückt. Der dünne Stoff ihres schwarzen BHs kann ihre Erregung nicht verbergen, und wir keuchen beide leise auf, als sich ihre harten Brustwarzen durch den Stoff an meinen nackten Oberkörper pressen.

Bedacht lege ich eine Hand in Lucias Nacken, um unter allen Umständen zu verhindern, dass unser Kuss jemals endet. Die andere Hand lasse ich vorsichtig über eine ihrer harten Brustwarzen gleiten. Ihr darauffolgendes kehliges Stöhnen in meinem Mund gibt mir endgültig den Rest.

Mein Schwanz pocht hart und unnachgiebig in meinen Shorts und drückt dabei schmerzhaft unbefriedigt gegen Lucias Hüfte.

Ich dränge sie nach hinten gegen die Wand, um mich heftiger und intensiver an ihrem Körper reiben zu können.

Mit einer Hand greife ich nach Lucias Haargummi, der ihren strengen Pferdeschwanz an Ort und Stelle fixiert. Vorsichtig ziehe ich ihn aus ihren Haaren. „Wie lange wollte ich das schon tun?", murmle ich, während ich den Haargummi zwischen meinen Fingern drehe. Langsam lasse ich meine Hand über Lucias Haar gleiten und genieße den Anblick ihrer blonden Strähnen, die sich jetzt chaotisch und wild über ihren Schlüsselbeinen und Brüsten ausbreiten. Es ist fast so, als ob ich ihr ganzes, perfektes Auftreten ein Stückchen abgebaut hätte, um die echte Lucia darunter freizulegen.

Dann durchdringt ein klackendes Geräusch die aufgeladene Stille, und im nächsten Moment steht Ben in der geöffneten Haustür.

Erschrocken starren wir drei uns gegenseitig an.

„Das ist jetzt nicht euer fucking Ernst!", poltert Ben, als er die Tür hinter sich zuschlägt und zu uns in den Gang tritt.

Mit demonstrativ abgewandtem Blick steigt er über die Kleidungsstücke, die auf dem Boden verteilt liegen, und geht zu seiner Zimmertür. „Ich habe morgen Frühschicht“, kommt es drohend aus seinem Mund, bevor er die Tür laut zuknallt.

„Nimm Ohropax!“, brülle ich ihm lachend hinterher.

Dann schnappe ich mir die Klamotten vom Boden und ziehe Lucia mit mir in mein Zimmer. „Ich habe nicht vor, diesen Abend leise ausklingen zu lassen“, erkläre ich Lucia heiser, während ich meine Zimmertür fest schließe.

4. JUNI – SOUTH HEADS, AUSTRALIEN

In dem Augenblick, als Deans Tür geräuschvoll in ihr Schloss kracht, lässt er unsere Pullis achtlos auf den Boden fallen. Seine Hände finden sofort den Weg zurück in meinen Nacken und an meine Brust, und seine Zunge dringt hungrig in meinen Mund ein.

Erschrocken über die Heftigkeit, mit der die Erregung von gerade eben meinen Körper ein weiteres Mal zu überfluten beginnt, stöhne ich leise auf, und Hitze schießt mir in die Wangen. Das heiße Pochen zwischen meinen Beinen ist sofort zurück und wird heftiger und aufreibender, als Dean seinen schweren Körper an mich presst.

Langsam drängt er mich nach hinten, bis ich die Kante seines Bettes an den Kniekehlen spüre. Dann drückt er mich ungestüm, aber gleichzeitig vorsichtig auf die Matratze hinunter.

Bevor Dean zu mir kommt, ergreift er den Bund meiner Leggings und streift sie mir mit einer geschmeidigen Bewegung von den Beinen.

Als er den Blick auf meinen Slip richtet, stöhnt er ohnmächtig auf.

„Nur für dich", flüstere ich schelmisch lächelnd. Tatsächlich hatte ich heute extra meinen neonorangenen Slip mit dem leuchtend gelben Pikachu darauf angezogen, der ihn damals in Zermatt so aus dem Konzept gebracht hatte.

Seine Hände zittern, als er den Bund seiner Shorts ergreift, den Knopf öffnet und sie hastig mit den Füßen von seinen Beinen streift. Augenblicklich legt er sich zwischen meine Beine, lehnt sich nach vorne und stützt beide Arme vorsichtig neben meinem Kopf ab. Die harte Beule in seinen Boxershorts drückt dabei angenehm fest gegen meine pulsierende Mitte, und ich recke ihm meine Hüfte entgegen, um die hämmernde Spannung zu intensivieren.

Jetzt ist es an mir, seinen Nacken zu halten und seinen Mund auf meinem zu fixieren. Mit den Zähnen fährt er scharf meine Unterlippe entlang und zieht sie dann zwischen seine Lippen. Der leichte Schmerz treibt ein bittersüßes Prickeln durch meine Venen, das mich laut aufstöhnen lässt.

Dean keucht heiser. Sein warmer Atem streicht dabei zärtlich über meinen geschwollenen Mund. Und als er sein Becken leicht vor und zurückwippen lässt und dabei mit seinem Schwanz genau die richtige Stelle trifft, ist es um mich geschehen.

Dieses Mal stöhne ich laut und fordernd seinen Namen.

Er reagiert prompt und streift mir das Pikachu-Höschen geschwind über die Knöchel. Seine geschickten Finger tauchen sofort zwischen meine warmen, feuchten Vulvalippen und streichen zielsicher über meine Klit. Das sofort einsetzende zupfende Flimmern, das meine Nerven unter Hochspannung setzt, lässt mich abermals laut seinen Namen wimmern.

Zufrieden grinsend haucht er zärtliche Küsse auf meine Mundwinkel, die im krassen Gegensatz zur forschen Heftigkeit stehen, mit der er seine Finger an mir reibt.

Ich fühle bereits, wie sich der Druck in meinem Unterleib zu einem konzentrierten Ball verdichtet, der nur allzu bereit wäre, endlich zu explodieren.

Fahrig nehme ich meine Hände aus Deans Haaren und lasse sie hastig in den Bund seiner Boxershorts gleiten. Daraufhin umfasse ich seinen harten Schaft und lasse meine Hände fieberhaft auf und ab gleiten.

Mit der plötzlichen Berührung hat Dean nicht gerechnet. Er stoppt die Bewegung seiner Finger, schließt die Augen und lässt seinen Kopf in den Nacken fallen. Ein heiseres Knurren entweicht seiner Kehle, während er mir mit der Hüfte entgegenkommt.

Mit einer Hand streife ich Deans Boxershorts nach unten, während ich mit der anderen weiterhin an seinem steifen Glied entlang reibe.

Als sich Dean schließlich zu mir nach unten beugt,

um seine Lippen heiß und gierig auf meine zu legen, drückt er seinen Schwanz genau gegen mein sowieso schon überreiztes Erregungszentrum.

Wimmernd ringe ich nach Luft, als sich mein Unterleib vor angestauter Leidenschaft bittersüß zusammenzieht. Neckend wiegt Dean sich auf mir vor und zurück.

Wenn er wüsste, wie kurz davor ich bin, zu kommen. Aber ich will nicht, dass es schon vorbei ist. Ich will ihn ganz. Ich will ihn *in* mir spüren!

In einer fließenden Bewegung ziehe ich meine Knie nach oben, wodurch sich sein Schwanz nun nicht mehr an meiner Klit befindet. Eigentlich keine gute Idee. Dafür drückt seine Spitze nun aber heiß gegen meinen feuchten Eingang. Ein vorzüglicher Tausch, wie ich finde.

Deans Augen wirken fast schwarz, als er mich heftig atmend fixiert. „Wir tragen keinen Helm, das ist ziemlich reckless", kommt es dunkel und rau aus seiner Kehle.

„Nur kurz", flüstere ich flehend.

Kaum habe ich die beiden Worte ausgesprochen, schiebt er mir sein Becken entgegen und sein harter Schwanz gleitet fest und kraftvoll in mich.

Beide stöhnen wir laut auf, und ich fühle, wie ich vor Erregung zu zittern beginne. Als Dean sich komplett in mir versenkt hat, hält er sofort inne. Er schließt die Augen und atmet langsam und bedächtig ein und aus.

Der Druck, der sich in mir aufgebaut hat, steigert sich durch jeden seiner Atemzüge, durch jede noch so kleine Berührung seines Körpers in und auf mir. Ich werde diesen Zustand nicht überleben, schießt es mir plötzlich siedend heiß durch den Kopf.

Als er mich daraufhin aus seinen dunklen Augen mit bebendem Blick ansieht, kann ich mich nicht zurückhalten und schlinge meine Beine fest um seinen Unterleib.

Dean sieht mich erst bestürzt und dann mit verhangenem Blick an. Sein Mund kracht ungestüm auf meinen, als er mit seiner Zunge die meine findet. Mit dem Daumen umkreist er eine meiner Brustwarzen und stößt mit den Hüften langsam vor und zurück. Die pure Erregung peitscht glühend durch meinen Körper.

Dann erreicht die Konzentration der prickelnden Stromstöße in meinem Unterleib viel zu zeitig ihren kritischen Punkt.

Ich schließe die Augen. Vermutlich schreie ich, als ich komme. Doch meine gesamte Umgebung versinkt dabei in einem wohlig-weichen Nebel, weshalb ich das nicht mit Sicherheit sagen kann. Deutlich spüre ich hingegen, wie sich die Scheidenmuskeln im Rhythmus meines Orgasmus' um Deans Schwanz kontrahieren und nehme sein unterdrücktes Stöhnen wahr.

Seine Hände fliegen über meinen Körper, drücken gegen meine Beine, und im nächsten Moment ist das wundervoll ausgefüllte Gefühl in mir verschwunden.

Irritiert reiße ich die Augen auf.

„Fuck", keucht Dean heiser, und ich folge seinem Blick, der auf die milchig-weiße Flüssigkeit gerichtet ist, die sich undeutlich von der hellen Haut meines Bauchs abhebt.

Jetzt erst wird mir bewusst, was wir gerade getan haben. Wir hatten Sex. Wunderbaren, lebensverändernden Sex. Und wir hatten dabei nicht verhütet.

Ich räuspere mich verlegen. „Bist du? In mir?“ Schön, dass ich in diesem reifen Alter bin, in dem ich zwar Sex ohne Kondom haben, aber keinen ordentlichen Satz formulieren kann.

Dean wirkt ebenso betreten wie bestürzt. „Ich glaube nicht.“ Er atmet tief ein. „Du nimmst nicht zufällig irgendetwas, oder?“, fragt er hoffnungsvoll.

„Äh, nein. Ich hatte nicht so oft die Gelegenheit. Da hielt ich es nicht für nötig.“

Er nickt langsam. „STDs?“

„Ich wüsste nicht, woher“, erkläre ich beschämt.

„Okay. Also ich habe bisher *immer* Kondome benutzt. Und mein letzter Check-up dürfte nur wenige Wochen alt sein.“ Und dann fügt er leise an: „Das vorhin hat mich irgendwie völlig überrascht.“

Dann runzelt er die Stirn. „Ich hole dir etwas zum Abwischen.“ Gemächlich steht er auf, zieht sich die Boxershorts wieder hoch und ist im nächsten Moment aus der Tür verschwunden.

Bewegungslos verharre ich in meiner Position, bis Dean kurz darauf mit einer Küchenrolle ins Zimmer kommt. „Sorry, ich hatte nichts Romantischeres“, lacht er leise und reicht mir die Tücher, mit denen ich eilfertig über meinen Bauch wische.

„Die längste Serviette der Welt“, kommentiere ich trocken.

Während ich meinen Pikachu-Slip anziehe, macht es sich Dean neben mir auf dem Bett gemütlich. Er liegt auf der Seite und wendet mir den Blick zu, weshalb ich mich ebenfalls zu ihm drehe.

Gemächlich beginnt er, mit den Fingern über meine Flanke zu streichen. Über meine Rippen und meinen Bauch bis zu meinem Hüftknochen und wieder zurück.

Ich rutsche näher an ihn heran, sodass ich unsere Beine ineinander verknoten kann. „Ich kann nicht lange bleiben", erkläre ich ruhig, während ich meinen Blick nicht aus seinen dunkelbraunen Augen lösen kann. Sie wirken heute heller als je zuvor und erinnern mich eher an Ahornsirup als an dunkle Schokolade.

Die zärtlichen Berührungen seiner Fingerkuppen reißen nicht ab. „Wann musst du nach Hause?", fragt Dean heiser.

Ich schnaube. „Das ist nur ein Ort, an dem ich schlafe und arbeite. Den kann man vermutlich nicht als mein Zuhause bezeichnen."

Er sieht mich sowohl irritiert als auch fragend an, weshalb ich zu einer Erklärung ansetze.

„Dean. Ich wohne in einem Hotel. Und zwar nicht nur in einem. Aktuell habe ich an vier Standorten ein dauerhaftes Zimmer. Vielleicht werde ich eines davon im nächsten Jahr noch bewohnen, aber die anderen sind dann vermutlich schon Geschichte."

Ich hole tief Luft. Die sanfte Berührung von Deans Haut erdet mich und hilft mir, weiterzusprechen. „Ein Zuhause kenne ich seit meinem zehnten Lebensjahr nicht mehr. Ab da besuchte ich mein erstes Internat. Zeitgleich haben meine Eltern unser gemeinsames Haus in der Schweiz aufgegeben. Das, in dem ich größtenteils aufgewachsen bin. Sie waren sowieso nie dort und ich dann ja auch nicht mehr ..." Hilflos zucke ich mit den Schultern.

„Vermisst du ein richtiges Zuhause?" Deans Stimme klingt interessiert, aber auch eindringlich.

Ich wiege den Kopf von links nach rechts. „Meistens rede ich mir ein, dass es okay ist. Dass ich kein Zuhause brauche. Ich arbeite sowieso viel und bin häufig unterwegs. Aber wenn ich ehrlich zu mir bin, dann wäre so ein Ort nur für mich, ein Ort, an den ich immer zurückkehren kann, der meine Basis bildet, sehr schön."

Deans Finger wandern von meinem Rippenbogen zu meinem Gesicht. Sanft streicht er mir mit dem Daumen über die Schläfe. Mit geschlossenen Augen lasse ich mich in die wohlige Berührung fallen. „Vielleicht musst du einfach einen Ort finden, der dir wirklich wichtig ist, und ihn dir zu deinem Zuhause machen", schlussfolgert er. Bei ihm hört es sich so logisch und einfach an. „Es geht nicht nur um die Wände, sondern auch um die Menschen und die Erinnerungen, die du dort schaffst", erklärt er.

„Ich vermisse das Gefühl, irgendwo dazuzugehören. Ich bin nur die Besucherin. Eine, die einen Gastauftritt absolviert und dann wieder verschwindet."

Als ich meine Augen wieder öffne, sieht mich Dean eindringlich an. „Auch wenn ich mich wiederhole, möchte ich dir sagen: Du solltest dir diesen besonderen

Ort schaffen. Den, an dem du Besucher empfangen kannst, aber nicht selbst die Besucherin bist.“

Der Gedanke ist mir selbst auch schon gekommen. Doch nie habe ich eine befriedigende Lösung gefunden. „Ja. Aber wo?“, frage ich ratlos.

„Hier, in South Heads.“ In Deans Blick nehme ich eine Mischung aus Hoffnung, Bangen und Übermut wahr.

„Hier?“ Verständnislos sehe ich ihn an. Wenn man bedenkt, dass Australien von all unseren Standorten maximal weit entfernt liegt, könnte es keine schlechtere Wahl geben.

„Klar!“ Dean stützt sich auf seinen Unterarm und sieht mir eindringlich in die Augen. „South Heads ist so gut wie jeder andere Ort auf der Welt. Du musst sowieso ständig zu irgendwelchen Terminen in einen Flieger steigen. Oder du könntest CO_2-freundlich auf Videocalls umsteigen. Die funktionieren von überall. Und hier wäre ich. Und Lina und Ryan und Ben.“ Er stutzt kurz. „Wobei wir noch überlegen sollten, ob Ben auf der Pluspunkt- oder Minuspunkt-Seite unserer Liste stehen würde“, feixt er.

Wie kann er ein Thema, das für mich so derartig ernst ist, nur so lässig behandeln? „Hier-hier?“, frage ich mit weit aufgerissenen Augen.

Fragend zieht Dean die Augenbrauen hoch und grinst mich weiterhin herausfordernd an.

Wenn ich sein Angebot falsch deute, dann könnte meine nächste Frage echt peinlich werden. „Ich meine, hier, bei dir?“, flüstere ich leise.

Zum einen hoffe ich, dass er es bestätigt, aber zum

anderen scheint mir das ein viel zu großer und schneller Schritt zu sein.

Dean runzelt die Stirn. Seine Hand legt er fest um meine Taille, so, als ob er mich festhalten wollte, falls ich den Plan hätte, aufzuspringen. „In diesem Bungalow könnte es zu viert ziemlich eng werden", erklärt er langsam. „Aber ich hätte eine andere Idee."

Dean grinst verschmitzt. „Frederic schuldete mir einiges an Geld, das er größtenteils bereits in Immobilien investiert hat. Unter anderem in ein Häuschen in South Heads. Das musste er vor Kurzem an mich überschreiben. Es gehört also mir, und ich dachte, dass du vielleicht Interesse daran hättest?"

Die Unsicherheit in seinem Blick lässt ihn ungewohnt verletzlich wirken. „Ich würde es dir ja verkaufen, aber vermutlich besuche ich dich dort ziemlich häufig, weshalb das mehr als unfair wäre", ergänzt er. „Vielleicht könnten wir uns auf eine geringe, symbolische Mietzahlung einigen? Dann hätten wir beide unser eigenes Reich und könnten uns trotzdem häufiger sehen."

Die Vorstellung, Dean öfter sehen zu können, klingt verlockend. Und unsere Indonesien-Projekte wären von hier sogar schneller zu erreichen, als von der Schweiz aus. Trotzdem kann ich Deans Vorschlag nicht annehmen. „Dann wäre ich auch nur dein Gast. Dein zahlender Gast zwar, aber das macht wenig Unterschied. Wenn ich mir etwas Neues, Eigenes aufbaue, dann muss es dauerhaft sein."

Dean mustert mich intensiv und streift weiterhin sanft über meinen Oberkörper. „Absolut nachvollziehbar." Er kneift die Augenbrauen entschuldigend zusammen. „Ich dachte nur, weil dieses Arrangement mit Ryan und Ben so gut funktioniert, dass wir das vielleicht ebenso handhaben könnten. Aber klar, ich verstehe dich vollkommen."

Dean nickt leicht und lächelt mich so offen an, dass sich meine Mundwinkel wie von selbst nach oben ziehen. „Dass du überhaupt darüber nachdenkst, ist sowieso mehr, als ich jemals erwartet hätte."

Vorsichtig haucht er einen Kuss auf meine Schulter. „Ich würde dich nämlich in Zukunft gerne *sehr* regelmäßig sehen", erklärt er mit kratziger, dunkler Stimme.

Vorsichtig streife ich mit den Fingern durch sein Haar. Die Wellen kitzeln mich weich und vertraut. Das Herz droht, mir aus dem Brustkorb zu springen, als ich leise die wichtigste Frage überhaupt stelle. „So regelmäßig, dass ich dich als meinen festen Freund bezeichnen sollte?"

Das Lächeln, das bereits auf Deans Lippen liegt, verbreitert sich, und seine Augen beginnen, vor Freude zu strahlen. „Absolut." Er nickt bekräftigend und seine Hand drückt meine Taille besitzergreifend.

Mein Herz explodiert fast in meiner Brust und pure, reine Freude breitet sich als wohlige Wärme in jeder Zelle meines Körpers aus. „Exakt *so* regelmäßig", flüstert er und legt im nächsten Moment seine weichen Lippen auf meine.

Der prickelnde Kuss beginnt sanft und wird schnell intensiver. An meiner Hüfte spüre ich deutlich, dass Dean - ebenso wie ich - einer weiteren Runde nicht abgeneigt wäre.

Mit brutaler Anstrengung schaffe ich es, meinen Mund kurz von seinem zu lösen. Ich räuspere mich. „Vielleicht könnten wir das Haus noch vor meinem Abflug ansehen?", bringe ich heiser hervor.

Statt einer Antwort verschließt Dean meine Lippen sofort wieder mit seinen und stöhnt eine erstickte Zustimmung in meinen Mund.

„Ich liebe dich", raune ich zwischen unseren Küssen. Ich habe keine Angst vor diesem Geständnis, schließlich kennt Dean diese Tatsache bereits, und es fühlt sich rundherum richtig an, es ihm noch mal klar und deutlich zu sagen.

Er küsst mich weiterhin gierig, lässt seine Hände über meinen Körper wandern und gibt mir die magischen drei Worte zurück, kurz bevor wir beide erkennen, dass wir dringend erneut miteinander schlafen müssen.

Das zweite Mal ist sanft, gemächlich und aufreibend langsam, was dem Ganzen nichts an seiner verzehrenden Intensität nimmt. Außerdem sind wir geistesgegenwärtig genug, um rechtzeitig an Verhütung zu denken.

Am liebsten würde ich die Geborgenheit von Deans Bett nie wieder verlassen. Doch der Anbruch des nächsten Morgens lässt sich leider nicht hinauszögern.

„Guten Morgen, Pikachu", weckt mich Dean mit rauer Stimme und einem sanften Kuss auf die Schläfe. „Wenn du das Haus noch vor deinem Abflug ansehen willst, dann sollten wir bedauerlicherweise *jetzt* aufstehen." Ich sehe in seinen Augen, *wie* sehr ihn dieser Gedanke betrübt. Vermutlich geht es ihm damit ähnlich elend wie mir. „Na komm, lass uns dir ein Zuhause suchen", seufzt er und setzt sich im Bett auf.

„Okay, lass uns ein Zuhause für mich finden", ergänze ich träge, doch mit einer unbändigen Vorfreude auf das, was noch kommt.

epilog – lucia

4. AUGUST – SOUTH HEADS, AUSTRALIEN

„Dean, jetzt beeile dich. Bitte." Das letzte Wort kommt mir nur mit äußerster Anstrengung über die Lippen, so gestresst bin ich gerade.

Er ignoriert meine Worte gelassen und bleibt weiterhin absolut ruhig, als er unbeirrt mit seiner Tätigkeit fortfährt.

„Dean." Ich knurre frustriert. „Jetzt steck ihn endlich rein!"

Meine Worte bringen ihn immerhin dazu, mir einen teils amüsierten, teils intensiven Schokoaugen-Blick zuzuwerfen.

„Dean. Ich habe in genau ..." – schnell ziehe ich meine Smartwatch zurate - „... zwei Minuten einen unglaublich wichtigen Call. Du hast gesagt, das schaffen wir locker." Es ist nicht zu überhören, dass ich ernsthaft aufgebracht bin.

Es klickt leise, als der Netzwerkstecker endlich in die passende Buchse einrastet. „Et voilà." Dean schmunzelt, tippt anschließend auf meiner Tastatur herum und deutet dann mit einer vielsagenden Geste auf den Schreibtischstuhl. „Ihr Arbeitsplatz ist einsatzbereit, Ms. Clément."

Sofort schäme ich mich für meine herrische Art ihm gegenüber. „Danke", antworte ich zerknirscht und drücke ihm einen sanften Kuss auf die Wange. Deans kurze Barthaare piksen mir dabei in die Lippen. Diese kleine Bestrafung habe ich vermutlich verdient. Vor allem, da Dean die letzten Tage fast ausschließlich damit zugebracht hat, mir in meinem neuen Haus zu helfen. So viel Zeit, dass er nicht eine freie Minute fand, um sich zu rasieren, wie mir gerade bewusst wird.

Fest schlinge ich meine Arme um seinen Oberkörper. „Wirklich, danke! Ohne dich wäre ich verloren."

Das klingt theatralisch, ist aber nicht von der Hand zu weisen. Tatsächlich fand ich das Haus, das mir Dean angeboten hat, einfach perfekt. Es handelt sich ebenfalls um einen kleinen Bungalow, der allerdings etwas weiter vom Strand entfernt liegt als Deans Bleibe. Dafür thront dieser hier auf einem Hügel, weshalb man von dem großen Wohn- und Essbereich - und natürlich der Dachterrasse - einen wunderschönen Blick auf die Küste von South Heads hat.

Das Beste an diesem Bungalow ist selbstverständlich die Tatsache, dass er mir allein gehört. Dean hat mir vermutlich einen Freundschaftspreis gemacht, aber diesen Ort kann ich nun offiziell mein eigenes Zuhause nennen.

Mit meinem neuen Domizil gingen allerdings auch viele neue Erkenntnisse einher. Beispielsweise, dass dieses Leben in Hotels mich in keiner Weise auf *das wahre Leben* vorbereiten konnte. Schnell musste ich einsehen, dass ich für Tätigkeiten wie Putzen oder Wäsche waschen Unterstützung benötige. Davon abgesehen, dass ich in diesem Sektor absolut keinen Plan von irgendetwas habe, fehlt mir durch die Arbeit natürlich auch die Zeit, um diese Dinge selbst in Angriff zu nehmen. Deshalb habe ich mir eine Haushälterin engagiert.

Was das Kochen betrifft, verlasse ich mich aktuell noch auf Dean oder das *Valley of Beans*, in dem ich mindestens einmal am Tag Take-Away-Food hole oder dort esse.

Lina und ihre Freundin Sue arbeiten im *Beans*, sodass die beiden, beziehungsweise Dean, Ryan oder Ben, mir oft Gesellschaft leisten.

Außerdem hat mir Dean mit einer Engelsgeduld bereits wenige einfache Gerichte beigebracht. *Schnitty* kann ich mittlerweile in einer ähnlichen Schmackhaftigkeit, wie er es tut, zubereiten.

Nur die Tatsache, dass ich keinen Führerschein besitze, ist aktuell wirklich ein Problem. Deshalb blieb mir nichts anderes übrig, als eine Fahrschule zu besuchen. Noch bin ich nicht fertig damit, also behelfe ich mich in der Zwischenzeit mit einem Skateboard, auf dem mir Dean zumindest das simple Fahren beibringen konnte.

Für einen einfachen Trick reicht mein Können leider immer noch nicht aus. Und vor dem kleinen Berg, auf dem mein Häuschen steht, habe ich zu viel Respekt und traue mich *noch* nicht, ihn mit dem Board zu bezwingen. Das trage ich aktuell so lange unter dem Arm, bis ich den flachen und sicheren Teer entlang der Küste erreicht habe.

Dean küsst zärtlich meinen Scheitel und schiebt mich anschließend energisch in den ergonomischen Sitz. „Gerne. Aber wenn du jetzt diesen Call verpasst, dann fühle ich mich wirklich schuldig."

Ich werfe ihm eine Kusshand zu und setze mir im Anschluss mein Headset auf den Kopf. Während die Teilnehmer des Meetings noch mit ihren Begrüßungen beschäftigt sind, bleiben meine Gedanken bei Dean, der nur wenige Meter entfernt mit einem Schraubendreher an dem Scharnier meines Büroschranks hantiert und dabei verboten heiß aussieht.

Er zwinkert mir frech zu, als er meinen Blick auf sich spürt, und streift sich das T-Shirt vom verschwitzten Oberkörper, um anschließend konzentriert weiterzuarbeiten. Wie gemein.

Ich seufze. Wie gern würde ich jetzt meine Arme um ihn schlingen und dieses bescheuerte Meeting schwänzen.

Aber ich bin vernünftig und wende mich mit aller Macht wieder meinem Bildschirm zu. Der Anblick ist nicht annähernd so angenehm wie der vorherige.

Dean hat in den letzten Wochen wirklich viel Zeit für mich verschwendet und das, obwohl er selbst gerade genug zu tun hätte.

In seiner Arbeit plant er weiterhin mit Thomas zusammen die sportlichen Details der Unterkünfte. Es ist kein Vollzeitjob, aber es macht ihm Spaß und engt ihn nicht zu sehr ein. Außerdem sucht Dean aktuell fieberhaft nach einem neuen Assistenten, da sich Frederic glücklicherweise sang und klanglos aus der Firma zurückgezogen hat. Man munkelt, dass es ihn nach China verschlagen hat, was allerdings bis jetzt noch niemand bestätigen konnte.

Als öffentlich kommuniziert wurde, dass Frederics Stelle verfügbar ist, erhielt ich von meinen Eltern einen panischen Anruf. Sie dachten wohl, dass dieser Posten durch meine Beziehung zu Dean für mich infrage kommen würde. Was selbstverständlich völlig an den Haaren herbeigezogen ist.

Ich liebe meinen Job, die Arbeit mit meinem Vater und meine Position in der Firma. Der Gedanke, den Familienbetrieb im Stich zu lassen und damit zu dem Leben meiner Eltern keinen Schnittpunkt mehr zu haben, erschreckte mich zutiefst.

Ich habe ein wirklich gutes Verhältnis zu meinem Vater und meiner Mutter. Dieses beruht allerdings darauf, dass wir in einer geschäftlichen Beziehung stehen. Außerhalb dieser Verbindung gibt es wenig, was uns zwischenmenschlich zusammenschweißt. Meinen Job bei *Clément Buildings* aufzugeben, würde gleichermaßen bedeuten, mir selbst meine Familie wegzunehmen, weshalb ich das niemals auch nur in Erwägung ziehen könnte.

Nach einer Stunde hitziger Online-Diskussionen weiß ich diesen fantastischen Ausblick aus den bodentiefen Glasfenstern in meinem neuen Arbeitszimmer umso mehr zu schätzen. Aktuell ist kein Ende des Calls in Sicht und ich kann mich zumindest mit der Aussicht ablenken.

Fast erschrecke ich mich, als Dean außerhalb meines Kamerabildes wild gestikuliert und meine Aufmerksamkeit einfordert.

Mit zwei wackelnden Fingern deutet er mir an, dass er jetzt gehen muss, und formt anschließend noch ein Herz mit beiden Händen.

Ich halte mit einer Hand die Kamera meines Work-Setups zu und werfe mit der anderen einen weiteren Kuss zu Dean, der bereits an der Tür steht.

Da Ryan und Lina vor drei Tagen nach Deutschland aufgebrochen sind, um die Gerichtsverhandlung zu besuchen, und Dean meistens bei mir ist, fühlt sich Ben in der WG mittlerweile etwas einsam. Er hätte vermutlich selbst nicht geglaubt, dass das jemals passieren würde, aber er vermisst die Jungs schon sehr und hat Dean für heute Abend zu einem gemeinsamen Drink verpflichtet.

Zwei weitere Stunden später ist das Meeting endlich überstanden. Ich erhebe mich aus meinem Stuhl und strecke meine steifen Knochen genüsslich.

Wie atemberaubend muss diese Aussicht erst im

Sommer sein, wenn sie schon im australischen Winter so fantastisch wirkt?

Mein Arbeitszimmer hat eine Fensterfront nach Norden, wo sich Palmen und Mangobäume gerade in einer leichten Brise sachte hin- und herwiegen.

Lediglich zum Skateboarden ist der August an Australiens Ostküste weniger praktisch. Deshalb wird Dean demnächst für einige Wochen in die USA fliegen, um dort an einigen Skate-Competitions teilzunehmen. Ich hoffe, dass ich ihn teilweise begleiten und das Ganze mit einigen Terminen verbinden kann.

Mein Handy summt leise und ich nehme es von meinem Schreibtisch. Maxime hat mir geschrieben. Seit einigen Tagen versucht er bereits, Kontakt zu mir aufzunehmen. Ich bin unschlüssig, wie ich mich verhalten soll. Denn um ehrlich zu sein, fehlt mir mein bester Freund. Er beteuert, dass er genau das wieder für mich sein will - mein bester Freund. Aber kann er das? Und kann *ich* das?

Wenn Dean mir meinen Verrat verzeihen konnte, dann wäre es nur fair, wenn ich ebenfalls vergeben könnte. Ich habe nur keine Vorstellung davon, wie ich das denn tun soll.

Dean ist aktuell auch noch skeptisch gestimmt. Er meinte jedoch, dass er mir vertraut und ich schon wisse, was ich tue. Sein uneingeschränkter Glaube an mich fasziniert mich immer wieder, vor allem nach unserer Vorgeschichte.

epilog – dean

4. AUGUST – SOUTH HEADS, AUSTRALIEN

Als ich kurz vor Mitternacht Lucias Haus betrete, bin ich nicht überrascht, sie noch in ihrem Arbeitszimmer anzutreffen.

„Hey“, begrüße ich sie leichthin und umschlinge ihren Oberkörper von hinten. „Immer noch am Arbeiten?“

Lucia schmiegt sich in meine Berührung. „Hey“, antwortet sie mir.

Ich räuspere mich. „Ryan hat mich vorher angerufen.“

„Mitten in der Nacht?“, unterbricht mich Lucia.

„In Deutschland ist es gerade helllichter Tag.“ Ich zucke mit den Achseln. „Er hat mir von einem Skate-Contest erzählt, der in wenigen Tagen in München stattfindet: Munich-Mash. Es gibt noch vereinzelt

367

Startplätze und ich wollte dich fragen, ob du Bock auf ein paar Tage Workation in München hättest?"

Lucia lächelt vorsichtig. „Ich nehme an, dass wir spätestens morgen hier aufbrechen müssen?"

Ich grinse entschuldigend. Das scheint unser Ding zu sein. Ständig muss jemand sehr dringend irgendwohin. „Ja. Aber nur, wenn du es mit dem Job schaffst."

„Vermutlich können wir nicht Linie fliegen, oder?"

Jetzt muss ich noch breiter grinsen. „Oh, nein. Dafür ist es viel zu kurzfristig. Wir müssten eine Privatmaschine nehmen. Zu zweit wäre die CO_2-Kompensation zwar immer noch horrend hoch, aber auf jeden Fall günstiger als allein. Und ...", ich lasse meine Hände bestimmt über Lucias Oberkörper wandern, „... wir könnten diesem ominösen Mile-High-Club beitreten."

„Von dem habe ich schon sehr viel Gutes gehört", flüstert sie mit rauer Stimme, die mir sofort eine Gänsehaut der Vorfreude über meine Unterarme jagt.

„Okay, so lange kann ich nicht mehr warten", erkläre ich mit fester Stimme. Allein die Vorstellung von uns beiden, wie wir es in einer Maschine hoch über den Wolken fliegend treiben, bringt mich bereits um den Verstand. „Bitte sag mir, dass du für heute fertig bist und wir ins Schlafzimmer gehen können", flehe ich sie förmlich an.

Lucia lacht befreit. „Lass uns ein paar weitere angenehme Erinnerungen in diesem Häuschen schaffen", antwortet sie mir mit brennendem Blick. Sie steht auf, ergreift meine Hand und zieht mich so schnell es uns beiden möglich ist, nach nebenan.

Dort wartet bereits ihr neues Raichu-Kuscheltier zwischen den Kissen auf uns. Die Weiterentwicklung von Pikachu hatte ich ihr zum Einzug geschenkt.

Sehr symbolträchtig. Denn genau wie das Pokémon haben auch wir beide uns weiterentwickelt. Nach all den Kämpfen, die wir miteinander und mit uns selbst ausgetragen haben, würde ein einfaches Pikachu unserer Beziehung einfach nicht mehr gerecht werden. Lediglich Lucias Pikachu-Unterwäsche ist in diesem Bett noch mehr als willkommen.

The End

danksagung

Liebe Leserinnen und Leser,

diese Seite ist für euch! Denn welchen Sinn macht es, eine Geschichte zu Papier zu bringen, wenn sie außer einem selbst niemand liest?

Ich bin unendlich dankbar für jede einzelne Person, die eines meiner Bücher gelesen hat – und natürlich für jede Rezension und Bewertung, sei sie auch noch so kurz!

Als Selfpublisherin habe ich keine Marketingabteilung eines Verlags hinter mir, die mich unterstützt und mein Werk pusht. Daher können schon wenige Zeilen bei LovelyBooks, Thalia, Amazon, Goodreads, Reado und wie sie alle heißen einen großen Unterschied machen.

Und natürlich liebe ich es, eure Gedanken zu meinen Geschichten und Charakteren zu lesen. Eure Worte bedeuten mir die Welt!

Also für Eure Worte und danke, danke, danke dafür, dass einer meiner Romane seinen Weg zu Dir gefunden hat!

Ich hoffe, wir lesen uns irgendwann wieder.

In Liebe, Lilia

bücher von lilia lay

Dark Romance

In der Bending and Breaking Reihe sind bisher erschienen:

Bending and Breaking

Them - Part 1

eBook

Weitere Teile in Planung

über die autorin

Lilia Lay ist eine deutsche Autorin, die in München lebt. Sie entdeckte schon früh ihre Leidenschaft für das Schreiben von Geschichten und liebt es, in ihren Romanen starke Frauenfiguren zum Leben zu erwecken. Inspiriert von den vielschichtigen Facetten zwischenmenschlicher Beziehungen schreibt sie Romane, die Herz und Verstand gleichermaßen fesseln.

Besuche https://lilialay.de
für Bonus-Content und News!

instagram.com/lilia_lay_books
tiktok.com/@lilia.lay.books
pinterest.com/lilialaybooks